Raul de Taunay

MEU BRASIL ANGOLANO

Raul de Taunay

MEU BRASIL ANGOLANO

PandorgA

Copyright © Raul de Taunay, 2021
Todos os direitos reservados
Copyright © 2021 by Editora Pandorga

Direção Editorial
Silvia Vasconcelos

Produção Editorial
Equipe Editora Pandorga

Revisão
Fernanda Braga
Cindy Nagel

Diagramação
Thatyane Furtado

Composição de capa
3k Comunicação

Texto de acordo com as normas do Novo Acordo Ortográfico da Língua Portuguesa (Decreto Legislativo nº 54, de 1995)

Este romance é inspirado em fatos reais. Sob o olhar de um brasileiro engajado na intensidade do antagonismo que alimentou, durante décadas, a guerra civil em Angola, a trama situa-se no limiar da realidade com a ficção, resguardando identidades, porém preservando as denominações dos protagonistas, identificáveis pela força de seu peso na luta pelo poder político naquele país africano.

Dados Internacionais de Catalogação na Publicação (CIP) de acordo com ISBD

T226m   Taunay, Raul de

        Meu Brasil Angolano / Raul de Taunay. - Cotia, SP : Pandorga Editora, 2020.
        264 p. ; 16cm x 23cm.

        ISBN: 978-65-5579-027-6

        1. Literatura brasileira. 2. Ficção. 3. Angola. 4. Guerra. 5. Brasileiros. 6. Política. 7. Cultura. I. Título.

2020-2295   CDD 869.8992
                CDU 821.134.3(81)

Elaborado por Vagner Rodolfo da Silva - CRB-8/9410

Índice para catálogo sistemático:
1. Literatura brasileira : Ficção 869.8992
2. Literatura brasileira : Ficção 821.134.3(81)

2021
IMPRESSO NO BRASIL
PRINTED IN BRAZIL
DIREITOS CEDIDOS PARA ESTA EDIÇÃO À
EDITORA PANDORGA
Rodovia Raposo Tavares, km 22.
Cep: 06709-015 – Lageadinho – Cotia - Sp
Tel. (11) 4612-6404

WWW.EDITORAPANDORGA.COM.BR

SUMÁRIO

CAPÍTULO 1
O VOO   11

CAPÍTULO 2
O PRÉDIO   21

CAPÍTULO 3
O MUSSEQUE   27

CAPÍTULO 4
O ANTAGONISMO   37

CAPÍTULO 5
A MATA   41

CAPÍTULO 6
A EMBAIXADA   49

CAPÍTULO 7
O HOTEL   61

CAPÍTULO 8
A ALDEIA   67

CAPÍTULO 9
O BAR   73

CAPÍTULO 10
A MORTE   81

CAPÍTULO 11
O MIRAMAR   83

CAPÍTULO 12
A MISSÃO   89

CAPÍTULO 13
A TRABALHEIRA   95

CAPÍTULO 14
AS GESTÕES   103

CAPÍTULO 15
O MASSACRE   115

CAPÍTULO 16
A DISCUSSÃO   119

CAPÍTULO 17
A CUBATA   123

CAPÍTULO 18
O GALO   129

CAPÍTULO 19
O AFRODISÍACO   133

CAPÍTULO 20
A VIGÍLIA   135

CAPÍTULO 21
O BREVIÁRIO   137

CAPÍTULO 22
A INGERÊNCIA   141

CAPÍTULO 23
31 DE OUTUBRO   143

CAPÍTULO 24
O PASSEIO   147

CAPÍTULO 25
O ATALHO   151

CAPÍTULO 26
A SOLIDARIEDADE   157

CAPÍTULO 27
O INÍCIO   161

CAPÍTULO 28
A CARGA   165

CAPÍTULO 29
A MIRA   167

CAPÍTULO 30
AS CHAMADAS   171

capítulo 31
O ASNO   177

capítulo 32
AS MANCHETES   179

capítulo 33
A ORAÇÃO   181

capítulo 34
A CEIA   183

capítulo 35
A MORTE   189

capítulo 36
A DESOLAÇÃO   193

capítulo 37
O COMBATE   197

capítulo 38
O BRAVO   201

capítulo 39
O REFÚGIO   203

capítulo 40
A RECLUSÃO   205

capítulo 41
A LEGALIDADE   207

capítulo 42
AS RAÇAS   211

capítulo 43
A FUGA   215

capítulo 44
A EVACUAÇÃO   221

capítulo 45
A LEMBRANÇA   223

capítulo 46
O DEPOIS   225

capítulo 47
A DESPEDIDA   227

CAPÍTULO 48
A DECEPÇÃO   231

CAPÍTULO 49
A CERTEZA   233

CAPÍTULO 50
A PICADA   237

CAPÍTULO 51
A PALAVRA   239

CAPÍTULO 52
O RETORNO   243

CAPÍTULO 53
OS DEMAIS   245

CAPÍTULO 54
O ACONCHEGO   247

CAPÍTULO 55
O SOLDADO   251

CAPÍTULO 56
MEU BRASIL ANGOLANO   255

A Ovidio de Andrade Melo

"Ia-lhe no peito amarga lembrança que
não conseguia remover da mente.
Subsistiam a dor da afronta e o
inexprimível êxtase, vendo-se escapo
aos perigos onde crera deixar a vida,
e de que se via salvo, à custa
de tantos momentos de pavor."

— *A Retirada da Laguna* —
Alfredo Maria Adriano d'Escragnolle Taunay
(Visconde de Taunay)

CAPÍTULO 1
O VOO

No silêncio da noite, bem acima das águas do oceano Atlântico, o avião corta o céu rumo ao continente africano. Já passam das dez horas, e a comissária de bordo recolhe as bandejas. Faz frio. O ar-refrigerado é forte. Nos corredores do DC-10 da Varig, passageiros europeus, africanos e brasileiros apertam-se na longa fila de acesso aos sanitários; crianças dormem no colo das mães, homens fumam e conversam sobre o assunto preferido do momento: a situação em Angola.

Técnicos e engenheiros brasileiros, retornando das férias no Brasil, bebem uísque e discutem os projetos de suas empresas em terras africanas. Turistas e bolsistas angolanos, que haviam visitado ou estudado no Brasil, trocam ideias, animadamente, entre risadas e exclamações vigorosas. Empresários enchem o peito para explicar suas contribuições ao desenvolvimento daquele país em guerra. Todos haviam se empanturrado de vinho ou de champanhe — sobretudo os privilegiados da primeira classe — e agora optavam por puxar uma prosa ou tirar uma soneca. Na última fila, com o olhar perdido através da janela, sentava-se uma angolana formidável, mulher dessas fitas de empinar o queixo como uma princesa do antigo reino do Congo. Era uma africana clara, de aspecto elegante e modos sofisticados; aparentava ser esposa de algum africano proeminente ou a filha de um político de expressão regional. Poderia passar igualmente por uma bem-sucedida comerciante de marfim ou de armas. Seu comportamento assemelhava ao de uma mulher endinheirada, conhecedora do mundo, acostumada a provocar as gracinhas irreverentes dos brasileiros ou o galanteio educado dos europeus, decididos a testar seus preconceitos e a provar a si mesmos que não os têm.

"Parece mentira, mas não conheci a menina em Lisboa?", "A moça conhece a Bahia?", "A madame mora em Luanda?", perguntavam-lhe aqui e ali, no corredor do avião, nas entradas do toalete e mesmo na fileira de assentos que partilhava com um engenheiro do canteiro de obras da hidrelétrica de Capanda, no interior de Angola, o qual, entusiasmado com a beleza da mulher, não se cansava de puxar assunto, por vezes arriscando uma intimidade forçosa.

— Lindos esses seus olhos verdes.

A mulher sorria. Já se acostumara a ser assediada por homens de várias nacionalidades e padrões culturais, inclusive os engomadinhos tropicais, escondidos por debaixo de uma cafonice adquirida em lojas de etiquetas importadas. Gente abaixo de seu nível de engajamento e formação intelectual, pessoas boas, porém excessivamente alienadas para os seus padrões de comprometimento político.

Era, na verdade, uma militante aplicada e devotada às causas de seu movimento político; no entanto, era, igualmente, uma mulher de olhos grandes, nariz afiado, boca carnuda, dentes de marfim, o corpo opulento e firmado em ombros largos e elegantes. Da sua terra africana recebeu a cor escura do pai, misturada ao branco da mãe. Trazia em si o universo inconciliável do sim e do não, do branco e do preto, representando o talvez, a indefinição, o quase — quase angolana, quase portuguesa. Quando era menina ainda, queria ser branca para que os brancos não a chamassem de preta. Quando se tornou adulta, passou a preferir ser preta para não se ver discriminada pelos próprios pretos. Passou a vida a inquirir sobre seu lugar num mundo dividido entre a metrópole e a colônia. Era mais portuguesa que angolana ou vice-versa? Ainda não sabia dizer. O que sabia é que não tinha culpa se os homens, de onde viessem, exigiam sempre a pureza e recusavam as combinações. Por isso amava o Brasil. Ali valia de tudo. Era preciso, no caldeirão brasileiro de misturas étnicas, processadas e bem digeridas, possuir tão-somente um mínimo de simpatia e aptidão. O resto o país oferecia, generoso que era com os estrangeiros.

Nas poltronas da frente, um grupo de empresários portugueses conversava em tom escaldado sobre os desdobramentos recentes da situação militar em Angola, cada qual imbuído da certeza de poder contribuir, com a sua versão dos fatos, para a resolução da grave crise que afetava há tantos anos aquele país em guerra.

— Pois — dizia um dos portugueses — Luanda era uma cidade tão linda, cheia de parques, de lojas, de restaurantes. Depois veio essa tal independência...

— Pois — concordou o outro —, e comia-se divinamente. Cada bacalhau, cada lagosta...

— Ora, meus senhores — interpelou um terceiro —, vão dizer isso a mim, que perdi toda a fortuna de meu pai e fui obrigado a assistir, a cada viagem de retorno que fiz, à decadência daquilo tudo? Angola não dá mais lucro e, se a guerra se perpetuar, vou ter de fechar o velho armazém em Luanda e o boteco no Mussulu.

— Pois — falou a esposa de outro português —, mesmo porque, sem nós, esses angolanos não distinguem entre focinho de porco e tomada de eletricidade.

— Santo Deus, minha senhora, que palavras absurdas! — revoltou-se o padre Dionísio, que, sentado entre eles, escutava aquela conversa nauseante. — Todas as criaturas são iguais perante o Pai.

O velho missionário, nascido em Goiás, que trazia nos traços e no cabelo a herança dos antepassados portugueses e índios, e que ainda jovem trocara o seminário do Rio de Janeiro por uma vida nova no interior das matas angolanas, sustentou um olhar repreensivo na direção da mulher e, depois, com a voz pausada de orador experiente, continuou a falar:

— A única coisa mais sábia do que o homem é a natureza, que vem de Deus. No mais, os homens são iguais, tenham a cor que tiverem.

— Bem, padre, eu... — tartamudeou a senhora, enquanto o sacerdote continuava.

— Veja Angola, minha senhora, quantos homens de valor produziu? E a bravura e a dignidade com que essa gente suporta há mais de vinte anos uma guerra impiedosa e irracional, que só beneficia cartéis e mercenários?

— Mas, padre...

— Se me permite acrescentar, senhora, se os angolanos não têm condições de conservar os atrativos da cidade de Luanda, é porque estão divididos há vinte anos, defendendo-se de uma ingerência que vem de fora.

Um advogado brasileiro, que escutava calado, resolveu conciliar:

— O padre parece entender de Angola...

— Já percorri todo esse interior, moço, do Kwanda-sul ao Zambezi, de Cabinda ao Cunene. Muita terra, muita gente, uma miséria que só vendo...

O advogado assumiu um ar astuto.

— Um país tão rico precisa de paz para ter o futuro que merece...

— É verdade — disse um engenheiro brasileiro que se aproximara do grupo. — Seria bom acabar com essa guerra para iniciar logo a reconstrução do país. Um país tão viável merece coisa melhor.

O advogado concordou com a cabeça:

— Um país viável e portentoso, meu amigo, portentoso...

— E de gente boa, de boa índole — arrematou o missionário, levando a mão ao peito como se estivesse no púlpito. — Todos os povos são semelhantes perante Deus, pois são o seu rebanho.

Os portugueses foram sentar-se, incomodados. Não é que não concordassem com o que o padre falava a respeito do rebanho de Deus ou com o que os demais disseram a respeito das potencialidades do país, duramente construído e colonizado por seus antepassados. O que os incomodava, verdadeiramente, era ver esses brasileiros todos a dar palpites, a meter o focinho em Angola, uma ex-colônia deles, e não do Brasil. A senhora do empresário português grunhia entre os dentes. O marido, também aborrecido com a audácia desses *brazucas*, que também foram colonizados por eles, preferiu esquecer a conversa e concentrar-se nas pernas da angolana formosa sentada na fila de trás. E, enquanto o missionário se aquietava e recorria ao seu missal de citações, a comissária de bordo começou a distribuir cobertores para aqueles que já desejavam dormir e estavam com frio.

Afundado na poltrona algumas filas atrás, Rafael Guimarães divagava em frente ao seu *laptop* de última geração. Perdido e abandonado em pensamentos terríveis, olhava fixamente para a primeira e única frase do relatório que conseguira escrever a respeito da reunião que mantivera na Bélgica com um representante da União Nacional para a Independência Total de Angola (Unita), movimento armado de oposição ao governo de Luanda: "Levo ao conhecimento de Vossa Excelência uma avaliação geral, de forma sucinta, do encontro que mantive anteontem em Bruxelas com o major Isaquias Massavuka, enviado especial da Unita à Europa".

Procurava forças para concentrar-se no texto, mas seus esforços pareciam inúteis. Dentro de algumas horas estaria aterrissando novamente em Angola, depois de dezessete anos. Ainda se recordava, como se tivesse sido ontem, dos dez meses em que servira na Embaixada do Brasil em Luanda, época de sustos e tensões; a cidade toda cercada, a população vivendo momentos amargos e ele confinado na missão brasileira, a redigir comunicações quilométricas, a atender brasileiros e portugueses assustados, a testemunhar as dificuldades experimentadas pelas novas autoridades constituídas para preservar a independência e a integridade territorial do país. Pegara impaludismo e incontáveis diarreias, não esquecendo o fatídico arroz com peixe de todos dias, semana após semana. Era obrigado a devorá-lo, dando graças por ter algo para colocar no estômago. Foi uma época em sua vida em que literalmente viu-se obrigado pelas circunstâncias a comer o pão que o diabo amassara.

Veio o dia da proclamação oficial da independência. Ele e o embaixador Lídio de Albuquerque Cellos, chefe da missão em Luanda, haviam sido convidados a participar das comemorações no Palácio do Governo. Uma festa simples, porém com uma carga emocional imensa pelo que representou para aqueles heróis angolanos da libertação, que, durante tantos anos, nas cidades do interior e nos matos, haviam dedicado suas vidas à luta armada pela libertação do seu povo dos grilhões do colonialismo. Haviam sido todos uns bravos na luta pela independência, personalidades que entrariam para a história, umas pela valentia demonstrada no campo de batalha, outras pela liderança política ou pela competência intelectual e técnica. Todos estavam lá, dos mais velhos e tinhosos combatentes aos mais dedicados burocratas formados em Lisboa, Paris ou Moscou. Todos aqueles homens que Rafael tivera diante de si naquela noite histórica ajudariam o governo instaurado a reconstruir o país castigado pela guerra e ainda dividido internamente.

Rafael chegou a estremecer ao recordar-se do momento em que Agostinho Neto, o novo presidente do país, poeta e herói da independência, também chamado de Pai da Nação angolana, apertou-lhe a mão com estima:

— Que bom ver um jovem brasileiro aqui conosco.

Rafael esboçou um sorriso. Era mesmo tão jovem naquela época, e tudo ocorrera há tanto tempo que não imaginava como teria forças para passar por tudo aquilo de novo. Principalmente naquele momento em que a situação de Luanda lhe parecia mais tensa e instável, em função da convivência perigosa das tropas da Unita, desta vez estacionadas dentro da capital, com as tropas do governo.

A cidade, também, era outra, mais destruída e abalada por anos de dificuldades e lutas. Olhou fixamente para o teto, depois se voltou para o computador, cujo monitor parecia estar lhe dizendo "Vamos, amigão, conte-me tudo o que sabes". E, decerto, muito ele sabia, embora julgasse que nunca fosse suficiente. Começou a pensar sobre a crise que estava latente no país. José Eduardo dos Santos, herdeiro político do falecido Agostinho Neto, militante e ex-chanceler do Movimento Popular de Libertação de Angola (MPLA), vencera as eleições presidenciais de setembro de 1992, realizadas com a supervisão da ONU. A Unita, movimento de oposição do sul de Angola que lutara também contra o colonialismo e que dominava militarmente a outra metade do país, acusou o governo de Luanda de fraudar as eleições e, com a cobertura dos acordos de paz assinados em Bicesse entre ambos, que previam o cessar-fogo, começou a infiltrar em Luanda um número cada vez maior de soldados. Na sua tentativa de reverter a situação em seu favor e convencer os observadores internacionais de que não era a parte agressora, a Unita contava com dois poderosos aliados: o apoio militar do governo sul-africano apartheísta e o apoio financeiro, diplomático e de inteligência dos Estados Unidos. O governo do MPLA em Luanda, vencedor das eleições, estava enfraquecido por haver cumprido as cláusulas previstas nesses acordos de paz referentes à desmobilização de seus efeitos armados, retirando de Angola os instrutores militares russos e cubanos que lhe prestavam assistência.

O governo brasileiro, interessado na recuperação social e econômica daquele país, com tantas potencialidades de tornar-se um bom parceiro do Brasil nos mais variados campos da cooperação, prestava ao governo democraticamente eleito apoio moral e humanitário, sem se envolver nas disputas armadas e sem interferir no rumo dos acontecimentos internos. No que tange a Portugal, seu papel estava virtualmente esgotado na cena política de sua ex-colônia, inclusive pelos efeitos do processo de sua incorporação à comunidade europeia e em função dos anos de mediação infrutífera.

Cada uma dessas constatações exigia, em termos de análise diplomática, incontáveis laudas de explicações e provas. A luz do monitor pressionava Rafael a descrever a evolução da política angolana e os pontos de vista abordados durante o encontro com o representante da Unita. Mas as coisas não eram tão simples assim. Ele já estava farto de todo aquele quadro de pressões, chantagens e sabotagens. As discussões intermináveis entre as partes em litígio, os constantes impasses das negociações de paz, as acusações recíprocas, a violência dos debates e as mortes o exauriam; sobretudo as mortes o perturbavam ao ponto de deixá-lo assim como estava, afundado na poltrona, desanimado e tenso, a olhar para o teto.

— É, rapaz, é a vida... — murmurou, refestelando-se na poltrona. — Vou precisar de muita paciência, caldo de galinha e sorte.

A escuridão vista da janela parecia concordar. O avião prosseguia indiferente, percorrendo o céu em direção ao imenso continente africano, enquanto ele divagava, buscando adivinhar qual Angola o aguardaria no aeroporto de Luanda. Certamente não mais a Angola dos comitês de ação popular, das organizações de camponeses e da retórica libertária: "*De Cabinda ao Cunene, um só povo, uma só nação*" fora a grande chamada de ordem dos idos anos setenta. Houve outras, como: "*A luta continua, a vitória é certa*", "*Abaixo os fantoches do imperialismo!*", "*Viva a união nacional dos trabalhadores!*", "*Abaixo o colonialismo e a exploração do homem pelo homem!*", "*Viva o camarada Agostinho Neto e o despertar do povo angolano!*". Todavia, hoje, os tempos haviam mudado com a transformação do império soviético e a queda do muro de Berlim. A Angola de hoje desejava ser outra, precisava capitalizar-se, almejava pertencer ao núcleo das nações desenvolvidas e ricas.

Recordou-se Rafael dos momentos em que, isolado na varanda da Embaixada do Brasil, observava ao longe o desembarque dos primeiros instrutores cubanos no porto de Luanda, a maioria constituída de experientes guerreiros que haviam lutado pelas trilhas e picos de Sierra Maestra, na província cubana de Oriente. Como fora grande o sacrifício pessoal que fizera naquela época! Tantos meses de sua juventude encafuado naquela varanda, acompanhando aquele clima de guerra, discutindo a elaboração de estratégias para os interesses nacionais, administrando o funcionamento da embaixada, em uma cidade sem serviços, sem água, sem salubridade, sem comida e tantas vezes sem luz.

Pensou nas poesias que escrevera sobre Angola e teve um momento de ternura para consigo. Como teria sido melhor se, em vez de conflitos, tivesse conhecido na época as noites quentes da ilha do

Mussulu... Nelas, os pescadores e as mulheres conversavam e se entretinham em frente às cubatas dos vizinhos, cantando com seus tambores e violões, esquentando o sungi sob a luz da lua cheia. Nos dias de trabalho na embaixada, quando a pressão das solicitações não lhe dava sossego, o que não teria dado para ter passeado pela suavidade da tarde morna das aldeias e escutado o piar arrastado de um pássaro em alguma rama, ou espiado nos fontanários as meninas de rodilhas nas mãos e sangas deitadas na cabeça a arrumar as kijimas.

Essa era a Angola que ele preferia. A Angola poética, à sombra da árvore, à beira do rio, do ouvido atento à chegada da chuva. A Angola da toada triste e do lamento que parecia emergir do poço mais fundo da alma. A Angola da linda Inês de Louças, mais conhecida como Nimba Mbandi, a heroína formidável do povo daquela terra. Era essa a Angola que ele sempre quis conhecer e que, no entanto, sabia que possivelmente ainda não seria dessa vez que conseguiria.

Onde encontrar tranquilidade e tempo para esses passeios se o país estava à beira do colapso, armado até os dentes, os nervos escaldados de ambos os lados? Não havia dúvida em seu discernimento: a crise era séria, e ele sabia que, por força do ofício, teria de passar mais um longo período da sua vida encafuado e só, dando o sangue por um ministério que nem sempre reconhecia o sacrifício de seus diplomatas e que somente agora começava a ter uma ação verdadeiramente propositiva em relação à África.

— Seja lá o que Deus quiser... — murmurou.

— O senhor falou comigo? — perguntou-lhe o passageiro ao lado.

— Não, me desculpe, estava só pensando alto.

O homem sorriu e voltou-se para o lado enquanto Rafael levantou-se e foi ao banheiro, pois precisava derramar água na nuca para esfriar os pensamentos. Sua cabeça fervilhava com a tensão de saber que, em algumas horas, estaria de volta ao velho campo de batalha que conhecera tão bem. Na cabine, lavou também o rosto, como se quisesse clarear as sombras que o cercavam, e saiu refrescado. Ao voltar pelo corredor, reparou que uma mulher bonita e elegante lhe sorria. Havia naquele sorriso uma cumplicidade cativante que, por uns instantes, lavou-lhe a alma. Sim, a vida oferecia também as suas compensações, mesmo nos momentos em que não se deseja outra coisa a não ser sumir do mundo.

Rafael Guimarães logo a imaginou vestida com uma pele de leopardo, sentada num trono sobre a areia branca da praia da barracuda, na ilha de Luanda, a bronzear-se como uma rainha mitológica, filha de Oxumaré e Obá, neta de Olorum, uma verdadeira Oxum de beleza, do amor e da fertilidade. Pensou, em seguida, que, em vez disso, vista de outro ângulo, poderia ser apenas uma dessas meninas ricas e mimadas da sociedade de Luanda, uma deslumbrada, uma alienada, não podendo o diplomata imaginar o quanto, neste caso, estava ele errado.

Foi sentar-se e procurou dormir. Logo percebeu que não conseguiria pegar no sono: a missão, a incerteza, a guerra, o sorriso da angolana... era muita novidade, muita informação para um carioca sossegado. Aos poucos, a guerra civil cedeu espaço para os dentes mitológicos da angolana e acabou embalado em pensamentos que transitavam entre a vida harmoniosa das aldeias africanas e a ancestralidade daquela figura feminina cujos olhos não conseguia tirar da cabeça. Seria ela mesmo descendente de toda uma antiga linhagem oriunda de Olokun, a grande mãe, guardiã dos povos? Seria ela o exemplo vivo das profecias e do destino das povoações que habitavam as planícies costeiras, os planaltos, as savanas e as florestas abertas angolanas ou seria mesmo uma Oxum disfarçada, uma bela e vistosa divindade, com seu leque, seu espelho, sua exuberância e seus olhos feitos de água doce, pressagiando tempos ardorosos? Poderia tratar-se da fabulosa Kianda, rainha do império dos mares, rios e lagos, dotada de poderes sobrenaturais que inspiravam tanto o bem quanto o mal ou estaria ele, simplesmente, diante de uma rapariga de formação lusófona, esquecida dos tesouros de sua identidade perdida?

De manhã, quando o avião aterrissou, esbarrou com a moça na fila do desembarque.

— Senhorita...

— Sim?

— Desculpe-me, mas, na realidade, não sei bem o que dizer, apenas confessar que o seu sorriso ontem à noite lavou-me a alma.

Ela sorriu, curiosa.

— Fico contente, pá, mas é assim que fala com todas as raparigas que conhece?

— Em verdade, conheço poucas.

— Poucas? — exclamou zombeteira.

— Sim, prefiro a qualidade, não a quantidade.

— Um ponto a seu favor. Eu também sou assim, pá.

— Mas não me deixe no limbo. Como se chama?

— Isabel Vorgan. E o senhor?

— Rafael Guimarães.

Ele ia continuar, porém a fila andou, e ela disse:

— Agora não se pode conversar, pá, mas foi bom conhecê-lo. Venha me visitar um dia, estarei hospedada no hotel Trópico. Conhece?

— Sim.

— Então conhece Luanda?

— Estive tempos atrás.

Informação vaga que ela praticamente não ouviu, pois a fila andou, e a moça seguiu o fluxo, indo à frente. Rafael pegou suas coisas e desembarcou atrás dela.

Acabara aquela noite de insônia pensando no passado de Angola e nos dentes de marfim de Isabel. Os problemas que tanto lhe causavam aversão iriam começar a partir daquele momento. Após tantos anos de trégua, ali estava ele, novamente, pisando em território minado. Uma brisa leve e quente acariciou-lhe o rosto. Ao longe, na pista, um soldado da brigada antimotim o observava com os olhos vermelhos e cismados. Eram aqueles olhos escaldados, vermelhos como o sangue da África, olhos que o recordavam de que ele voltava a ser um homem pacífico na terra dos homens em pé de guerra. Destino ou ironia, nem se animava em saber, pois nada mais lhe parecia importante a partir daquele momento a não ser sobreviver.

Respirou fundo e começou a caminhar. Um angolano grisalho e forte se aproximou:

— É o primeiro-secretário Guimarães?

— Sim, sou eu.

— Sou da embaixada. Queira acompanhar-me, por favor.

CAPÍTULO 2
O PRÉDIO

As baratas passeavam de um lado para o outro entre as mulheres que faziam fila para apanhar a água da torneira, que saía marrom, ao pé da escada escura e cheia de lixo abandonado. Outras lavavam roupa e discutiam entre brados e risadas. As crianças corriam por entre a sujeira, brincando de pega-ladrão. No interior, o prédio era escuro, mesmo de dia, em virtude da falta de eletricidade. A luz ia e vinha, ninguém sabia quando, de onde ou por quê, e ninguém se importava em saber. Havia um cheiro de urina no ar, um bafo de roupa mofada que os moradores não sentiam mais. Tampouco ligavam para as baratas que passeavam de lá para cá, para as moscas que subiam e desciam, para os mosquitos que atacavam e desapareciam e para as formigas que se esgueiravam pelos cantos das paredes imundas.

Nelson Barreto cuspiu para o lado, limpou a testa suada com a manga da camisa amarrotada e tomou fôlego. Viera da embaixada brasileira, no bairro do Miramar, depois de ter conseguido passar por quatro barreiras: uma do governo e três da Unita. Chegara pelo percurso preferido, descendo a ladeira grande e passando pela avenida à beira-mar para admirar a praia e eventuais miúdas estiradas na areia. Agora, cá estava, estático, diante da perspectiva de ter de subir a pé oito andares.

— Esta escada qualquer dia desses acaba comigo.

O porteiro sorriu entre os dentes ao assistir à cena. Não era a primeira nem seria a última que o brasileiro, residente do último andar, reclamava de um esforço tão simples, ao qual todos os moradores estavam acostumados: subir e descer pelas escadarias.

Alguns deles já haviam sugerido medidas para consertar os dois elevadores do prédio. O porteiro se perguntava: para que consertar? Todo mundo sobe e desce de qualquer maneira, com ou sem elevador. E as fossas dos elevadores eram mais úteis aos moradores como depósito de lixo. Já pensou essa lixarada toda amontoada na frente e nos fundos do edifício? Quem iria levar? Assim estava melhor, sem elevador. O brasileiro que aprendesse a ser homem.

— Quer ir de elevador, senhor?

— Seria tão bom.

O angolano soltou uma risada:

— E o lixo, senhor, o lixo?

Barreto passou o lenço no pescoço, resmungou algo incompreensível e começou a escalada. No quarto andar, parou para respirar. Já fizera progressos. Das primeiras vezes, parava de dois em dois andares. Agora não, subia os oito andares descansando só na metade do caminho, justamente no andar em que morava Marisbela da Kalunga, a mulher mais cobiçada do edifício.

Algumas vezes tentara aproximar-se da angolana, mas não tivera sucesso algum — droga de vida! —; com aquela barriga dilatada e a careca acentuada, que lhe envelhecia precocemente o semblante, o que mais poderia querer?

Marisbela da Kalunga era uma verdadeira beldade na opinião de Barreto, uma mulher para ninguém botar defeito, acostumada a amarrar o rosto, remexer os ombros, alçar os peitos, pôr as ancas a pino só para provocar os vizinhos. Vida desgraçada! O que não daria para tê-la entre os braços e alisar por inteiro aquele corpo de moça na flor da idade? Não parecia ser desta vez que Marisbela cruzaria por ele pelas escadas, encostando-se ao corrimão para fugir de suas investidas. Cadela miserável! Como ousava resistir a todos os seus avanços? Quem era ela para esquivar-se dessa forma, para recusar seus convites?

Viu um verdadeiro exército de baratas subir com ele os degraus.

— Bichos desgraçados...

Quinto... sexto... sétimo... oitavo, em menos de trinta segundos abriu uma grande porta de metal em que se lia a seguinte inscrição: Residência funcional. Embaixada do Brasil. Enfiou a chave na fechadura e entrou, deixando sua pasta de trabalho no chão da sala e abrindo as janelas. Em seguida, refestelou-se num colchão estirado em seu quarto.

O apartamento tinha apenas dois colchões de solteiro, um em cada quarto, um bom e um ruim, uma escrivaninha colonial com cadeira na sala e uma geladeira e um fogão na cozinha. Agora teria de dividir essas comodidades mínimas com um intruso, um superior hierárquico que estava para chegar de Brasília. Certamente, por educação, teria de oferecer seu colchão preferido para o visitante, justamente porque era maior e melhor do que o outro. Pigarreou ao sentir que, em breve, não mais descansaria nos fins de tarde em seu colchão a sesta dos bem-aventurados, como se estivesse, após fechar os olhos, em um paraíso distante daquele prédio maldito. Em seu colchão lia os jornais, tirava suas sonecas de cueca e, quando o desejo apertava, era ali que se deitava com a velha do sexto andar.

Esse também era o segredo que ninguém deveria descobrir, muito menos o novo diplomata. Com ele em casa, entretanto, seria difícil impedir que o segredo se tornasse público.

Lembrou-se de quando encontrou a velha pela primeira vez. Mexia ela uns papelotes no sótão. A princípio nem reparou na mulher, inclusive porque assemelhava-se a uma tia que tinha na Tijuca. Depois, como havia dois meses que estava em seco, não tendo sido bem-sucedido com mulher alguma naquele país, observou melhor as nádegas da angolana que, possivelmente, há trinta anos, teriam sido bem mais desejáveis. A velha nem imaginava, entretanto, aos poucos, começou a reparar no olhar insistente daquele gordo careca cada vez que se cruzavam pela escada.

Em um dia de calor, sentada diante de sua porta de entrada, dona Mbanza suspendeu os olhos da costura e viu o brasileiro à sua frente, com uma revista na mão e uma lata de biscoitos na outra. A angolana puxou uma cadeira e ofereceu-lhe água. Barreto falou-lhe então de sua solidão, contou-lhe das dificuldades que tinha em se relacionar com as pessoas por causa do clima de guerra, do trabalho excessivo na embaixada e de uma certa timidez que o invadia quando se aproximava das mulheres. Ofereceu-lhe a revista e os biscoitos e convidou-a, quando pudesse, para tomar um café ou visitar seu apartamento. Ele saberia cozinhar alguma receita saborosa para a ocasião.

— Talvez hoje mesmo, se não tiver outro compromisso. Isso me daria grande prazer...

Mbanza ficou séria, encrespou-se na cadeira e depois sorriu. Há anos não sabia mais o que era sentir-se cobiçada por um homem. Nem reconhecia, em verdade, se ainda guardava dentro de si a chama do desejo. Porém, isso não interessava, o que valia era que estava sendo cortejada e aquilo lhe agradou. Baixou os olhos e disse que vivia só e que, se o doutor quisesse, poderiam tomar um cafezinho ali mesmo, em sua casa. Barreto aceitou, entrou e olhou de relance a sala da velha repleta de figuras diversas de artesanato em madeira rija e alguns curiosos exemplares de facas, tigelas e máscaras. Levantou os olhos e soltou um suspiro; aquilo tinha um aspecto empoeirado e cheiro de gente velha, embora Mbanza não estivesse tão velha assim. Em cima da estante, uma figura Ba-uba, do Zaire, representando uma mulher tapando os seios com as mãos, chamou-lhe a atenção: era robusta e tinha as mesmas ancas fartas da angolana.

— Desculpe a falta de jeito. É casa de estudioso, meu marido era colecionador de objetos Ba-pato, Ba-uba e Monju...

— Meus parabéns, é uma linda coleção de artesanato — disse Barreto sem tirar os olhos da estatueta.

A velha foi ao banheiro, passou as mãos nos cabelos, molhou os dedos em desodorante francês e passou-o atrás das orelhas e no pescoço. Depois tratou de ajeitar-se. Deixou-se estar por alguns instantes diante do espelho. Comprazia-se, ainda, na contemplação de si, embora suas formas atuais fossem uma pobre amostra do que havia sido. Uns trinta anos haviam se passado desde que tivera sua última filha, e isso fazia uma grande diferença. O tempo não se enganava: Mbanza não era mais a mesma, todavia ainda gostava de homem.

Apertou o cinto, colocou dois grandes brincos redondos de marfim, acomodou com amor os seios caídos dentro do sutiã e passou as mãos pelo colo que já fora magnífico. Perfeito. Assim parecia bem. Em seguida, voltou-se para a esquerda, para a direita, levantou as sobrancelhas, aproximou-se do espelho, fez biquinho com os lábios. Pronto! Ainda dava um bom caldo, sobretudo com aqueles brincos que o marido lhe trouxera há anos de uma expedição à Etiópia.

Voltou para a sala e sentou-se ao lado do brasileiro, as coxas discretamente abertas, o olhar enviesado de mulher dividida entre o passado e a novidade.

Barreto arriscou:

— Bonitas pernas.

— Ah, meu senhor, já foram melhores, bem melhores...

— Mas ainda se vê que estão firmes.

Mbanza sorriu e fez força para descontrair-se. Esticou uma perna, depois a outra. Já haviam sido melhores, com efeito, mas o que importava? Eram assim agora, e ainda agradavam. Não podia exigir-lhes mais. Havia apenas o fantasma do marido, que Deus o tenha, para atormentá-la. Pouco adiantou. Barreto passou a mão sobre o ombro da mulher e em poucos instantes estavam embolados no sofá, a se morderem sofregamente.

Velha gostosa... Ancas roliças debaixo do vestido amarrotado.

À fome sexual de ambos juntou-se a vontade de comer e, no lambe-lambe do amasso, Mbanza mostrou-se experiente e sensual. Por fim, abaixou a calcinha e montou sobre ele, excitada agudamente com a perspectiva do prazer. Barreto, quem também saía de uma prolongada abstinência, deu-lhe todo o seu fôlego, até que, no final, depois de muita fornicação, ambos se deleitaram, gozando entre ganidos e gemidos, até acabarem exauridos um ao lado do outro.

Veio o silêncio, depois o nojo; entretanto, após meia hora de descanso, em que ambos procuraram dizer coisas que pudessem romper o constrangimento, tudo recomeçou e virou vício. Ele a visitava ou ela vinha, sob o pretexto de lavar-lhe a louça, varrer-lhe a casa, montar em cima dele. Às vezes amavam-se como bichos, ele um pouco enojado, ela agachada ou de bruços, mas sempre de perna aberta. A mulher ainda era gostosa, pensava Barreto, mas era coroa e ninguém deveria saber. E, naquele dia, chegava o novo companheiro de apartamento. Um diplomata, ainda por cima. Droga de vida!

CAPÍTULO 3
O MUSSEQUE

Vavô Domingos tinha uns olhos verdes que ainda guardavam o brilho do que havia sido outrora. Eram enormes e estavam sempre cheios de remelas e lágrimas que lhe escorriam pelo nariz. Metiam medo na molecada do musseque de Bela Vista aqueles olhos grandes de louco desvairado a olhar como se quisessem sempre cobrar de alguém uma reação que não sabia bem qual seria ou por que teria de ser.

Punha-se todos os dias a andar pela sombra dos muros em volta ao pátio central do bairro pobre, a resmungar frases soltas, a divagar com os pássaros, a perseguir cachorros e cabras, a procurar uma cama de papelão ou jornal para dormir mais tarde.

O velho demente passava a maior parte do seu tempo a procurar uma netinha sua que desaparecera há doze anos em uma batalha em Caxito. Domingos a puxara pela mão e tentara protegê-la das balas, mas, na confusão, a menina soltou-se e se perdeu para nunca mais aparecer. Desde então, Vavô passou a andar esquisito: chegava ao trabalho furioso, zangado com tudo, berrando com todos, falava da neta em excesso e por qualquer coisa perdia as estribeiras. Quando a saudade e o desespero atenuavam, pedia desculpas e cooperava, para depois chorar baixinho. Seus colegas de trabalho viviam perplexos, sem compreender aqueles acessos paradoxais de agressividade e de companheirismo.

Em uma tarde ensolarada de céu descoberto, Domingos foi matar umas baratas que haviam subido no tabuleiro de angus, arroz de coco e acaçás de Mãe Zefa, uma viúva conhecida sua que fora amiga de sua falecida esposa.

— Dá-me assistência, Zefa.

A angolana pegou a vassoura e começou a espantar as baratas, que fugiam para todos os cantos da cubata. Lá fora, o sol lançava raios que entravam pela janela, iluminando aqueles bichos nojentos que passeavam por entre as tigelas de fubá, *fondue* e mundubim. Domingos passou a mão pelo rosto e se dirigiu ao quarto. De lá voltou com uma velha metralhadora de guerra. Parou na frente da amiga, armou a automática com um pente de repetição e, com uma expressão de ódio que Zefa nunca vira, falou:

— É melhor parar...

A africana, estarrecida, emudeceu de espanto.

— É melhor parar. Ah! Ah! Senão eu vou atirar. Ah! Ah! Ah! Atirar! Ah! Ah! Ah!

— Que é isso, Domingos?

As baratas escafediam-se pelos buracos e esconderijos. Vavô Domingos ficou mais calmo e, em vez de responder, começou a narrar um episódio muito confuso de uns soldados que estavam entrincheirados e eram atacados por guerrilheiros nos matos do Bié. "Depois eles andaram para a fonte até encontrarem um tanque...", e ele passou a recordar a aventura de um comandante que explodira um couraçado sul-africano com a bazuca de seu filho menor. Aos poucos a história foi ficando cada vez mais sem pé nem cabeça. No melhor daquela trapalhada toda, Domingos olhou para a amiga, deu um pulo em sua direção e cantarolou:

— É melhor parar, é melhor parar... Senão eu vou atirar...

Mãe Zefa esbugalhou os olhos de medo e perguntou se ele estava passando bem. Ele lançou um olhar esquisito para a amiga, recuou até detrás do fogão e perguntou:

— Quem é você? Está querendo levar minha netinha? Ah! Ah! Mas eu não vou deixar. Ah! Isso, sim, é que não! Ah! Ah! Ah!

Despencou porta afora, em seguida, gargalhando e gritando que não ia deixar. Só foi parar atrás do matagal, onde dormiu por três noites, escondido de todos. Quando reapareceu pelo musseque, trazia o corpo magro, as mãos a tremer, balançava a cabeça como os bois e dava uns passos malucos que o faziam parecer com uma carroça velha e desgovernada. Os conhecidos ficaram consternados, mas depois se acostumaram com seu novo estado, do qual nunca se recuperou.

Havia dias, contudo, em que permanecia o tempo todo no portão da igrejinha, a ver os outros mendigos estender as mãos. Nesses dias, punha-se a espantar as crianças, a brincar na terra do outro lado da estrada, a rezar a Deus para que o ajudasse a descobrir o paradeiro da neta. Eram dias em que Vavô Domingos agitava-se mais do que os outros, pois era obrigado a responder às pessoas que vinham cumprimentá-lo.

— Como vai, Vavô, tá tudo giro?

O velho se esquivava, dizia um insulto, abaixava os olhos e fugia a procurar a neta em outro lugar. Os outros pobres, às vezes, deixavam de mendigar e ficavam olhando para o louco do musseque de Bela Vista. Era louco manso, incapaz de fazer mal ou de agredir. Zangava-se, punha-se a sussurrar coisas absolutamente incompreensíveis, descabidas, entrecortadas de abundantes anacolutos, ambiguidades e contradições, mas nunca se ouvira que tivesse atacado ou ferido alguém. Era um velho tímido e medroso.

Em um desses dias, Vavô começou a gritar bem alto no meio da rua e avançou com a cabeça erguida em direção à molecada, que fugiu assustada para todos os cantos, fazendo um auê tremendo. De tal forma, seus urros eram tão fortes que atraíram logo os policiais do bairro, que por pouco não o levaram. Foi um custo para os moradores convencerem os vigilantes de que Domingos não era perigoso, que era amigo de todos, que fazia parte da própria história triste do musseque. Os habitantes mais pobres o conheciam e o estimavam, davam-lhe restos de comida, moedas inúteis, pois dinheiro mesmo ele não mais reconhecia ou sabia utilizar. Os moradores velhos ainda se recordavam do veterano Barnabé Domingos de Souza, mais conhecido como comandante Xivucu, corajoso soldado da guerra pela independência, valoroso oficial da tropa do MPLA.

Consta aqui que sozinho libertara 45 camaradas de seu batalhão de um calabouço em Jamba, capital sulista da Unita. Diziam também que o próprio presidente Agostinho Neto, herói da independência, dedicara-lhe os seguintes versos, em seu livro de poemas, louvando-lhe a valentia:

Não me exijas glórias
que ainda transpiro

> *os ais*
> *dos feridos nas batalhas*
> *Não me exijas glórias*
> *que sou o soldado desconhecido*
> *da humildade*
> *As honras cabem aos generais*

Se ainda Vavô Domingos se lembrasse dessa homenagem ou das mulheres que amou... Esquecera-se de que fora alto e forte um dia. De que tivera o corpo esbelto e firme, não como hoje, enrugado e cheio de cicatrizes e feridas de batalhas. De que usufruíra, no passado, de uma fase de moço atraente e sedutor. Casara-se com uma mulher alta de Cabinda e tivera com ela um filho que lhe dera uma neta, a netinha que deveria estar chorando em algum lugar, perdida pelos musseques, e que ele havia de encontrar por dever de honra e para parar de sofrer.

Uma tarde, Miúdo Bengo passou correndo pelos fundos da igreja, atravessou o quintal e viu Vavô Domingos encostado na parede, dando uma solene mijada em cima das plantas do padre Eustáquio.

— Vavô, Vavô. Vem depressa, que lá para baixo tem preso.

O velho foi atrás do moleque. Tanto um quanto o outro se entendiam. Órfão de pai e mãe, Miúdo Bengo não tinha o menor medo do velho maluco. Até o estimava e inventava para ele jogos com a molecada, que se divertia ante a participação hilariante do pobre mendigo de miolo solto. Apesar de seus dez anos, Miúdo Bengo era o líder da garotada que vagabundeava pelo musseque de Bela Vista e adjacências, grudadas ao porto e abaixo do bairro do Miramar, o bairro que fora elegante e onde se localizava, entre outras, a Embaixada do Brasil.

Era muito conhecido no musseque o pretinho Bengo. Não que fosse mais agitado do que o resto da molecada; contudo, por ser excessivamente inventivo, vivia fazendo arte. Era o líder do grupo, criava as brincadeiras, sugeria as travessuras, era bom de bola, sobretudo com aquela feita de meia. Costumava ir silenciosamente espiar as lavadeiras urinarem no mato e ficava por detrás das cubatas dos portuários, fumando escondido guimbas de cigarros; roubava pequenos objetos nas feiras de fim de semana para vendê-los aos marinheiros cubanos ou portugueses e proferia palavrões inacreditáveis.

— Onde aprendeu essas barbaridades todas, Benguinho? — perguntava padre Eustáquio, horrorizado. — Você deve esquecer essas expressões do diabo e ser um menino educado.

Quanto mais o padre aconselhava, mais ele se regozijava e enriquecia o vocabulário com um novo termo imundo ou pornográfico, inspirado nas conversas que escutava de camelôs, carregadores do cais do porto, mendigos, vagabundos, bêbados e meretrizes. Era ele também quem inventava as piores maldades que os moleques faziam no musseque. Saíam de sua cabeça estripulias inconfessáveis, as brincadeiras mais estranhas. Às vezes se punha a beliscar as coxas das moças que chegavam perto, outras vezes furtava, brigava, fazia tantas diabruras que Mãe Zefa não tinha alternativa que não fosse lascar-lhe o couro com umas boas palmadas. O garoto chorava e, no dia seguinte, já estava no areal chamando a garotada para mais uma diabrura.

Os olhinhos miúdos de Bengo já haviam igualmente visto de perto o espetáculo trágico da guerra, que, na sua mais tenra infância, levara-lhe o pai soldado e, posteriormente, a mãe. Dizem que havia sido violentada e assassinada durante as escaramuças no Bié, centro de Angola. Um tio que conhecia Domingos trouxera o sobrinho para Luanda e depois cuidara dele, com o apoio de Mãe Zefa, uma viúva pobre que se tornou com o tempo o único arrimo do pequeno após a morte, em combate também, do velho tio. Assim crescera o Miúdo Bengo, envolvido completamente pela vida de sofrimento daquela gente pobre e pela lembrança de que um dia tivera pai e mãe que o amavam. No entanto, hoje tinha Mãe Zefa para amar e Vavô Domingos para infernizar. Por isso sentia carinho pelo velho louco. Amigo antigo de seu tio, Vavô Domingos era o único ponto de referência que o garoto guardara de suas origens obscuras no Bié.

— Venha, Vavô — gritava o moleque —, venha que tem preso. Vi com estes olhos. Tem preso lá embaixo.

Balançando o corpo como uma nau desgovernada na tormenta, lá ia o velho, angustiadamente, seguindo a criança que atravessava a rua de asfalto e passava para o areal vermelho. Rodearam a cabana da peixaria do Vevé e, lá na frente, depois da zona das lavadeiras, viram um homem que descia de uma viatura militar debaixo de bordoadas.

Era pequeno e magro, mais raquítico do que simplesmente magro. Trazia o olho semifechado e o resto da cara inchada, tornando-se irreconhecível para toda a gente curiosa que se aproximava para observar.

— Saia daí, vamos logo — ordenou um dos militares.

Ao descer do jipe, o homem perdeu o equilíbrio e esborrachou-se, de frente, no areal.

— Levanta, vagabundo paneleiro! — gritava o soldado da Unita segurando a corda que amarrava os pés e as mãos do prisioneiro em seu próprio pescoço.

— Vamos, deixa de preguiça, seu comunista safado, levanta e encosta no muro — ordenava outro soldado mais forte, com insígnia de comandante.

Quando se ergueu um pouco, o inchaço no rosto ficou mais acentuado, vermelho como o areal que lhe queimava os pés. Miúdo Bengo afligia-se com o que via: como ia andar assim, todo amarrado, quase de joelhos, com uma corda no pescoço e nos pés?

— Vamos, levante para morrer!

— Vocês não têm o direito de me matar. Vocês não são do governo. Não podem fazer o que estão fazendo em Luanda: fechando ruas, prendendo gente, fuzilando pessoas...

— Calado e encoste aí! — gritava o comandante. — Você é um cachorro comunista e traidor.

O homem, ainda curvado, caiu de joelhos e iniciou a última tentativa, o sangue a escorrer-lhe pelo nariz:

— Não sou nem traidor nem comunista. Não sou do MPLA nem da Unita. Eu sou angolano e tenho o direito de dizer o que quiser e onde quiser. Isso é a democracia. É isso que vocês devem entender. Não há mais xibungos ou maxibungos, cubanos ou sul-africanos, comunistas ou capitalistas. Devemos ser um só povo, uma só nação, dentro da legalidade, dentro da democracia.

O soldado passou a mão na carapinha do negro, puxou-a com força e falou com o companheiro:

— O que é que esse gajo estará a dizer, mano?

— Não sei e não importa. Acabe logo com esse cão!

Antes mesmo que o preso pudesse replicar, uma rajada de metralhadora varou-lhe o peito, e ele desabou de boca na terra.

Vavô Domingos pôs-se a urrar neuroticamente e a soltar uivos e sons incompreensíveis. Rápido como um raio, Miúdo Bengo acalmou-o.

— Não foi nada, Vavô, tá tudo bem, tá tudo bem.

No areal, as pessoas emudeceram para depois romper o silêncio que se fizera com inúmeras exclamações:

— *Aiuê, aiuê, aiuê...*

As lavadeiras, que colocavam nas costas seus filhos envoltos em panos, olhavam o sangue que jorrava do peito do desconhecido. Os soldados se afastaram na viatura e deixaram o corpo estirado na terra, estendido do jeito que desabara. Mãe Benta Moxi, uma lavadeira forte e resistente, comadre da bondosa Mãe Zefa, correu para cobrir o rosto do homem. E agora, o que fazer com mais um cadáver? Por que os soldados não levavam suas vítimas nos seus carros extravagantes? Por que as deixavam assim, crivadas de balas, no meio das pessoas, obrigando a população a enterrá-las em valas, sem sepulturas, orações e lágrimas? Desconhecidos, verdadeiros mártires do ódio, da violência, do fanatismo. No fundo, todos sabiam que era melhor queimá-lo para evitar epidemias. A lavadeira Benta Moxi conhecia os riscos das epidemias quando os corpos começavam a deteriorar, a ser devorados por bichos e insetos. Já vira isso no Huambo, quando era jovem ajudante de enfermagem. O vento, a água contaminada, as moscas e os mosquitos eram os principais transmissores de doenças. Passara anos de sua vida combatendo a insalubridade no interior do país, o que a capacitava a conhecer, como poucas, os métodos de combate ao impaludismo, à malária, ào cólera, às infecções e outras doenças costumeiras na África. Era considerada uma grande parteira e reconhecida como uma espécie de curandeira daquela gente. Fazia também belos curativos, embora apenas conhecesse certas regras de primeiros socorros, sobretudo como aplicar injeções que não doessem. Tinha o toque de anjo, um certo sexto sentido que a tornava imprescindível nos momentos de crise do musseque. Tinha o dom de transmitir segurança e sabia usar o seu bom senso para atender aos muitos que a procuravam, a maioria com impaludismo. Nessas ocasiões, esperava-se fazer um ritual solene, cheio de toques, tão somente para aplicar uma injeção de uma dose de quinino.

Conta-se que apenas uma vez fizera barbeiragem, injetando uma agulha contaminada na filha de apenas seis anos de um pescador. A picada infeccionou e cresceu como furúnculo. Depois veio o pus, a cratera aumentou e comeu-lhe a carne da nádega esquerda. Bem que Mãe Benta Moxi lutou contra a agravação da ferida. Muitos curativos foram aplicados, inclusive fórmulas que só Mãe Benta conhecia. No final, com a nádega quase comida, o pai da menina trouxe de um espanhol encostado no porto uma caixa de ampolas de antibiótico, mas já era tarde. Mãe Benta teve trabalho, estancou a infecção e depois fez o que era preciso: lancetamento, raspagem, enfim... A menina ficou sem uma das nádegas e, depois, quando cresceu, tornou-se uma das lendas vivas daquelas povoações de gente pobre dos musseques.

— Lá vai a desbundada — gritava a criançada malvadamente. — Desbundada, desbundada!

Uma agulha contaminada estragou a vida daquela menina, que tinha, inclusive, um belo rosto, cheio de dignidade. Desde então, Mãe Benta carregava aquela dor na consciência, aquele sentimento terrível de culpa. Uma menina tão linda... Que pecado! Uma agulha infeccionada... Que fatalidade!

Naquela manhã de sol, Vavô Domingos não iria observar os mendigos da igreja do padre Eustáquio nem correr atrás dos miúdos levados. Estava estarrecido com o que acabara de testemunhar, e, como se sua memória inconsciente se recordasse de algo que ocorrera no passado e que não sabia bem onde, exprimiu sua revolta em um rasgo de consciência que a todos surpreendeu:

— Guerra criminosa...

Padre Eustáquio, recém-chegado no arraial, levou a sério a revolta do louco. Não tardou a dirigir-se ao quartel da polícia antimotim no governo para narrar o assassinato a sangue-frio que todos haviam testemunhado. Expressou ao delegado, em nome de todos os que o acompanharam, sua indignação contra os atos que qualificou como de bandoleiros da Unita, os quais estavam a se registrar com mais frequência em Luanda, sob a luz do sol. Como podiam ser ignoradas essas provocações intimidativas do exército da Unita? Era hora de a polícia de Luanda acabar com aquela situação, que já se tornava insuportável para ele e para os demais. Por quanto tempo ainda, emocionava-se padre Eustáquio, poderia o povo do musseque admitir que soldados de fora fizessem o que quisessem na capital? Urgia uma pronta reação, uma ação concreta capaz de proteger a população dos excessos dessa gente... Para assegurar, inclusive, o cumprimento dos acordos de paz. Não era possível fazer vista grossa às violações ocorridas nos últimos dias. Exigia-se uma conduta preventiva, antes que fosse tarde demais. O delegado ouvia, enfastiado, e no final pediu informações adicionais sobre o fuzilamento do homem, o local onde se encontrava o corpo e os dados da viatura que transportava os indivíduos envolvidos.

Anotou tudo no livro de ocorrências, protocolou o depoimento e livrou-se do padre, que, antes de retirar-se, ainda chegou a insistir:

— É preciso reagir, delegado, reagir logo, senão a cidade será deles.

CAPÍTULO 4
O ANTAGONISMO

Padre Eustáquio voltou para a igreja combalido. O governo do MPLA parecia parado, anestesiado, e isso não era bom para o país. Quem estava descumprindo os acordos de paz era a Unita, e, no entanto, era o MPLA que adotava uma postura defensiva, como se ainda se importasse em não desagradar a comunidade internacional. Todos sabiam que as grandes potências ocidentais apoiavam ostensivamente as *hostes do Galo Negro*, como era chamado popularmente o exército da Unita. Então, para que tanto cuidado?

O sacerdote recordava-se de que o desmantelamento do império soviético e a ação imparcial das forças de paz da ONU, comandadas por um general brasileiro, haviam levado os russos a desistir de prolongar desnecessariamente a sua presença em Angola. Os cubanos, na esteira desse processo, também não tardaram em retirar seus instrutores do país, e esse retorno de russos e cubanos levou ao fortalecimento, em Angola, de uma mentalidade pró-paz que levou o governo do MPLA a prosseguir desmilitarizando-se. A Unita não procedeu da mesma forma. Aproveitando-se do imobilismo do governo, movimentou suas tropas no interior, tomando novas posições. Em Luanda, por ocasião das eleições, abriu comitês eleitorais que mais eram utilizados como armazéns de armas e quartéis de acantonamento de tropas. O governo do MPLA, enfraquecido militarmente, dedicava-se à campanha eleitoral acreditando no cumprimento, pela Unita, dos acordos de paz assinados em Bicesse e estimulando o clima de harmonia e paz; prometendo, se fosse eleito seu candidato, José Eduardo dos Santos, uma Angola pacificada, um futuro tranquilo para todos os angolanos, um país sem etnias, com culto livre, com direitos e obrigações para todos os cidadãos. Depois de todos esses anos de guerra, tristeza e dor, o serviço de informações do governo percebeu que o povo estava farto de sofrer na guerra e almejava a paz mais do que qualquer outra coisa.

Era o momento, então, de empregar uma retórica adaptada às aspirações legítimas da população. Uma vida nova, sem dúvida, era o que a população queria. Um mundo sem soldados, sem tiroteios, sem massacres. Uma vida honesta de trabalho e justiça para todos os angolanos, fossem de Luanda ou de Jamba. O MPLA, partido mais bem estruturado, percebeu esse sentimento popular e adotou uma campanha eleitoral inteligente, com *slogans* pacificadores do tipo *Angola no coração*, que transmitiam ao povo a esperança de um futuro tranquilo e harmonioso. Em contrapartida, a Unita prosseguiu adotando, durante a campanha, o discurso de intimidação e vingança, prometendo a guerra e os sacrifícios até o dia da vitória final. Obviamente, José Eduardo dos Santos, candidato do governo, venceu o pleito com sua linguagem serena e tratou logo de viabilizar a administração do país com os meios de que dispunha. Buscando a conciliação, ofereceu cargos no novo ministério para a Unita, com vistas a iniciar, de vez, a reconstrução da rica nação que possuíam.

A guerra já fora demasiadamente longa. Vinha desde 1956, quando, para libertar Angola de Portugal, foi fundado em Luanda o Movimento Popular de Libertação de Angola (MPLA), como consequência da fusão de três importantes grupos que combatiam o colonialismo português. A luta no terreno ceifou muitas vidas e irrigou o chão do país com o sangue de milhões de seus filhos. A população, motivada, ajudava e reabastecia os libertadores com mantimentos e armas. Comitês de ação começaram a ser criados. Milícias populares eram organizadas com o objetivo de proteger as aldeias das incursões da soldadesca colonial. Uma longa campanha foi levada a cabo para instruir crianças e adultos e despertar no povo o sentido de uma identidade nacional. Aos poucos, as regiões de plantação de café e de produção de algodão foram libertadas. Mas estas eram as regiões pobres; faltava lutar pelo controle do petróleo, do ouro, do diamante, do ferro, fortemente protegidos pelo exército de Portugal. Novas frentes de penetração foram estrategicamente constituídas por grupos móveis de guerrilheiros organizados em destacamentos de trinta homens e em colunas de 150 homens.

Em 1973, a primeira manifestação de rua de Luanda desencadeou um processo irreversível de desmantelamento do governo-geral nomeado por Lisboa. As vitórias militares dos três movimentos angolanos de libertação, MPLA, Unita e Frente Nacional de Libertação de Angola (FNLA), começaram a assustar. O exército português em Angola, equipado pelos aliados de Portugal da Otan, era constituído por oitenta mil homens. Mesmo assim, não resistiu à luta de guerrilha, que lhe foi minando as resistências. A guerra pela independência caminhou passo a passo até 1975, quando, finalmente, os portugueses se retiraram e a independência foi proclamada pelo MPLA em Luanda, pela Unita em Jamba e pela FNLA no norte do país. Padre Eustáquio sabia o quanto custara ao país aquela independência, em termos de vidas e de sofrimento. Sabia também o quanto custaria àquela nova nação obter o reconhecimento de uma comunidade internacional preconceituosa e assustada em perder também as suas colônias. No meio dessa incerteza, ocorreu uma surpresa de extraordinária importância para o futuro daquele jovem país em formação: na mesma noite da solenidade de independência, o governo brasileiro reconhecia o governo que se instaurara em Luanda, não por inimizade aos outros movimentos de libertação que bravamente lutaram ao lado do MPLA, mas por ser o gesto internacional de maior importância para o futuro daquela república que engatinhava. Reconhecendo o governo instaurado em Luanda pelo partido mais preparado e com melhores quadros para administrar a nação, o Brasil, irmão gigante de Angola, voltava a ajudar os angolanos nos momentos de necessidade mais cruciais. Em poucas semanas, grande número de países da Comunidade das Nações seguiu o exemplo brasileiro e reconheceu o governo do presidente Agostinho Neto, poeta e herói da campanha da libertação.

— Porretas esses brasileiros, pá — murmurou entre os dentes o velho padre, levantando o hábito enquanto pulava uma poça de lama a caminho da igreja.

Sabia ele que a primeira vez que os brasileiros participaram da história angolana fora no século XVII, quando os holandeses tomaram Luanda e outros fortes da costa do país. Os brasileiros, que faziam a guerra contra a ocupação holandesa no próprio Brasil, mandaram uma grande esquadra que atracou em Luanda e expulsou de Angola os holandeses. Mais de três séculos depois, pensou o velho padre, o Brasil novamente estendia a Angola sua mão generosa e fraternal.

Entretanto, a guerra ainda estava longe de terminar. Atrás do colonialismo português, moribundo, mas não derrotado, havia o interesse econômico dos outros países do chamado Primeiro Mundo. A economia angolana era dominada pelos monopólios internacionais ligados aos monopólios portugueses. Assim, a liquidação completa da dominação estrangeira em Angola era tarefa que exigia do novo governo coragem, perseverança e consciência política. A Unita e a FNLA, para disputar o poder em Luanda, preferiram apelar para os exércitos das potências regionais africanas, como a África do Sul e o Zaire, iniciando a guerra civil. Padre Eustáquio recordava-se de como, naquela época, o governo de Agostinho Neto ficara cercado em Luanda, atacado de todos os lados por exércitos da FNLA e da Unita, aliados às forças sul-africanas e zairenses, equipados, armados e alimentados pelos interesses internacionais. Acuado, Agostinho Neto aceitou a oferta de ajuda cubana e soviética. A guerra, então, tornou-se ideológica, refletindo a divisão bipolar do cenário mundial. De um lado, a Unita com americanos e europeus; do outro, o MPLA com União Soviética e Cuba. Todos discutiam, davam opiniões: diplomatas crivavam suas chancelarias com relatórios analíticos; adidos militares montavam teorias estratégicas e maquetes; a imprensa espalhava notícias engajadas, tanto para um lado quanto para o outro.

Segundo padre Eustáquio, era fácil para os países desenvolvidos fazer suas guerras nas terras dos outros, matando os filhos dos outros, saqueando casas que não lhes pertenciam. E o povo? Bem, o povo, como sempre, teria de preocupar-se em sobreviver, apenas isso. Padre Eustáquio havia sido testemunha; já assistira, com os próprios olhos, aos dramas impingidos pela guerra às populações do musseque de Bela Vista.

E agora, tantos anos depois, em um momento de esperança, em que os acordos de paz já haviam sido assinados e a população dera o seu veredito nas urnas, vinha a Unita recomeçar tudo: os ataques, os assassinatos, as intimações.

— Deus não permitirá — benzeu-se o padre em frente ao altar. — Jesus Cristo não há de deixar que a guerra continue. Não há mais clima, não há mais motivo, não há mais lágrimas suficientes.

CAPÍTULO 5
A MATA

O rio Kwanza brilhava sob a vegetação verde. Ao redor, a mata densa se estendia e parecia não ter fim. Primeiro era aquele mato cerrado que subia pelas elevações e descia morro abaixo. Depois, o campo se tornava mais aberto, de plantas baixas, folhas largas, sombras curtas. A natureza estava em paz, em harmonia com o crepúsculo.

Valente levara um tombo violento em uma vala e esfolara profundamente a canela em um pedregulho pontudo. Mas tinha de prosseguir abrindo caminho pelo mato, para voltar à base. O que vira do outro lado da ponte velha era algo que devia ser relatado imediatamente ao comandante Zen.

Ia prudentemente, como se, detrás de cada árvore, pudesse aparecer um soldado da Unita com intenção de matá-lo e roubar-lhe as botas. Os galhos secos estalavam sob o seu andar arrastado. Cada passo doía em função da ferida e do peso que levava: duas cartucheiras no peito, por baixo do paletó, um cantil, uma pistola automática e duas granadas presas ao cinto e, nas mãos, "Matilde", sua velha metralhadora. Assim costumava andar desde que aos treze anos pegou em armas e se destacou na perseguição a um grupo de mercenários que liquidara diversas famílias em um bairro do Huambo. De "pioneiro" passou rapidamente a soldado efetivo graças à sua coragem exagerada e astúcia na arte da guerra. Alto e forte, Valente estava visceralmente ligado a um passado de luta.

O dia escurecia, e o soldado avançava pelo mato, ganhando terreno. O caminho nem sempre era fácil. As árvores se fechavam, os grilos o confundiam com seu cricrilar, os espinhos rasgavam sua roupa e arranhavam-lhe a pele. Há bem duas horas que ele estava assim, como um cachorro ferido. Arrastava-se sério, preocupado, varando a vegetação, com a perna doída, evitando a estrada, cuidando para não topar com alguma armadilha do inimigo. Seu uniforme estava imundo, e, na calça, a sujeira se mesclava com o sangue do hematoma. Nada disso, porém, o preocupava. Inquietava-se, isto sim, com o que vira do outro lado da ponte velha. Aquilo, sim, era grave para ele. A ferida, não. Quantas vezes já se ferira na vida? Só de bala, trazia no corpo umas onze cicatrizes. Por isso era chamado de Valente e considerado o mais corajoso soldado do pelotão. Arriscava-se sempre mais do que os outros, tinha iniciativa, avançava quando os demais pensavam em recuar e já salvara a vida de muitos companheiros, inclusive a do comandante Zen.

A escuridão se fez. Agora não se via muito bem além do próprio nariz. A solução era seguir o instinto e confiar na experiência. Subitamente, ouviu ruídos de galhos quebrando. Quem viria por lá? Já teriam detectado a sua presença? Ficou alerta, as mãos em "Matilde", sua companheira de tantas batalhas. Encostou-se atrás de um arbusto e sorriu pensando que o infeliz que o estava seguindo, se viesse atacá-lo, dormiria para sempre, estirado aos seus pés. "Matilde" estava com ele, nas suas mãos, mãos grandes de guerreiro forte e corajoso, sobrevivente de campanhas em que metralhadoras, canhões, balas de calibres variados e pedaços de gente se misturavam pelo chão no frenesi das batalhas. Ficou quieto, engoliu em seco e esperou. Sabia esperar... Um silêncio de morte se fez de repente, e o coração do angolano bateu acelerado. Por um segundo, pensou que iria morrer. Então, de súbito, rápido como uma visão que se esgueirava, passou na frente dele algo que não distinguiu e que desapareceu por entre a ramagem.

— Epa lá, pá! Que bicho foi esse? — exclamou Valente sem reconhecer e divertindo-se com o medo que o animal lhe causara.

Prosseguiu abrindo caminho com "Matilde" à frente. O suor pingava de suas faces. O mato era implacável à noite, principalmente para os que o violavam. Um espinho rompeu o canto da boca de Valente. Mas ele nada enxergou, nada sentiu. Sabia apenas que devia chegar à base e contar ao comandante Zen tudo o que vira. Por meio das folhas, o soldado avistou as estrelas que brilhavam. O céu estava abarrotado delas. Se estivesse ali com Aparecida, sua formosa namorada de Lobito, Valente diria coisas no seu ouvido que a fariam enrubescer para depois soltar aquelas risadas gostosas que só ela sabia dar. Mas agora não, não havia tempo para risadas nem para o amor. Ele sabia de seu dever a cumprir; mais do que ninguém, era homem de responsabilidade, acostumado a sacrificar a vida pelo bem de sua causa. Os pés estavam doloridos da caminhada, principalmente a perna ferida. A cada passo, uma dor aguda subia-lhe pelo joelho até o ventre. Mas ele aguentava e seguia, pois já estava perto de seu destino. Mais adiante à direita e, em poucos minutos, avistou o portão da base. Bazuca e Medonho estavam de sentinela:

— Quem vem lá?

— Comando do povo.

— É o povo de quem?

— É o povo sem dono.

Bazuca e Medonho cercaram o amigo. Medonho, fazendo uma careta, exclamou:

— Eh, pá? Andou a ver assombração?

— Depois eu conto. Tenho que ver o comandante.

Bazuca espiou a ferida de Valente:

— Estás a sangrar, pá. Devias ver antes o doutor. Esta coisa pode gangrenar.

Valente nem escutou; caminhou até o refeitório e dobrou a esquina para a tenda do comandante Zen. Ao chegar lá, encontrou o chefe acompanhado de Das Balas, Tubarão, Branco e Pontaria. O doutor estava refestelado na rede, bebendo aguardente, enquanto coçava a barriga e espantava os mosquitos. Valente entrou, cumprimentou a todos e foi direto ao assunto.

— Comandante, os Unitas avançaram até a pista velha ao pé da ponte.

O comandante, correspondendo ao cumprimento, coçou a emaranhada barba e perguntou, com sua voz grave e pausada:

— Quantos eram?

— Uns quarenta. Mas há muito mais do outro lado da colina.

— Hum...

— Mas não é tudo.

Comandante Zen encarou-o durante alguns segundos, avançou alguns passos na sua direção:

— Não é tudo?

— Não, senhor. Eu vi dois C130 estacionados na pista de pouso. Havia uns homens desembarcando umas caixas, outros experimentando metralhadoras portáteis. Havia também alguns gringos, com uniforme de camuflagem, montando um canhão.

Zen sacudiu a cabeça como fazia sempre que estava contrariado. Em torno dele, seus homens, os melhores homens daqueles matos, observavam quietos o seu comandante, imaginando o que ele iria dizer ou quais ordens daria:

— Um canhão...? Está tudo a recomeçar. Será possível que essa gente deseja iniciar tudo de novo? — desabafou com sua voz grave de baixo, da qual se orgulhava nas noites em que a tropa se reunia em torno da viola de Branco para ouvi-lo cantar aquelas antigas cantigas do Ruy Mingas, como *Quem está gemendo?* e *Monangambé*, extraídas do poema revolucionário de Antônio Jacinto. Como eram belas as melodias do seu país, como era lindo aquele céu aberto, como era terrível a constância da guerra. E, no entanto, foi a guerra que lhe deu tudo o que possuía: a autoridade, a fidelidade de seus soldados, o amor de seus homens. Sim, porque eles o amavam como a um pai, e ele a eles, como a seus próprios filhos, soldados corajosos, rápidos, eficientes, que dariam sem hesitar a vida por ele. Quantos homens no mundo podiam dizer que possuíam tudo isso? Quantos podiam contar com a absoluta lealdade de tantos bravos? Teve vontade de estender a mão para abraçar Valente, mas não o fez. Apenas coçou a barba e disse:

— Você tem certeza do que viu?

— Tenho.

— Então você ficará aqui para cuidar dessas feridas. Bazuca, Medonho e Das Balas também ficam. Amanhã vocês quatro seguirão para Luanda. São ordens do Comando Central. Vocês foram designados para reforçar a polícia antimotim na capital.

— Em Luanda? — reclamou Valente.

O comandante Zen fez que não ouviu e continuou:

— Branco, reúna o pelotão amanhã às quatro horas da manhã. Pontaria, verifique os mantimentos. Tubarão, cuide do rádio e das munições. Antes de o sol raiar, eu quero ver esse canhão de perto.

— Por que não o explodir, chefe?

Comandante Zen sentiu em si os olhos vermelhos de Tubarão. Era a solução mais efetiva, porém a menos indicada. Não cabia ao exército do MPLA iniciar o ataque. Os outros que atacassem. Seu pelotão, um dos melhores das Forças Armadas Angolanas (FAA), não seria o primeiro a derramar novamente sangue angolano.

Valente aparteou:

— Posso ainda andar, comandante. E, com uma noite de sono, estarei bem para acompanhar o senhor e explodir esses canhões.

O militar contemplou-o fixamente, enquanto o doutor se aproximou do soldado ferido e falou:

— Deixa ver cá essa perna, pá.

O comandante também se aproximou e colocou a mão no ombro de Valente:

— Ouve lá, pá. Vê-se bem que estás a sofrer, embora tentes esconder. Não vejo qual é o mal de reconheceres que, com essa ferida, serás um peso morto para nós. Se amanhã toparmos com o inimigo e for necessária uma retirada, tu não poderás correr.

Valente sabia disso, mas não queria dar o braço a torcer. Ele descobrira o canhão, tinha o direito de participar da missão. Já esboçara um gesto de irritação quando o comandante se adiantou:

— Eu o compreendo, pá, mas já tomei minha decisão. Tu vais para Luanda com os outros, assim curas esta perna e defendes a capital. Está decidido!

Comandante Zen mexeu-se na cama a noite inteira, sob o mosquiteiro, e observou o quieto vagar da lua. Deu uma tragada no cachimbo e perguntou-se, mais uma vez, por que não levava uma vida comum, com mulher, crianças, uma casinha à beira do mar, uma canoa bem firme para sair de madrugada para pescar com o compadre Zinho. Há anos não via seu antigo companheiro de escola militar. Zinho casara-se cedo, em plena adolescência tivera filhos e hoje, afastado das armas, era funcionário dos Correios. Vida boa, tranquila, sem sobressaltos, fazendo da rotina o seu modo de amar a si e à família. Enquanto ele, no meio do mato, inquietava-se com aviões, mercenários, canhões e batalhas a serem travadas. Mas era a sua vida, o seu destino de soldado, a sua preferência. A mata o picara como a mosca tsé-tsé, e, uma vez no sangue, o veneno nunca pode ser retirado por completo.

Ao analisar friamente os fatos, reconhecia não poder ser outra coisa a não ser o comandante Zen, respeitado e temido vencedor de tantas batalhas, seguidor das regras e do regulamento, veterano da independência, amante das matas que lhe haviam, alternadamente, entrado no corpo com a malária, o uísque, as ferroadas de insetos e as baforadas de seu cachimbo.

Alisou a barba:

— Um canhão... Eles estão a recomeçar tudo...

Quando o dia clareou, Zen e seus homens já estavam no terreno, em posição de combate, observando a pista de pouso no meio do mato. Haviam caminhado mais de duas horas sob o teto úmido de um mormaço quente. Acima da copa dos irokos estava o céu encoberto. Na velha pista, dois DC-4, virados de bico para umas cabanas de palha, pareciam abandonados. Mais adiante, além da pista, sob a proteção de umas palmeiras, dois canhões. Seis homens louros tomavam café sentados, em duas camionetes. Um homem alto saltou da traseira do veículo e se dirigiu às cabanas:

Vamos acordar! Vamos acordar! — gritava em inglês, enquanto batia palmas.

Do interior das palhoças começaram a sair outros soldados de origem europeia e alguns africanos que Zen apostou, pelo jeito e pelas vestimentas, tratarem-se de mercenários zairenses. Um deles correu ao encontro do homem alto e houve uma conversa prolongada. Depois, encaminharam-se para um grupo maior de homens e transmitiram algumas instruções. Os homens ouviram e foram lavar-se. Foram servidos café e biscoitos. O homem alto não parava de andar pelo campo, a inspecionar e dar ordens. Outro grupo dirigiu-se para um dos aviões e começou a retirar uma das caixas longas, que pareciam pesadas, pelas caretas que faziam ao carregá-las. As caixas foram colocadas dentro da cabana central, maior do que as outras.

Zen já vira o suficiente.

— Tubarão, pegue seus homens e vá para o outro lado da clareira. Branco, detrás daqueles arbustos perto do canhão. Pontaria, fique aqui comigo. Aguardem que eu dê a ordem.

O sol iluminava a cena fantástica dos soldados do governo se posicionando em torno da clareira. Na pista, os aviões eram desembarcados. Comandante Zen sabia que, em Luanda, Washington, Pretória,

Lisboa ou Londres, os políticos sabiam das ingerências externas e das violações do território e do espaço aéreo angolano. No entanto, além das palavras e das declarações, ninguém fazia muito para impedir o desembarque de armas clandestinas do exterior, destinadas a derramar ainda mais o sangue de seus compatriotas. Era por isso que ele se preocupava, era por isso que ele estava ali, disposto a dar a vida pela sua pátria.

O sol despontou inteiro, esparramando luz pela ramagem que balançava com o vento. O silêncio baixou sobre tudo. No terreno, a tropa de Zen aguardava o sinal.

CAPÍTULO 6
A EMBAIXADA

Sentado na varanda da chancelaria, Rafael Guimarães passava os olhos no Jornal de Angola. Pelas notícias, sentia que havia efetivamente chegado a Luanda: a arbitrariedade das grandes potências, a iminência da guerra. Desde que desembarcara, sentiu o quanto seria difícil sua missão em uma cidade dividida, tensa, repleta de soldados e barricadas. Do aeroporto à embaixada contou mais de oito. Em cada uma havia apresentação de documentos; em cada uma, a mesma agressividade. A desconfiança de militares condicionados a matar para se defender. Guimarães não distinguia quem era da Unita ou quem era do MPLA, ou seja, do governo. Para ele, eram todos uns soldados mal-encarados, armados até os dentes, com espingardas, metralhadoras e revólveres entre as mãos tensas.

Estava ele, sem dúvida, em uma Luanda bem diferente da que conhecera em 1975. Os mesmos prédios e avenidas de outrora também se ressentiam agora de um mínimo de conservação; mesmo as elegantes mansões coloniais de outrora não mais refletiam o luxo do passado, a suntuosidade de séculos de civilização portuguesa. A bela capital, circunscrita a uma ampla área, encontrava-se hoje abarrotada de musseques com excesso de refugiados, buracos nas ruas, edifícios abandonados, prédios perfurados à bala, trânsito confuso e soldados, sobretudo muitos soldados mal-encarados.

Como se não bastasse o perigo de estar dentro dela, Luanda nada proporcionava além de preocupações e dificuldades, e não havia clima para outra alternativa de lazer. Uma cidade sem táxis, sem ônibus, sem condução, sem cinemas, sem passeios, sem segurança, enfim... E, se estourasse um conflito armado, como parecia que ia ocorrer, a cidade não ofereceria eficientes condições de fuga. A chegada ao aeroporto era impossível. Os voos para o Brasil eram quinzenais, e as reservas eram sempre feitas com muita antecedência. Guimarães analisava a situação, emboscado, em uma posição delicada para prestar serviço ao Itamaraty.

Voltou ao Jornal de Angola. A manchete de primeira página anunciava: *A Unita ataca Huambo*; *Savimbi desrespeita os acordos de paz*; *O inevitável que a Unita quer*. Eram os trechos das matérias publicadas ao longo do periódico. Guimarães franziu a testa.

— Essa guerra não termina tão cedo.

O contínuo da embaixada entrou com um café:

— O embaixador já vem. Aceita um café, senhor secretário?

Rafael bebeu o café em goles pequenos e se pôs a andar pela varanda, olhando, do outro lado da encosta do Miramar, para o musseque de Bela Vista, vizinho ao porto. Como crescera! Aliás, toda Luanda crescera, em sujeira e indefinição. As avenidas com prédios destroçados, sobrados velhos caindo aos pedaços, ruas mal-calçadas de pedras desarrumadas e cheias de lixo e lama que davam até asco; as travessas areentas, onde cabras e galinhas habitavam em fraternal comunhão, refletiam bem toda a grande bagunça que prevalecia na África e que, em parte, o Brasil também herdou. Se isso era Luanda, a capital, o que não seria o interior, por onde andavam nossos militares das forças de paz das Nações Unidas e nossos religiosos e missionários? Conseguiram eles suportar tudo aquilo? Ele também teria de se adaptar, a partir de agora, à duração de sua missão em Angola. Além do mais, devia atentar-se às verduras, aos legumes, às frutas... Prestar atenção com a água e até com as mulheres, tendo em vista o elevado grau de incidência da aids nos países africanos.

Rafael parou diante de uma estatueta e ficou agradavelmente surpreendido: era uma miniatura que comprara em Luanda fazia muitos anos e que se esquecera de levar na hora da partida. O registro da memória trouxe-lhe de volta o passado...

Foi em uma noite quente de agosto. Voltava de uma reunião no centro de Luanda com Tininha, uma amiga alta e bonita, do Exército da Cruz Vermelha, quando, ao cruzar a esquina, a moça estacou.

— O que foi, Tininha?

A mulher esticou o dedo, apontando a estatueta cercada de velas acesas, uma garrafa de aguardente e umas penas ensanguentadas de galinha. Guimarães encheu os pulmões e soltou tudo em um longo assobio:

— O despacho, poxa! Isso tem aqui também?

— E como! Mas esse é dos piores!

O brasileiro chegou perto e observou a estatueta feita de pau-preto de Cabinda.

— Bonito... Bonito...

— Deixe isso para lá, feitiço.

— De quem é?

— De ninguém. Vamos embora logo e bem rápido.

Ele não quis e, embora não desacreditasse completamente dessas coisas, aproximou-se mais da bela peça de artesanato. A moça o reteve, agarrando-o pela gravata.

— Larga disso, é feitiço forte!

— Bem, já que você insiste, eu respeito, mas vou comprar uma igualzinha no comércio.

— Assim é melhor. Eu o ajudo a encontrar. Esse aí é trabalho de morte. Trabalho terrível, de morte mesmo.

Rafael achou aquele despacho um luxo se comparado aos que vira na Bahia ou no Rio de Janeiro, com azeite de dendê, farinha, cabelo do sovaco, pedaços de pano, moedas velhas e penas de galinha preta. Aqui não, aqui se oferecia uma estatueta da melhor madeira, talhada nos mínimos detalhes. Ele abaixou-se para ver melhor, e a mulher olhou-o novamente, espantada:

— Não se aproxime! Isso é coisa do demônio!

— Isso é coisa de artista — respondeu, admirando a imagem trabalhada em madeira.

Tininha fitou o rapaz compadecidamente. A raiva de todos os deuses da África certamente cairia sobre o sacrílego. Guimarães explicou:

— Vou colocar uma igual na minha sala. Vai ficar uma beleza. Recordação desta terra cheia de encanto.

A moça olhou-o, desta vez com ternura. Seu temerário profanador andava com boas intenções... Ela também... A noite estava quente, tão quente...

Rafael ficou na varanda em frente à peça, admirando-a, recordando-se daquela noite em que ele e Tininha experimentaram um certo temor reverencial por aquela imagem impassível que representava, talvez, uma figura de rainha ou uma divindade local. Nunca soubera ao certo. Logo na manhã seguinte, Tininha achara uma idêntica.

— Obrigada por não mexer no despacho — disse-lhe. — Você verá que a sua nova estátua o protegerá.

Mas tudo isso havia ocorrido há tanto tempo. Por onde andaria Tininha? De trás, uma voz o trouxe de volta ao presente:

— Bonita, não? Dizem que representa a mulher do rei Moba, que reinou o Bié em 1932. Está na embaixada há anos, ninguém sabe como veio parar aqui.

Rafael voltou-se e cumprimentou Ronaldo Antunes Marcondes Pereira de Cavalcante, embaixador do Brasil, seu futuro companheiro de posto pelos próximos três meses. Ia explicar que ele sabia como a estátua aparecera na embaixada, mas foi interrompido:

— Então, Guimarães, fez boa viagem?

— Excelente. Obrigado, Ronaldo.

— Teve problemas para chegar do aeroporto?

— Bem...

— As barreiras, não é? — perguntou enquanto acendia um cigarro. — Estão cada vez mais numerosas. E tensas. Você já esteve em Luanda antes, não esteve?

— Sim, servi aqui em 1975, na época da independência, com o Lídio de Albuquerque Cellos.

— Ah... o Lídio! É verdade! Acho que alguém me disse alguma coisa a respeito. Então você já conhece as coisas por aqui.

— Calculo que sim, embora acredite que a situação esteja mais complexa e perigosa com as tropas da Unita, desta vez, dentro de Luanda.

Ronaldo Cavalcante passou, então, a fazer uma análise de como via a conjuntura presente de Angola e as perspectivas reais de conflito na capital. No curto prazo, não parecia haver perigo iminente. Importante, sim, era proteger os interesses brasileiros, dar apoio aos nacionais residentes no país, manter os contatos bilaterais. Para isso, ele confiava na experiência africana de Guimarães.

Rafael concordava com a cabeça. O embaixador desta vez prosseguiu mais sério:

— Como você vai logo notar, trabalho é o que não falta. Eu gostaria que você me ajudasse na parte política, nos contatos, no acompanhamento pormenorizado da situação interna. Os desdobramentos desta crise exigem um redator incansável para preparar as minutas, os telegramas, as análises...

— Claro... Claro...

— É muito importante saber de tudo, não deixar escapar nada. Quero que você fique atento 24 horas por dia, sempre em contato com colegas de outras embaixadas. Use e abuse de sua articulação. Faça contatos também com o pessoal das Nações Unidas.

— Está bem...

— Lamentavelmente, não terei tempo de explicar mais. Como você sabe, estou viajando hoje mesmo para o Brasil com Ana Marina, minha mulher, em férias — disse abrindo um sorriso morno. — Tomaremos o mesmo avião que o trouxe.

Guimarães permaneceu impassível.

— Não sabia, mas compreendo perfeitamente.

— Pois é, chegou a hora de descansarmos um pouco, arejar disso tudo, dessa tensão...

— É compreensível...

— Também desejo fazer algumas gestões pessoalmente em Brasília. É importante dar as caras no ministério para fazer avançar certas ideias.

— Claro... Claro.

— O Serafião Novaes, nosso colega, explicará o resto. Você o conhece?

— Há muitos anos...

— Ótimo. A embaixada estará em boas mãos com vocês dois. Ele será o encarregado de negócios. É inteligente, zeloso, mais antigo e experiente. Cuidará da administração e do serviço consular, duas áreas prioritárias nestes tempos incertos, com tanta gente pedindo vistos e atendimentos. Você terá tempo para se dedicar plenamente à informação política. Se a situação se deteriorar, mantenha-me informado que eu interrompo as férias e volto no primeiro avião.

— Estou convencido de que não será necessário — disse Rafael polidamente.

— Mas é possível. De qualquer modo, estarei em Brasília depois de amanhã. Pretendo ver o ministro de Estado e o secretário-geral. O Brasil deve agir em Angola com mais disposição, ajudar o país, cooperar com este governo eleito democraticamente, aumentar nosso espaço junto às forças produtivas e empresariais locais. Temos interesses múltiplos a preservar. Há ainda os projetos de Luzamba e de Capanda. E o petróleo...

— Eu sei... Eu sei...

O embaixador Ronaldo Cavalcante acendeu outro cigarro. Sob a testa clara se moviam os olhos precisos de um profissional dedicado e inteligente.

— Espero que você fique bem instalado no apartamento funcional. Não tem muitos móveis. Esse é outro problema que vou procurar resolver no Brasil. Você verá, são tantas as questões... Tão poucos os recursos...

Nesse instante, entrou o diplomata Serafião Novaes e cumprimentou calorosamente Guimarães. Não eram íntimos nem da mesma turma do Instituto Rio Branco, mas guardavam boa impressão de seus contatos anteriores, no início da carreira, pelos corredores da secretaria de Estado ou no restaurante do oitavo andar do anexo I. Novaes servira em Tel Aviv e no Marrocos; Rafael, em Paris e em Praga. A carreira os separou cedo, não voltaram a se encontrar até aquela hora.

— Você não mudou nada — disse Guimarães amigavelmente.

— Ora, mas é você que não mudou.

Rafael ia responder quando o embaixador os interrompeu:

— Bem, desculpe-me, mas está na hora. Vamos conversando no carro, senão minha mulher e eu perderemos o voo.

O carro oficial com a bandeira brasileira começou a cruzar as ruas cheias de barricadas em direção ao aeroporto. O embaixador conversava sobre a crise e deixava algumas instruções para um e para o outro diplomata. A embaixatriz participava da conversa, demonstrando ser mulher credenciada e versátil. Rafael, encostando a cabeça no vidro da janela, observava as ruas e comentava sobre a impressão que lhe causavam as barricadas e o aspecto sofrido daquela gente.

Ao passar em frente a um hotel, leu "Hotel Trópico" e lembrou-se da mulher bela e elegante que conhecera no avião.

— É este o hotel onde estão hospedadas as principais personalidades da Unita em Luanda, não é? — perguntou o recém-chegado.

— Ah, é sim — respondeu Ronaldo. — Poucos hóspedes não são da Unita.

"Não são da Unita...", pensou Guimarães recordando-se dos dentes de marfim da escultural mulher. Quando voltaria a vê-la? Essa era, sem dúvida, uma grande incógnita.

Depois que o avião partiu com o casal Cavalcante, Guimarães e Novaes voltaram para a embaixada e sentaram-se na sala do Serafião. Havia uma placa escrita na parede: "Cristo é vida". Guimarães recordou-se da religiosidade de seu colega e de como para ele também devia estar sendo difícil viver em um país onde os ensinamentos básicos de Jesus não estavam sendo fielmente cumpridos. Novaes, que contava aproximadamente 45 anos, sobressaíra-se no passado como candidato a deputado federal, tornando-se conhecido por seus dons de orador e pela sua mensagem evangélico-cristã. Crente presbiteriano, chegou a fazer uma bela campanha pelo Partido Democrático Cristão. Contudo, logo percebeu que, atacando a injustiça social, a falta de fé cristã, a ausência de moral na política e a corrupção, os homens influentes da política fluminense começariam a desterrá-lo. E assim foi feito. Fecharam-lhe as portas e o espaço na imprensa. Certa vez em que proferia um pronunciamento em Niterói, viu-se vítima de arruaceiros profissionais a soldo de políticos que se sentiam pessoalmente atingidos pelas palavras permeáveis do diplomata-pastor. Sua campanha, contudo, começou a crescer, mas não havia mais tempo. Foi só no final que, rodeado de alguns cabos eleitorais, acompanhou um escrutínio que lhe deu pouco mais de seis mil votos. Sua decepção não foi maior do que a certeza de que, em uma próxima eleição, com a ajuda do Senhor, certamente sairia vitorioso, proclamaria suas verdades aos quatros cantos do país. Seus inimigos não teriam meio de silenciá-lo e seriam obrigados a reconhecer que a mensagem de Serafião Novaes era inatacável e, sobretudo, ética. Sim, porque sua palavra, sua ética e sua honestidade dariam a ele a vitória.

Rafael Guimarães admirava o idealismo do colega. No fundo, ele também era idealista por saber-se um homem honesto, e os honestos são sempre idealistas. E o que é que um homem honesto fazia em uma cidade africana à beira de uma guerra civil? Uma detonação foi ouvida na rua.

— O que foi isso? — sobressaltou-se Guimarães.

— Apenas um tiro. Você se acostumará, meu velho.

Nesse momento, entrou na sala uma jovem funcionária.

— Rafael, deixe-me apresentar Regina Flores, secretária do Ronaldo. — E voltando-se para a moça — Regina, este é o secretário Rafael Guimarães.

— Ah, sim, já o aguardávamos — disse a jovem, estendendo-lhe a mão.

— Muito prazer — cumprimentou Rafael.

A moça fitou-o discretamente e sorriu. Depois voltou-se para Novaes:

— O Sr. Bill Shanon já chegou e está aguardando na minha sala.

— Ah... O Bill. Bom... Bom... Rafael, vou apresentar você ao conselheiro político do escritório de ligação norte-americano. É um ótimo contato e sabe muita coisa. Na verdade, é homem da CIA, todos sabem disso, mas ninguém diz. — E voltando-se para a secretária — Faça-o entrar, Regina, faça-o entrar.

Há três razões pelas quais os profissionais de diplomacia se visitam em horário de expediente: a primeira é de apresentação ao chegar ao posto; a segunda é para passar ideias que interessam ao seu governo que o outro país acredite e que possam influir no desempenho de outras chancelarias; a terceira ocorre quando a gravidade da situação exige troca imediata de confidências. Rafael desconfiou de que seria o caso da terceira razão, mas nada falou quando Bill Shanon chegou à porta. Novaes encaminhou-se para ele com um sorriso acolhedor:

— Entre, Bill, entre. Este é Rafael Guimarães, nosso colega recém-chegado de Brasília. Veio prestar-nos sua colaboração neste momento de crise.

— Muito prazer — falou o americano com o natural sotaque carregado.

— O prazer é todo meu.

Novaes apontou ao visitante uma das poltronas de sua sala e sentou-se numa cadeira ao lado. Na faixa dos cinquenta anos, Bill Shanon aparentava ser o típico executivo de classe média que fazia seu trabalho com competência, mas que não assimilara ainda aquela retórica intrincada e complexa desses diplomatas com quem tinha de conviver, escondendo deles o que todos sabiam: que era efetivamente um agente da CIA.

— Quer tomar alguma coisa, Bill?

— Muita bondade, Serafião... Um café, talvez...

— Ótimo. É também o meu veneno favorito. Vou fazer-lhe companhia.

Bill Shanon acendeu um cigarro enquanto bebia. Mal conseguia disfarçar o nervosismo. Seu governo criara um monstro em Angola, cujos tentáculos haviam penetrado em Luanda, comprometendo a paz e a segurança de todos, inclusive a dele. Era evidente a agressividade dos soldados da Unita, que, na capital, cometiam excessos graves contra a população, atraindo para si o ódio e o temor mesmo de seus aliados. Mais bem armados, dizia-se que as forças da Unita pretendiam dar um golpe fulminante e tomar Luanda. E isso era assustador também para o americano, que era reacionário como muitos de seus compatriotas, mas não ingênuo. Sabia que a Unita representava um problema de segurança inclusive para ele, mesmo tendo sido o seu país a alimentá-la, financiá-la e armá-la. Por isso talvez se sentisse embaraçado diante dos brasileiros. O Brasil sempre tivera um comportamento de observador imparcial. Reconhecera o país a nível de Estado desde a sua independência, mantendo o canal político aberto com as partes sem distinções, mas sem interferir no conflito armado. Com o resultado das eleições, favoráveis ao MPLA, a posição brasileira ficou mais confortável, embora fosse evidente que os brasileiros também estavam assustados com a agressividade da Unita, movimento de oposição, que jamais chegou a compreender a postura diplomática do Brasil no episódio do reconhecimento brasileiro ao governo de Luanda, que era do MPLA. Todavia, a simpatia e a tranquilidade dos diplomatas brasileiros acalmaram Bill Shanon, que conseguiu manter-se relaxado diante do seu cafezinho brasileiro. Fez algum rodeio e depois disse:

— Fui informado de que a Unita já tomou inteiramente Huambo. Se for confirmado, em breve teremos barulho grosso em Luanda.

Serafião moveu lentamente a cabeça e disse:

— Sim, tem razão.

— Nesse caso, após o controle de Huambo, o próximo passo deverá ser a tomada de Luanda e do quartel-general da polícia.

— O senhor acredita nessa hipótese? — perguntou Rafael.

Shanon olhou para o semblante impassível do jovem brasileiro e se abrandou:

— Bem, há uma grande possibilidade de que isso venha a se concretizar.

— O senhor considera mesmo que o governo não tem meios de impedir a tomada de Luanda?

Shanon pensou por alguns instantes e prosseguiu:

— Sinceramente, senhor Guimarães, acho que é essa toda a questão. O exército do MPLA está enfraquecido e há muito não tem mais o apoio das tropas cubanas.

— O que está dizendo é verdade e comprova a boa-fé desse governo que muitos países não têm querido reconhecer — disse Guimarães, para recordar que os Estados Unidos não haviam ainda reconhecido o governo vencedor das eleições.

Shanon engoliu em seco a farpa e expôs um quadro sombrio do que ele julgava que seria feito em Luanda se a Unita resolvesse tomar o quartel-general.

— Na minha opinião, senhor Shanon — disse Rafael cautelosamente —, atacar a capital é uma coisa; tomar é outra, bem diferente, mais difícil e improvável.

— Mas a Unita tem tropas.

— Mas não tem o povo de Luanda.

— Mas tem o povo em outros lugares — insistiu o visitante.

— É possível, mas não aqui na capital, não nas suas periferias e certamente não em grande parte do território do país. E, mesmo se a Unita tomasse Luanda, precisaria que seu líder entrasse na cidade para assumir o governo, a fim de impedir que haja um vácuo no centro do poder. O senhor crê que o doutor Savimbi viria a Luanda ou conseguiria entrar aqui para chefiar o governo?

— Bem...

— E que governo seria esse, senhor Shanon? Democrático? Quem venceu as eleições foi Savimbi ou José Eduardo?

Mais recatado, Novaes sorria, pois Rafael dizia as coisas que ele sempre quisera dizer a Shanon, mas que, por excesso de prudência, jamais ousara. O gringo respirou fundo. O tal Guimarães o encurralara. Serafião apressou-se a conciliar, perguntando ao americano o motivo real de sua visita.

— Estou informado de que vocês pretendem evacuar o pessoal do projeto Capanda.

— É uma hipótese — falou Serafião —, mas não está confirmada.

— Bem — prosseguiu o americano —, meu governo me instruiu a consultar vocês sobre a possibilidade de que, nesses aviões, possam ser também evacuados alguns cidadãos americanos residentes em Luanda.

— Acho que não haverá problema, desde que seja efetivamente efetuada uma evacuação.

O americano forneceu a Serafião uma relação de nomes e deu-se por satisfeito. Antes de partir, voltou-se para Rafael:

— E o senhor, já conhecia Luanda?

Novaes se interpôs:

— O Rafael? É o nosso veterano de 1975.

— Ah, sim?

— Ele esteve aqui no período da independência. Fez um belo trabalho.

— Ah... interessante — disse o gringo. — E gosta daqui?

— Gostaria de ter tempo para conhecer o lado belo desse país.

— O senhor ficará por muito tempo?

— Provavelmente, uns três meses.

— Ah, então acho que não será ainda desta vez que conhecerá o lado formoso deste país.

CAPÍTULO 7
O HOTEL

Tão logo se despediu de Rafael no aeroporto, Isabel Vorgan dirigiu-se para o hotel Trópico, no centro de Luanda. Voltara a Angola com um bom dinheiro, fruto de recursos que obtivera da indústria de armas e de outros patrocinadores que apoiavam a causa da Unita. Desta vez, não carregava sonhos pessoais nem pensava em realizar grandes coisas. Voltara pelo Brasil, em trânsito, para descansar um pouco e, naquele momento histórico para ela e seus companheiros de luta, queria estar em Luanda quando as forças armadas de seu partido derrubassem o governo de José Eduardo dos Santos.

Seu irmão, Abel Vorgan, opusera-se.

Voltar para quê? Não agora, nestes dias de convulsão. Ela poderia ficar mais tempo no Brasil, conhecer melhor aquela terra tropical, passear pelo Rio de Janeiro, pela Bahia, aproveitar as maravilhas de um país sem ameaças de guerras fratricidas. Retornar para Luanda às vésperas de um golpe de Estado era mais do que simplesmente perigoso, era uma imensa temeridade, uma irresponsabilidade. Poderia custar-lhe a vida ou, na melhor das hipóteses, a liberdade. Abel Vorgan chegara a se enfurecer ao telefone:

— Ó, miúda, tu estás parva ou o quê? Então não estás a ver que o chumbo grosso vai comer por aqui? Os manos vão tomar tudo aqui, pá! É melhor ficar com os brazucas, é mais protegido e confortável.

Mas ela não escutara. Era filha de João Vorgan, nascido e criado na Jamba, que, aos 25 anos incompletos, já era fervoroso comandante da Frente Nacional de Libertação de Angola, de Holden Roberto. Quando Jonas Savimbi rompeu com Holden Roberto e fundou, mais tarde, a Unita, João Vorgan, seu amigo pessoal, fora um dos primeiros a integrar a longa Marcha dos Combatentes da Liberdade, que reuniu dois mil guerreiros em uma epopeia histórica e inesquecível, cruzando ao seu lado o longo caminho em direção a Jamba. Depois, João Vorgan casou-se e teve os dois filhos, que educou com autoridade, na convicção de que apenas duas coisas na vida mereciam total dedicação da parte deles: a pessoa gloriosa e mítica de Jonas Savimbi e a tomada do poder em Luanda. Para isso, ele lutou anos a fio pelo mato. Por Savimbi, seu mais velho mano, estivera em todas as campanhas, recebera numerosas feridas, incontáveis homenagens e perdera o pulmão direito em combate. Agora cabe a ela, Isabel, como filha desse valoroso soldado, estar presente no momento da vitória em Luanda. Não poderia deixar de auxiliar seu irmão, promissor representante da ala jovem do partido, e honrar a memória do velho pai, que dedicara toda a sua vida por aquele instante sempre esperado e comentado.

Pegou a mala e saltou do coletivo apinhado. Ficou parada em frente ao hotel. Um bando de soldados da Unita, aprumados e arrogantes, com pesadas metralhadoras, guardava o portão de entrada. Ela conhecia os maus modos da soldadesca de seu movimento. Seu próprio pai tivera, como eles, aquele olhar agressivo e impenetrável dos fanáticos, aquela atitude superior dos que se julgavam eleitos. Um dos guardas mal-encarados se aproximou:

— Que é que quer?

— Vim ver meu irmão.

Quando disse quem era, o homem a deixou passar, e ela entrou no vestíbulo. Havia mais guardas no interior e na recepção. Ela informou-se e, em poucos minutos, abraçava com carinho o irmão mais velho, um dos herdeiros políticos do líder da Unita. Afastou-se para olhá-lo melhor. Não havia mudado muito. Trazia o mesmo ar enfezado da época em que eram estudantes engajados na luta armada contra os marxistas de Luanda. Contudo, seus olhos pareciam inchados.

Ao contrário dos partidários da Unita, Abel Vorgan tinha visão própria e exercia sobre o velho Savimbi certa influência, talvez uma função de sua filiação ou da clareza com que impunha suas ideias sobre os novos tempos que estavam para chegar. A legalidade democrática, tão em moda no mundo, exigia o novo tipo de comportamento político. A Unita deveria tomar o poder pela força, pois, por meio de eleições livres, ninguém venceria o MPLA. Lembrava-se sempre do que dizia seu pai: "o poder não se recebe, ele se conquista". Então, primeiramente, a Unita tomaria o poder com a força bruta, para depois, segundo seus planos, implantar um longo elenco de medidas, relacionadas em um dossiê secreto que levava a sua assinatura, Abel Vorgan, filho de João, amigo querido de toda uma vida de Savimbi. Diziam até que o líder da Unita chorara muito no enterro do companheiro e estipulara na ocasião pensão vitalícia para a viúva e seus dois filhos. Queria que os miúdos de Vorgan estudassem e fossem alguém na vida.

Por essa razão, Savimbi aceitava certas atitudes ou opiniões do jovem Abel que, se fossem provenientes de outros, teriam custado a eles uma surra, uma cela ou a própria vida. Mas o miúdo Vorgan, não. Este era amado e amava o amigo do pai como a seu próprio pai. Admirava-o mais do que qualquer outro homem vivo. Era-lhe fiel e leal, recebendo, em contrapartida, a grande estima do chefe e a tarefa de auxiliá-lo a conduzir o partido na rota dos novos tempos. E esses tempos não eram propriamente os tempos de Savimbi. Suas grandes qualidades, além da astúcia política, sempre foram a audácia militar, o conhecimento do terreno e a personalidade forte, sempre disposto a fazer oposição armada.

Enquanto lhe foi possível, guerreou contra o MPLA com um vigor intempestivo, fruto de uma ânsia aguda pelo poder supremo e absoluto. Tinha a inflexibilidade do *self-made man* e o carisma de um Soba, chefe de etnia tribal. Sabia tratar os seus homens e dava preferência aos planos de estratégia militar em detrimento dos ensaios políticos da ala jovem do partido menos radical, tão cheios dos jargões modernos que o incomodavam profundamente, sobretudo após a derrota eleitoral nas últimas eleições presidenciais. Mas com Abel era diferente, Abel podia tudo, seria seu herdeiro político.

Abel Vorgan observou a irmã e soltou uma baforada de cigarro que lhe pendia do canto da boca:

— Você é mesmo teimosa.

— Agora escute — reagiu a moça —, estou aqui e quero ajudar. Sei que é perigoso, mas isso não importa. Eu sou da malta, pá, e não vou afrouxar!

Invadiu-o uma enorme ternura por aquela irmã corajosa, como quando, na antiga casa de Jamba, era ela a primeira a aventurar-se mata adentro para descobrir a origem de algum barulho esquisito.

— Já que você quer participar disso tudo, vamos deixar uma coisa bem clara. Se alguém, seja lá quem for, souber do nosso plano, tudo acabará chegando ao conhecimento dos inimigos e dos serviços secretos dos países observadores, que poderão agir e bloquear nossa ação. O segredo deve ser absoluto. Até agora eles têm indícios, mas não certeza.

— Não se preocupe, Abel.

— Certo. Então, ouça lá. Eu vou participar agora de uma reunião no quarto de Chipunga. Lá estarão muitos dos nossos irmãos. Vamos discutir o plano. Enquanto estou lá, você segue para a casa de tia Nita e fica por lá. Vai precisar de uma base permanente e segura para receber meus recados e bilhetes.

— Mas não posso ficar aqui?

— Será muito perigoso em caso de fracasso do golpe.

— E tia Nita?

— Ela não sabe de nada nem deve saber.

— Está bem.

Abel telefonou para o quarto do general Chipunga e foi informado de que a reunião começaria em cinco minutos. Por uns instantes, ficou conversando com a irmã sobre sua estada no Brasil. Depois, aconselhou-a a esconder o dinheiro que trouxera em lugar seguro na casa de tia Nita.

— Ninguém sabe se precisaremos dele nos próximos dias.

Abel chegou ao encontro na hora marcada e deu com o alto comando da Unita em Luanda já instalado ao redor da mesa. Em uma ponta, dois sul-africanos trocavam ideias com o brigadeiro Furacão. Na cabeceira, o general Chipunga fez-lhe sinal para sentar-se ao seu lado e, com sua voz grave e pausada, iniciou a reunião:

— Bem, senhores, o Conselho de Avaliação examinou cuidadosamente o relatório e aprovou todas as conclusões a respeito da iniciativa. Há, no entanto, alguns pontos que eu gostaria de repassar pessoalmente com os meus irmãos.

Todos estavam calados. Abel observava Chipunga com mais medo do que reverência. Era talvez o mais terrível general da Unita. Tinha o porte avantajado e uma enorme cicatriz no meio da testa. Facada de inimigo, feita em combate. Chipunga costumava repetir que esse ferimento lhe fora produzido pelo único soldado do MPLA a quem respeitava e a quem mais odiava: o comandante Zen, atualmente servindo em algum ponto do rio Kwanza.

— Em primeiro lugar — prosseguiu o general —, creio que poderemos executar o serviço em menos de cinco horas se estivermos bem coordenados. Depois de examinar a situação militar do inimigo, não tenho dúvida de que eles estão desprevenidos e enfraquecidos na maioria dos bairros e que um ataque desfechado de surpresa, simultaneamente, em pontos cruciais da cidade, será avassalador. Concentremo-nos no quartel de polícia, no aeroporto, no palácio presidencial e nas estações de rádio e televisão. Deveremos, contudo, criar condições para que não haja sobreviventes entre a guarda do palácio e o oficialato da polícia. Os sobreviventes das tropas deverão ser dispersados para fora da cidade — em Caxito, talvez —, não deixando a eles condições de contra-atacar. Meu sinal será dado tão logo se confirme a ocupação de Huambo pelo nosso mano mais velho.

Abel Vorgan tirou do bolso sua agenda e perguntou:

— E para quando o mano Savimbi prevê a tomada total de Huambo?

— Amanhã — rebateu Chipunga.

CAPÍTULO 8
A ALDEIA

Padre Dionísio observava a mata enquanto a canoa cortava suavemente as águas escuras do rio. O canoeiro Avolê ia atrás, empunhando o remo destramente com as mãos fortes e calosas. O caminho do rio era estreito, e as águas deslizavam como se estivessem murmurando segredos que só o missionário conhecia. Nas margens, as árvores mais altas faziam sombras descomunais, parecendo fantasmas gigantes.

O missionário brasileiro ia triste. No avião, verificara a ignorância, a arbitrariedade e o racismo da sociedade da qual ele próprio era oriundo. Todo esse trabalho, toda uma vida dedicada à obra de Deus, parecia valer pouco se eram muitos os que ainda eram preconceituosos e egoístas. A discussão durante o voo revoltara o padre. Como era possível que existisse gente que ia à igreja, comungava aos domingos, batizava os filhos, porém, no fundo do coração, menosprezava o seu semelhante apenas por uma questão de epiderme, de etnia, de cultura?

Avolê fez um gesto com a mão e continuou a remar. O padre já se acostumara a essas manias do seu remador velho e parrudo. Às vezes, Avolê fazia sinais para a natureza ou falava com os bichos para abrir caminho pelo rio. Um homem como ele, um angolano simples e puro, pai de doze filhos, avô de dezenas, homem feito para ser respeitado e amado, com uma sabedoria natural a serviço da natureza, de sua prole, de sua aldeia, não merecia ser menosprezado por quem quer que fosse só porque era africano e humilde. Avolê era um *Sekulo*, ou seja, um dos mais velhos, auxiliar de *Soba*, o chefe. Quando se reuniam no *onjango*, o lugar de reuniões, Avolê sempre trazia a boa palavra, o conselho sábio, o veredito justo. Costumavam chamá-lo de *Kacilingecimuê*, que quer dizer, no idioma kimbundu, aquele que não faz mal.

Avolê servia ao padre há vários anos. Conhecera o missionário quando este, ainda jovem, desembarcara de um ônibus com uma batina branca e uma mala de pano cheia de santinhos e publicações. No início, custou a entender direito o sotaque esquisito e arrastado do jovem brasileiro. Em fração de segundos, afeiçoou-se àqueles olhos sinceros do alegre religioso, que trazia tantas histórias e um sem-número de ideias para pôr em prática naquela terra carente de alegrias.

Depois de todos esses anos na África, pouco sobrava do sorridente Dionísio Teixeira Viera. Ainda jovem, Dionísio trocara a soberba herança de várias fazendas que seu pai lhe deixaria em Goiás pela humilde vida de seminarista no Rio de Janeiro. Mesmo assim, e apesar da decepção que causou ao velho Vieira, dono de metade da região norte de Goiânia, Dionísio preferiu seguir as pegadas de Jesus.

E foram bons tempos os do seminário, anos livres em que ele e seus irmãos em Cristo dominavam os jardins do velho mosteiro, multiplicando seus conhecimentos teológicos, discutindo a sabedoria dos filósofos e dos santos, enriquecendo-se com a mensagem dos benfeitores da humanidade, jejuando e trazendo a bondade no coração.

E foi por Ele, nosso Pai, que Dionísio deixou a família, fazendas, riquezas e até o amor inocente de uma prima menor para se embrenhar pelo interior da mata africana. Foi por Ele também que, com o tempo, tornou-se um obreiro de Deus, dedicado a cumprir os mais elevados propósitos aqui na terra e a estender a mão caridosa aos que dela precisavam. Sua fé em Cristo transformou sua vida e o fez seu mensageiro para levar a doutrina do amor e da paz aos cantos mais distantes da extensa África. E, nos lugares mais recônditos, Deus foi seu refúgio, seu socorro. Deus tem sido tudo isso e muito mais para ele. Depois de tanta tribulação impiedosa do interior angolano, sentindo na pele as mais estranhas febres e a força da malária, do tifo, da infecção renal que quase o levou desta vida, cá estava ele de volta, restaurado e forte, destemido e inteiro, desejoso de continuar oferecendo sua contribuição ao trabalho do Senhor. Poderia ter aceitado o lugar que lhe ofereceram junto ao bispo de Brasília, o que, polidamente, recusou para retornar ao interior dos municípios angolanos. Poderia ter ouvido os conselhos de seus superiores de que não era mais tão jovem e que deveria cuidar melhor da saúde. Nem o pedido de sua mãe viúva o convenceu a abandonar a África por uma diocese na moderna capital da República. Se o fizesse, quem se ocuparia dos cursos bíblicos nas missões, dos sacramentos nas aldeias distantes, das escolas em que ele era o professor, diretor, médico, curandeiro, amigo e consolo de todos? Quem administraria com justiça as distribuições de alimentos às populações carentes, as obras de infraestrutura básica, as relações da gente humilde com os soldados, marcadas pela violência e pela arbitrariedade? Sem ele, as palavras de Deus não estariam junto aos refugiados, aos abandonados, aos inválidos de guerra. Sem ele, as orações do Senhor não chegariam aos ouvidos dos moribundos prisioneiros encarcerados em valas. E o seu grupo de teatro? Havia se esquecido dele? Deus lhe inspirava a escrever algumas peças, que eram encenadas, em ocasiões especiais, por jovens de várias igrejas.

Pensou em todos os homens e mulheres que ajudara na vida, e isso lhe encheu o coração de alegria. Sorriu para o canoeiro:

— Então, Avolê, como vai o velho Soba?

— Já pouco mastiga, nhô padre, mas ainda está rijo. Diz que aguarda o nhô padre na próxima reunião do *onjango*.

Satisfeito, o velho missionário voltou a olhar para a mata e, subitamente, teve um pensamento que mudou seu semblante e fez brilhar nos seus lábios uma contração:

— E os jovens irmãos Marcos e Márcia, de Ganda?

— Esses não sei, nhô padre. Parece que ainda não voltaram a Ganda depois do ataque.

O padre meteu a mão no bolso e retirou um envelope. Abriu a folha que tinha dentro e se pôs a reler com uma ponta de preocupação uma carta do jovem casal de missionários brasileiros que dizia:

GANDA, 1º DE OUTUBRO DE 1992.

TESTEMUNHO DE MISSIONÁRIOS BRASILEIROS
OBREIROS DO MUNICÍPIO DE GANDA — ANGOLA

Querido padre Dionísio,
"É certo que nem dormita nem dorme a Guarda de Israel"(Sal. 121:4).

Com o vento de todas as tardes angolanas, essa Palavra chegou ao nosso coração enquanto orávamos, acalmando, amenizando...

Foi na manhã de sexta-feira, dois dias atrás. Havíamos ouvido tiros durante a noite e, quando acordamos, vimos muitos soldados armados na rua paralela à nossa. Os vizinhos aflitos perguntavam baixinho: "O que está acontecendo?". Havia um grande e anormal silêncio. Soubemos então que muitos daqueles soldados haviam passado a noite em nossa rua e nas imediações e que no rádio noticiaram que as tropas da Unita estavam cercando a cidade de Ganda. Há poucos minutos, a mesma Unita havia tomado o comando policial, inclusive a rádio local.

O comentário geral era de que, se um tiro apenas fosse disparado, com certeza seria o início de um grande tiroteio, sobre o qual ninguém mais teria controle. Aos poucos chegavam mais soldados, uns bem pertinho de nossa casa, com metralhadoras e bazucas em posição de alerta.

Nossos vizinhos todos começaram a fugir. Levavam consigo o que podiam, trancavam as casas e saíam com as crianças às costas. Alguns dias atrás, fomos alertados pela administração da cidade de que iriam tomar providências quanto à nossa segurança, devido a uma forte tendência de sequestro de estrangeiros brancos. Mas, com certeza, aqueles soldados não estavam ali para a nossa segurança!

Em meio a toda aquela situação, pensamos: "Não há nada que possamos fazer. Fugir para onde? Esconder-nos onde?... Vamos orar!"

Enquanto orávamos, pela janela da sala podíamos ver os soldados, esperando, esperando, esperando... Aos poucos, o espírito de Deus foi ministrando muita calma aos nossos corações, e a palavra que recebemos caiu como um bálsamo, aliviando a nossa alma: "É certo que nem dormita nem dorme a Guarda de Israel". No mesmo dia, tudo se acalmou e nenhum tiro foi disparado, exatamente como havíamos orado.

Nosso apelo continua sendo: ore por nós e por Angola.

Toda gratidão de nosso coração pela sua ajuda, que nos têm suprido em tudo por meio do Senhor.

Um abraço enorme, com todo nosso amor e gratidão.

Deus o abençoe em tudo.

Marcos e Márcia

PS.: Hoje é dia 21. Não conseguimos mandar a carta.

Nesta madrugada, as tropas da Unita invadiram novamente a cidade, com centenas de soldados fortemente armados. Explodiram granadas e dispararam muitos tiros. A população fugiu em correria e, até o amanhecer, não se podia sair de dentro de casa, devido ao fogo intenso. A cidade estava literalmente debaixo de fogo. Vamos aproveitar uma brecha para fugir para Kikulu. Se puder, mandarei um mensageiro colocar esta carta no correio. Sabe-se lá se um dia esta lhe chegará.

Obrigado por sua ajuda e pelas orações.
Deus o proteja!

Marcos e Márcia.

O padre guardou a carta e olhou para o rio, tão grande e misterioso. Ouviu a toada do remo do canoeiro nas águas e depois ficou pensativo.

— Avolê, mudei de ideia. Vamos primeiro para Kikulu.

CAPÍTULO 9
O BAR

Marisbela da Kalunga tinha dificuldades em descer as escadas enlamaçadas e fedorentas do velho prédio. Visto da rua, o edifício não parecia nem tão grande nem tão sujo. Eram oito andares, uma área nos fundos, ao pé da escada, onde mulheres enchiam latas de água e baratas passeavam ao lado de formigas enormes. Marisbela ia descendo com cuidado para não estragar seu vestido novo. Prestava também atenção para não cruzar com o incômodo vizinho brasileiro, careca e gordo, que tanto a molestava com seus avanços e propostas. Sobretudo quando ela descia com aquelas saias curtas, apertadas nas coxas. Os olhos de Nelson Barreto pareciam que iam saltar para fora, estimulados também pelo álcool ingerido, que costumeiramente os tornava vermelhos e mais obscenos do que já eram.

Ela passou pelo gato da velha do quarto andar, desceu ao terceiro, procurando não olhar para as baratas, que fugiam ao barulho dos seus sapatos de salto alto. Passou do segundo andar, onde as crianças costumavam fazer uma zoeira enlouquecedora, e, em passos rápidos, para evitar os olhares indiscretos das vizinhas enciumadas que se aglutinavam para soltar comentários cruéis quando ela aparecia, passou pela entrada em direção à rua. Foi tão rápida que esbarrou em um rapaz de terno de linho claro que carregava uma enorme mala marrom.

— Perdão!

— Não tem de quê — respondeu Rafael Guimarães maquinalmente e ainda sob o efeito do choque que acabara de ter ao ser depositado pelo motorista da embaixada na frente daquela pocilga imunda.

— Posso ajudá-lo? — ofereceu-se a moça.

— Talvez possa me confirmar se é neste prédio que se localiza um apartamento funcional da embaixada do Brasil.

— Sim, é no oitavo andar.

— Tem elevador? — perguntou Rafael ao olhar desanimado para o estado do imóvel.

A angolana conteve o riso e lhe abriu um sorriso doce.

— Lamento, pá, mas vais ter de carregar essa valise pela escada mesmo.

— Sim, é isso, não há alternativa — suspirou Rafael.

— Vai morar com seu Barreto?

— Sim.

A moça voltou a sorrir:

— Bem, meus pêsames. Suba devagar. A primeira vez é sempre difícil. Depois torna-se um costume. Cuidado para não sujar essa roupa tão bonita.

— Lembrarei do seu conselho. Apenas uma pergunta: a moça é minha vizinha?

— Sim.

— E como se chama?

— Marisbela.

Rafael ia fazer um comentário, mas a mulher foi mais rápida.

— Então lhe desejo um bom-dia e adeus.

— Adeus.

Marisbela ergueu os olhos e partiu, as ancas movendo um porte majestoso debaixo do vestidinho apertado. Rafael suspirou. Linda angolana! Marisbela da Kalunga olhou para trás e lançou-lhe outro sorriso. "Pronto – pensou ela – mais um admirador para me perseguir pelo prédio". Contudo, esse parecia diferente, com um aspecto mais agradável e uma roupa finíssima... Ainda haveria de vê-lo, isso era certo.

Coincidência ou não, naquele dia chegou mais alegre ao Bar Aberto, um local de entretenimento na ilha de Luanda. Com a intimidade de quem não esperava consentimento, a moça sentou-se à mesa central entre Natacha e Sunny, as coxas abertas, escandalosas. Foi logo dizendo para as duas amigas altas e produzidas como ela:

— Meninas, acabei de conhecer um gajo especial.

Sunny, mais afoita, quis logo saber:

— Era bonito?

— Porreiro, pá.

— Importante? — perguntou Natacha, a mais profissional e interesseira das três meretrizes.

— Pareceu-me. Estava elegante e vai morar no meu prédio, com aquele gordo da embaixada brasileira...

— É brazuca?

— É.

— Xi! — exclamou Natacha, arrumando o decote. — Esses brazucas são uns pobretões que se julgam espertos, pá...

— Pobrezinho do gajo — defendeu Sunny, que sempre se entusiasmava quando o assunto girava em torno de um novo homem nas paradas. — Marisbela disse que é interessante, pois deixem ela contar. Anda, diga lá, Marisbela.

— Bem... Na verdade, pouco conversamos. Eu descia, ele subia com uma mala pesadíssima. Tinha acabado de chegar e olhava as escadarias com uma expressão de terror, coitadinho. Depois falou algo bonito e engraçado de ter de subir todos os andares a pé. Aí eu disse algo e depois não me lembro. Só sei que me comeu com os olhos.

— Ai, que romântico — exclamou Sunny, embalada na imagem que já fazia do desconhecido. — E como ele é?

— E isso importa? — apartou Natacha.

— Importa sim! É melhor ter freguês bonito do que feio.

— É melhor ter freguês rico — resumiu Natacha enquanto se esforçava para recompor novamente o decote que lhe entrava vistosamente pelas costas esguias. — Veja o Xavier, é horrível, mas já me levou a Lisboa, já me deu um colar de pérolas, uma pulseira de ouro, aquele vestido italiano bordado. Ainda o convenço a me levar a Paris.

— Pois eu não vou com ele nem que me dê uma casa no Mussulu — retrucou Sunny.

— Ele jamais lhe daria nada, pá. Você sabe como ele só gosta de mim. E não adianta lançar a ele aqueles olhares que você vive lançando. O Xavier é só meu e me é fiel porque adora o meu cheiro, pá.

— Fiel? Deixa eu rir. Ontem mesmo ele estava a se arrepiar todo para aquela lambisgoia de Malange. E ela só ficava a provocar, para melhor bulir com a tua cara, do jeito que ela gosta de você...

— Isso é mentira! — enervou-se Natacha.

— É verdade — insistiu Sunny.

Marisbela da Kalunga soltou uma baforada de cigarro que trazia entre os dedos e interveio:

— Oh! Que aborrecida essa história do Xavier, pá. Não há nada melhor para falar nesta cidade?

— Pois — insistiu Sunny — fale do brasileiro, pá.

— Pois sim, é um gajo interessante...

Nesse instante se ouviu uma voz por trás:

— Quem é tão interessante assim?

As três prostitutas sentiram um frio na espinha. Aquela voz...

Elas a conheciam muito bem. Era a voz de um moreno alto, com longas costelas e uma camisa extravagantemente aberta no peito que se adiantou por detrás e se sentou entre as três. Agarrou Marisbela pelo braço e a fez sentar em seu colo. Depois continuou olhando firmemente nos olhos dela:

— Então, a minha princesa está apaixonada?

A moça mal conseguiu disfarçar o misto de medo e repulsa que a presença de Victor Cruz lhe causava nestes últimos dias. Esforçando-se para parecer natural, ela respirou fundo e respondeu:

— Não é nada disso, amorzinho, as duas estavam discutindo por causa do senhor Xavier, e eu falei de um brasileiro que conheci no meu prédio.

— Um brasileiro? — perguntou com aquele olhar enviesado que lhe era característico quando se sentia ameaçado. E sentia-se ameaçado por muitos motivos. Ameaçado de perder as mulheres que trabalhavam para ele, ameaçado pela polícia que investigava suas atividades ilegais, ameaçado de ser assassinado por algum escroque como ele, ameaçado pela longa lista de malandros e vigaristas a quem já enganara por vício ou por dinheiro, ameaçado de perder o amor de Marisbela da Kalunga, que ela nunca lhe dera de peito aberto ou de coração. Por isso era agressivo e brigão, por isso tinha aquele olhar que tanto assustava a bela angolana.

A moça enxugou a testa com a palma da mão e respondeu:

— Foi apenas um homem com quem conversei na porta do meu prédio. Tinha chegado do Brasil e ia subir para o apartamento dele.

— E esse seu príncipe o que faz?

— Não sei. E não é meu príncipe coisa alguma. Mal conversamos. Está se hospedando com um gajo da embaixada brasileira.

— Da embaixada...

— Sim.

Os olhos de Victor Cruz se iluminaram subitamente. Talvez houvesse boa perspectiva de trabalho extra para as suas meninas, o que representava mais dinheiro vivo no seu bolso.

— E que jeito ele tinha?

— Não percebi direito, mas era elegante e educado.

— Elegante e educado... — repetiu enquanto coçava as enormes costeletas que orgulhosamente ostentava.

— Sobretudo educado — disse Marisbela em tom de reprovação, pois sabia que Cruz era tudo, menos educado.

— Os educados costumam ser ricos.

— Por quê? Quer que eu cuide dele para você? — perguntou Marisbela.

— Você não, a Sunny. — E voltando-se para o lado: — Certo, Sunny?

— O que tu quiseres, Victor.

— Conheça-o e traga-o para cá na primeira oportunidade. Faça-se de ingênua, mas não muito. Os brazucas são dóceis, mas não são otários. Veja se tem dinheiro. Se não tiver, livre-se dele.

Marisbela pensava em reclamar, mas não ousou. Para que correr o risco de provocar a ira de Victor Cruz, um gigolô e bandido procurado por prevaricação em Coimbra e por suspeita de assassinato em Lisboa? Era melhor deixá-lo falar agora. Certamente mais tarde se esqueceria do coitado do brasileiro.

Victor Cruz olhou em volta. O bar ainda estava vazio, apenas os serventes arrumavam os copos e as garrafas. O céu estrelado brilhava sobre aquele que era considerado o melhor ambiente noturno de Luanda, em que o gigolô e suas escravas aguardavam a chegada dos fregueses. Não tinham sido muitos nos últimos dias. Maldita perspectiva de guerra, havia diminuído barbaramente a freguesia do local naquela semana. Pensou no brasileiro como se pensa em uma oportunidade de negócio. Que sorte se o otário tiver bastante tesão e dinheiro para dar. E, se for mesmo da embaixada, então, estará cheio da gaita. Aquele pensamento forçou um sorriso no seu rosto embrutecido que logo se desfez. E se o otário preferisse Marisbela? Isso ele tentaria evitar, mesmo se pela força de um bom cruzado no queixo ou uma facada no peito. Marisbela era só dele e dos clientes especiais que ele lhe arranjava. Todos eles inofensivos e generosos: comerciantes com mais idade, funcionários abastados do governo, turistas velhos, seduzidos pelo seu encanto. A todos conhecia pelo nome. A maioria tinha horário fixo para usufruir dos favores da bela Marisbela. Seu Dantas, às terças e sextas; Seu Eugênio exigia o sábado à noite e, para isso, pagava o preço que o gigolô estipulasse. O gringo Bill Shanon também era freguês e apanhava Marisbela toda quarta-feira no horário do almoço, enchendo-a de dólares e de artigos importados. O delegado Póvoas, da polícia, era o único que não pagava, mas, em contrapartida, dava proteção ao Cruz e a todas as suas meninas. Para entrar na agenda de Marisbela, tinha de ter o consentimento prévio de Cruz e, sobretudo, muita grana. Não seria qualquer pobretão brasileiro... Qual foi a palavra que ela usara... interessante? Pois sim! Por duas vezes já a cobrira de porrada por esse tipo de deslize: a primeira fora por causa de um marinheiro alemão por quem ela se apaixonara durante uma festa no Mussulu; depois houve o italiano Dinardi, que chegou a levar um talho no ombro feito pela lâmina afiada da navalha que Cruz sempre trazia no bolso de trás da calça.

Sua luta era constante para manter suas mulheres amedrontadas e fiéis ao seu negócio, que, de resto, era meticulosamente programado e rendia bons dividendos. Muitas moças queriam trabalhar para ele, mas Cruz não deixava. Escolhia as melhores a dedo, como Marisbela da Kalunga, e por elas lutava para manter tudo funcionando como um relógio suíço. Ele sabia proteger esse patrimônio dos convites dos intrusos, que não faziam parte do seu esquema, e das pressões dos competidores, que queriam usufruir dos serviços de suas "executivas" sem oferecer-lhe a devida comissão.

Havia sempre algum homem interessante para atazanar-lhe a vida e virar a cabeça de uma das moças. Sabia como livrar-se deles.

Pelo menos em pensamento, aquela história do brasileiro não mais o aborrecia, sobretudo durante a madrugada, enquanto os gemidos de Marisbela, em seus braços, se confundiam com o barulho do mar, a poucos metros de sua mansão na praia.

CAPÍTULO 10
A MORTE

Nessa mesma madrugada, Sunny e Natacha ainda estavam no Bar Aberto acompanhadas de Patrícia, uma jovem de olhos claros. Conversavam com três empresários portugueses. Sunny apertava o joelho de um deles:

— Meu amor, está tarde.

— Vocês já querem ir?

— Queremos.

— Vocês não têm doenças?

— Oh, meu bem! Que ideia!

— Bem... É que somos casados e, na nossa situação, em Lisboa...

— Não tenha receio, meu amor, somos limpas e temos preservativos.

Os homens pagaram a conta, levantaram-se e se dirigiram para a porta com as mulheres. No caminho, Natacha disse:

— Não se esqueceram de nada?

— O quê? — respondeu o seu acompanhante.

— Adiantamento, benzinho, tem de pagar adiantado.

Os portugueses deram-lhe o dinheiro, que elas rapidamente guardaram dentro dos respectivos sutiãs. A rua estava deserta quando os três casais entraram num carro e rumaram para a hospedagem dos homens nas vizinhanças do aeroporto. Quando estavam chegando a seu destino, foram parados por uma barreira. Quatro soldados armados com metralhadoras se aproximaram.

— O que estão a fazer a esta hora? — berrou um deles. — O que pensam que estão a fazer por aqui?

— Vamos já passando os documentos — foi logo ordenando outro.

Os portugueses, assustados, mostraram seus passaportes e papéis de identidade, que foram examinados e distribuídos para um outro grupo de soldados que se havia aproximado em seguida. Natacha, mais esperta, tentou conversar:

— Ó, meu senhor, o que é que está a haver?

— Calada, pá — ordenou o soldado gritão, enquanto pegava a chave para abrir a mala do carro.

Novos soldados foram chegando de todos os lados, trazendo metralhadoras e morteiros.

— Ó pá, para que tanta gente? — perguntou o português para Sunny.

— Não faço ideia.

— E os nossos papéis?

— Quietos que estes gajos são da Unita e não estão a brincar — ordenou Natacha.

O soldado voltou com a chave e olhou friamente para o motorista, fez um sinal de assentimento aos outros, que rapidamente cercaram o carro e levantaram suas metralhadoras. Natacha começou a berrar:

— O que é isso? Não podem fazer...

E foi a última palavra que pronunciou na vida. O carro foi crivado de balas por todos os lados, e seus ocupantes assassinados em plena madrugada, morrendo sem saber por quê, de forma inesperada e desnecessária. Em poucos minutos, aqueles mesmos soldados iriam tentar tomar o aeroporto internacional de Luanda, iniciando um golpe de Estado.

CAPÍTULO 11
O MIRAMAR

Vavô Domingos subiu o atalho de terra com o passo apressado. Trazia os olhos enormes bem abertos e assustados com o fuzilamento que presenciara. Arrastava os pés descalços no chão sem se preocupar com os cacos de vidro, pontas de pregos e outros detritos que abundavam nas ruas da capital angolana. Na mão, trazia a velha cuia em que as esmolas eram pingadas, e, na cabeça, o jornal dobrado que lhe servia de chapéu. Com aquele sol, cabia proteger-se. Até ele, um debiloide manso, tinha consciência disso. Miúdo Bengo vinha atrás, infernizando o velho amigo, atirando-lhe coisas pequenas, provocando-o.

— Vavô não me pega! Vavô não me pega!

O velho voltava-se, dava uns berros enfurecidos e continuava a subir a ladeira que levava ao elegante bairro Miramar, onde a miséria e a sujeira eram visivelmente menores. Parou no terreno baldio que ficava no alto, acima do barranco, e olhou para a embaixada do Brasil, na frente. Havia, como sempre, alguns guardas na porta, por isso, instintivamente, andou na direção oposta e esgueirou-se pela rua lateral. Miúdo Bengo, que seguia o velho, percebeu de relance a movimentação de carros em frente à missão diplomática brasileira. Uns homens de terno entravam, enquanto outros, com roupas leves, abriam e fechavam as portas. Miúdo Bengo já se acostumara a ter por aquele lugar uma curiosidade reverencial. Que diabos de gente era aquela que falava uma língua mole, que ele entendia bem, e vivia fazendo graça?

As empregadas da vizinhança já lhe haviam dito que os brasileiros eram diferentes dos outros estrangeiros que possuíam embaixadas naquele bairro. Eram mais sorridentes, às vezes nem se compreendia direito o que tanto os alegrava. Diziam que no país deles não havia guerra, nem Unita, nem batalhas e mortes, e que lá habitavam os Trapalhões, o Pelé e o Roque Santeiro. Uma vez, estava sentado no mato, atrás do barranco, quando viu chegar um dos porteiros da embaixada com Joana, a empregadinha de Dona Zica, vizinha da casa ao lado. O homem falava para ela uma série de coisas e, depois, puxou-a para si. Aos poucos se embolaram no chão e ficaram se mordendo.

— Ah... morena gostosa, gostosa... Morena bonita... — dizia o porteiro enquanto a beijava nos lábios e procurava os peitos dela debaixo do vestido.

Miúdo Bengo espiava atônito de seu esconderijo. Sua surpresa foi maior quando ambos se puseram a gemer de forma incontrolada, enquanto se apertavam mais e se lambiam. Por fim, o brasileiro soltou um urro e se deixou cair para o lado. Miúdo Bengo saiu do mato assustado e correu para ela:

— Você matou ele? Você matou?

A moça ficou pálida quando viu o menino e deu-lhe uma bala de chocolate que trazia no bolso.

— Não foi nada não, miúdo — disse ela. — Nós nos queremos e estamos fazendo um exercício bom para o coração. É um exercício que faz perder a barriga ao homem e faz ganhar barriga à mulher.

Aquele fora o primeiro e único contato que tivera Bengo com um brasileiro. Às vezes via de longe o porteiro na frente da embaixada e lhe dava um tchauzinho. O homem olhava, sorria e sempre lhe acenava de volta. Contudo, hoje não era ele que abria o portão de ferro aos homens de terno. Havia mais carros e mais guardas armados que de costume. Algo estava errado. Já de manhã cedo notara o musseque mais silencioso, como se as pessoas estivessem temerosas de que algo acontecesse. Na noite anterior, vira com os próprios olhos a polícia distribuir armas para uma porção de homens e rapazes da vizinhança. Havia uma alteração no olhar das pessoas, uma espécie de reflexo conjugado de medo e tensão. Até Mãe Zefa escondeu uma pistola no fundo do armário.

— Para que isso, mãe?

— É segurança, ó filho. Hoje vê se te comporte e não te afastes de casa.

Sua cabeça ainda pensava nessas coisas quando ouviu o som gutural da voz de Vavô Domingos ecoar, estridentemente, na esquina de dentro. Saiu correndo e, ao chegar ao local, viu o preto explicar aflito para a gorda Vanja algo que parecia o relato do fuzilamento a que ambos assistiram no musseque. A senhora, sentada na frente de seu tabuleiro, procurava acalmar o louco:

— Então foi? Mas já passou, Vavô, viu? Já passou. Volta depois que eu lhe dou um pouco de funji.

O velho não respondeu, viu o menino e começou a reclamar. Vanja então se esquentou:

— Agora vá, Vavô, vá e não venha mais a me aborrecer.

O mendigo saiu resmungando, a cuia na mão, em direção a outra esquina. O miúdo se aproximou da gorda, que ocupava quase toda a calçada com seu tabuleiro enfeitado, sobre o qual se acomodavam cabeças de peixe seco no sal, massa com feijão e farofa, espetos de carne, angu, arroz de viúva e funji.

— Olá, tia.

— Olá, Miúdo, não sabe que é perigoso estar a vadiar hoje pelas ruas?

— Só tô a olhar o Vavô, está muito nervoso.

— Deixe o velho para lá que ele não precisa de babá.

O moleque estendeu o dedo:

— Dá um pouco desse funji, tia?

Vanja encheu um copinho de papel com aquela comida típica:

— Taí, filho.

Miúdo Bengo sentou-se na calçada ao seu lado e estirou as pernas. A gorda perguntou:

— Alguma notícia lá de baixo?

— Quase nada, a polícia ontem armou muita gente. Até a mãe ganhou revólver.

— Não diga.

— A Unita matou um homem ontem, lá no musseque, sem mais nem por quê.

— Você viu?

— Vi. Amarraram ele todo... Aqueles filhos da puta... E fuzilaram ele.

O garoto voltou-se para a preta:

— Desculpe o filho da puta, tia.

A gorda caiu na risada. Aquele moleque era mesmo uma peça.

— Não tem importância. E então?

— Então, Mãe Benta Moxi, que estava lá, disse que seria bom queimar logo o corpo, e Padre Eustáquio, que chegou depois, foi contar tudo na polícia.

Nesse instante, quatro soldados da antimotim que subiam a rua deram bom-dia e dobraram a esquina, na direção do cinema Miramar, uma sala de exibições aberta que se situava em frente à casa utilizada em Luanda pelo líder da Unita e por seus colaboradores mais íntimos. Vanja ficou quieta, rangeu os dentes e exclamou para dentro:

— Vai ter barulho hoje ou amanhã.

— A tia acha que vai ter guerra?

— Talvez...

— A tia já esteve em outras guerras?

— Já, e não é nada engraçado.

— Tu sabes dessas histórias que contam das guerras, tia?

— Que histórias?

— Essas histórias de invadir casas, matar gente, quebrar tudo, roubar mulheres.

— O que é que tem?

— Será que vai acontecer isso no musseque?

— Não sei.

— Será que vão roubar Mãe Zefa?

— É claro que não. Agora vá para casa e pare de pensar bobagem. Fique perto de sua mãe, viu?

— A tia não quer vir?

— Agora não posso. Vou aparecer mais tarde na cubata de Mãe Benta.

— Adeus, tia.

— Vai com Deus.

Miúdo Bengo foi em direção ao atalho que desce até o musseque e fingiu que descia, porém tornou a subir e virou a esquina para entrar em outra rua. Queria encontrar Vavô Domingos. Não podia deixá-lo solto por aí, algo podia lhe acontecer, e o garoto sentia-se responsável pelo velho. Procurou nas ruas laterais e não o encontrou. Decidiu-se ir, então, pela avenida em frente ao barranco até o cinema Miramar para ver se o velho não estaria por lá. Não deu para chegar. Havia soldados da Unita por todos os lados. De longe, viu que o grande cinema estava fechado. Em frente, o menino avistou a casa de Savimbi. Parecia um castelo fortificado, com soldados armados pelos cantos e pela frente. Todos pareciam muito nervosos. Um deles gritou para ele:

— O que o Miúdo quer?

O menino ficou mudo de susto.

— Já para casa! — gritou o outro.

O garoto não esperou duas vezes; virando as costas, desandou a correr no limite dos seus pulmões, chegando como um raio ao atalho e descendo, aos trancos e barrancos, para o musseque. Chegou ofegante, a tempo de ver Vavô Domingos, com um pedaço de pau, perseguindo um cão tinhoso. Respirou fundo e pensou aliviado que estavam em casa, ele e o velho.

CAPÍTULO 12
A MISSÃO

Valente sentiu-se pouco à vontade na antessala do coronel Higino Miranda, assessor do chefe do estado-maior das forças armadas, no quartel-general do Exército. Olhava para Bazuca, Medonho e Das Balas, ao seu lado, e pensava em como estariam melhor nas matas, em companhia do comandante Zen.

Desde que chegaram a Luanda, haviam recebido um uniforme engomado e só tinham participado de uma ação de defesa, na véspera, no aeroporto, na qual puderam constatar o conhecimento precário de seus colegas engomadinhos da capital na arte da guerra real, sob fogo pesado. Se não fosse pela liderança e pelas manobras concertadas dos quatro homens de Zen, o aeroporto teria sido certamente tomado pelo inimigo.

Já esperavam há quarenta minutos quando a porta se abriu e saiu dela um homem alto e com o rosto ossudo:

— Rapazes, sou o coronel Miranda, responsável pela segurança do pessoal diplomático das embaixadas e dos organismos internacionais.

Os soldados bateram continência e ficaram em posição de sentido. Higino prosseguiu:

— Soube que a pátria muito lhes deve pela corajosa participação na defesa das dependências do aeroporto ontem. Estou recomendando os seus nomes para a próxima medalha de mérito militar.

Valente bufou, não escondendo seu desprezo por esse tipo de cerimônias no Exército. Era soldado de ação. Para ele, uma medalha seria como um peso morto, desnecessário, que sobrecarregaria seu peito no momento do combate. Talvez pudesse oferecê-la a Aparecida, sua mulher do Luzamba.

— Pela experiência e coragem demonstradas — continuou o coronel —, vocês estão sendo designados para o Miramar. A missão de vocês é de juntarem-se ao grupo de operações local e garantir a segurança das embaixadas da avenida Boumediènne.

Valente sacudiu a cabeça. Sentiu-se confuso e decepcionado. Julgava que seria mandado para o centro da cidade, onde ouvira dizer que haveria barulho grosso. Em vez disso, estava sendo designado, com seus companheiros, para servir de vigia de embaixadas — logo ele, um cão de guerra. Não se conteve:

— Senhor, não poderíamos ir para o centro? É certo que seríamos mais úteis.

Houve um longo silêncio. Valente sentia os olhos do homenzarrão cravados nele através da fraca luminosidade da sala. O coronel fechou a cara por alguns instantes e disse, afinal:

— Sei que são bons soldados. Foram-me justamente recomendados por essa razão. É no Miramar que se travará um dos mais violentos combates, estejam certos disso. Há muito Unita por lá. Portanto, devemos isolar os inimigos que se encontram concentrados no hotel Trópico, no Comitê Eleitoral e em frente à casa de Savimbi. Esses três pontos formam um triângulo que tem no centro duas embaixadas: a do Brasil e a da Iugoslávia. É preciso impedir que elas sejam danificadas ou assaltadas pela Unita. Estou sendo claro?

Valente assentiu com a cabeça. Não era soldado de ir contra uma explicação lógica. O coronel prosseguiu:

— Vocês devem se apresentar antes do meio-dia no comando daquele bairro. O comando é do Tenente Palázio.

Houve uma longa pausa. O rosto ossudo do coronel Higino analisava friamente os quatro homens. Eram, sem dúvida, quatro combatentes de verdade, daqueles que sabiam virar o resultado de um combate.

Em um gesto que poderia ser de compreensão, o coronel concluiu:

— Conheço bem o Zen e sei o quanto vocês valem. Pois muito bem. No Miramar, terão oportunidade de mostrar tudo o que aprenderam com ele e dar o exemplo quando a luta esquentar, ajudando o tenente a defender a integridade física dos hóspedes de nosso governo.

Os homens permaneceram calados. Higino teve vontade de estender a mão para despedir-se e desejar-lhes boa sorte, mas ficou em dúvida. Os homens de Zen também enfrentavam o mesmo dilema. Por fim, o coronel simplesmente disse:

— Estão dispensados, e boa sorte, soldados,

Higino Miranda sabia o quão fundamentais seriam aqueles homens de Zen na defesa da área do Miramar e do musseque abaixo, representariam um reforço fundamental para garantir a segurança e a integridade das embaixadas. No fundo, nunca confiara inteiramente em Palázio como combatente. Era mais um burocrata, um almofadinha autoritário, sem a visão estratégica do combate. Ele precisará de Valente e seus amigos. Aliás, Luanda toda precisava. Com cem homens como aqueles, a capital estaria a salvo.

Os guerreiros de Zen foram juntar-se a outro grupo e levados em um caminhão ao comando do Miramar. No caminho, Bazuca e Das Balas trocavam impressões enquanto Medonho fazia caretas, procurando assustar, com seu aspecto torpe e brutal, alguns soldados mais jovens, visivelmente inexperientes e impressionáveis.

— Pare com isso, Medonho — disse Valente, sem retirar os olhos da ponta da península que se estendia na parte baixa da cidade, em frente ao mar.

Quando chegaram, foram encaminhados ao pátio onde se encontrava o tenente Palázio, debruçado em um mapa da cidade. Ao ver o grupo, levantou-se e lançou-lhes um olhar intimidativo. Em poucos minutos de conversa, Valente reparou que o homem era um desses oficiais aprumados e falantes, certamente com grandes conhecimentos teóricos, porém despreparado para a luta. O tenente interessou-se por Medonho:

— E tu, de onde vens, pá?

Medonho, desacostumado a grandes conversas, fez careta e grunhiu:

— Kwanza-Sul, senhor.

— E o que fazias lá? — insistiu o tenente.

— Matava Unitas, senhor.

Nesse ponto, Medonho reparou que todos o olhavam e, como todo gigante, sentiu-se encabulado pelo que dissera. Valente veio em socorro do amigo:

— Nós quatro estávamos no destacamento do Kwanza-Sul, senhor, sob as ordens do comandante Zen.

O jovem oficial, que conhecia perfeitamente a lenda do grande comandante daqueles interiores, aproximou-se de Valente e falou de forma professoral:

— Vocês aqui devem lembrar-se de que são soldados do povo, e não de um determinado comandante. Aqui também enfrentarão momentos difíceis de combate. Deverão estar atentos e preparados para defender este bairro. O sargento Brás — e apontou para um militar baixote e calvo que se encontrava ao seu lado — irá mostrar-lhes o terreno e ensinar-lhes nossas operações. Obedeçam em tudo ao sargento e estarão em segurança.

Bazuca teve vontade de vomitar, e Medonho fez uma careta que não passou despercebida ao sargento. Valente se limitou a dizer:

— Sim, senhor.

O tenente andou até o mapa e começou a explicar a localização dos três lugares de acantonamento da Unita no Miramar, os dados que tinha sobre o número de tropas e o tipo de armamento em poder do inimigo. Terminou por sublinhar a importância das aspirações legítimas do governo em sua longa e gloriosa luta por um futuro de paz e de independência completa da pátria. Valente já nem escutava, preocupado em ir de uma vez conhecer o terreno. Havia de conhecer os abrigos da Unita antes de o conflito eclodir. Olhou para a expressão teatral do tenente e teve a nítida impressão de que estava sendo comandado por um idiota.

Finalmente, acompanhados do sargento Brás, foram conhecer as redondezas. Não tardaram a entrar na avenida Boumediènne, ainda conhecida pelo seu antigo nome, Almirante Azeredo Couto, onde puderam observar melhor as embaixadas. Mais no fundo, antes de chegar ao cinema Miramar, pararam. Bem adiante estava o inimigo acantonado, em posições estratégicas, dominando a área em torno da casa de Savimbi.

Valente olhou de longe para os soldados da Unita. Percebeu, então, que havia neles algo que parecia familiar e que já identificara tantas vezes nos militares daquele movimento, no interior do país: a mesma arrogância, o mesmo jeito desagradável, a mesma sensação de imprevisibilidade que transmitiam aqueles fanáticos tribalistas ao empunhar uma arma. Com uma postura prepotente e reações agressivas, os homens de Savimbi, em qualquer tipo de situação, pareciam sempre a ponto de enfurecer-se e fazer tudo voar pelos ares. Nos piores momentos nas matas, reconhecera aquele mesmo alheamento ameaçador como se fosse em senso irracional do poder, capaz de cometer as maiores brutalidades sem uma explicação lógica, de explodir em frenética violência sem grandes motivos.

Valente olhou para os companheiros e viu que Das Balas estava observando-o. Guardaram silêncio. Nem era preciso comentar o que os quatro homens de Zen já haviam reparado só de observar: cada um daqueles bem armados soldados poderia, na luta, fazer mais estragos naquele bairro do que se podia imaginar ou do que o comando frágil do tenente Palázio poderia impedir. Outra coisa era certa: a embaixada do Brasil tinha uma péssima localização, fazendo esquina em um ponto da rua que, em caso de luta, ficaria no meio do fogo cruzado.

Valente chamou o sargento.

— O que há mais para lá do cinema, sargento?

— Ao lado direito, há o declive e um barranco que vai dar no musseque. Para a esquerda, atravessando a rua, o cemitério.

Valente olhou nos olhos do sargento:

— Se o inimigo avançar além da esquina da embaixada dos brazucas, isto vai se transformar num verdadeiro massacre.

— Não precisa explicar o que já sabemos, soldado — falou o sargento. — Por isso vamos deixar guardas na frente das embaixadas.

— Não é necessário que seja na frente das embaixadas, sargento. Devemos fortalecer alguns pontos mais protegidos aqui mesmo, bem na frente do inimigo.

— Não se preocupe, soldado, sabemos o que fazer em Luanda. Não é necessário que vocês, do interior, venham nos explicar como agir aqui na capital.

— E como agiremos, senhor? — provocou Das Balas.

— Vocês receberão as ordens no momento oportuno.

O grupo voltou ao comando, cortando caminho por dentro. Quando chegaram, Valente chamou Das Balas, Bazuca e Medonho a um canto e disse:

— Vamos voltar até lá. Quero dar mais uma olhada e escolher exatamente onde deveremos nos situar quando tudo isto começar a explodir.

Meia hora depois, deram um jeito de sair novamente do quartel. Passaram por uma rua mais movimentada até chegar a outra lateral, menor. Entraram nela e passaram por uma mulher gorda que conversava com um menino diante do seu tabuleiro de comidas típicas. Cumprimentaram a mulher, dobraram a esquina e andaram por mais cinco minutos até chegar ao local em que haviam estado com o sargento Brás. Valente observou com atenção o terreno e disse:

— Medonho, tu ficas debaixo daquele tanque de lixo, naquele buraco. Se eles avançarem muito, você desce a encosta. Bazuca, estou pensando em colocar você em cima daquele telhado. Com seu lança-projéteis, você fará um bonito estrago até que eles reparem de onde vieram os disparos... Quando descobrirem, desça e se instale atrás daquele muro na esquina. Há um buraco onde você pode abrigar-se. Eu e o Das Balas ficaremos pelo meio, atrás daquelas árvores. Se o fogo for muito intenso, há uma vala no final da rua, lá embaixo, onde poderemos manter nossas posições e impedir o avanço do inimigo por um bocado de tempo. Estamos de acordo?

Das Balas falou a meia-voz:

— Todos contigo.

— Certo — disse Medonho. — Vamos encher de chumbo esses paneleiros da Unita.

Quando passaram na esquina, no caminho do comando, cruzaram com um mendigo esquisito, de olhos grandes e esbugalhados, que, entre frases desencontradas, perguntou-lhes:

— Viram minha neta? Minha netinha... tão boazinha... Minha neta... Uma menina esperta...

Não sabiam eles que aquele traste humano havia sido o veterano comandante Xivucu, herói de muitas campanhas, sobre quem Agostinho Neto, o herói da independência de Angola, escrevera uma de suas poesias imortais.

CAPÍTULO 13
A TRABALHEIRA

Seu Almeida parou a Parati, buzinou três vezes, conforme fora combinado, e ficou esperando embaixo do prédio. Trazia os olhos inchados de cansaço. Tinha trabalho excessivo, até altas horas da noite, todos os dias, dirigindo aquela viatura de serviço da embaixada brasileira. Pegava a correspondência, pagava as contas, comprava os jornais, buscava os funcionários que não tivessem carros para levá-los à chancelaria. Na hora do almoço, fazia o caminho inverso, devolvendo todos às suas casas. No início da tarde, voltava a apanhá-los e os levava em segurança ao trabalho. Em uma cidade sem táxis e com um sistema de condução coletiva caótico, ele era o único meio de transporte dos funcionários brasileiros. Depois, o bom homem ficava fazendo outros serviços diversos que a administração exigia. No final do expediente, esperava pelos diplomatas, que só terminavam o seu trabalho por volta das 20 ou 21 horas, quando já não era seguro circular pelas ruas.

Essa atividade toda no trânsito era perigosa. Havia barreiras de controle, havia os loucos aos volantes, havia os pedestres irracionais, havia o imprevisível, a instabilidade, a insegurança, o medo no ar. Naquela manhã, estava tudo silencioso. Não se via gente nas ruas, exceto a polícia em número exagerado. Velho combatente do MPLA, seu Almeida sabia que algo estava para acontecer. Não precisava ser vidente para chegar a essa conclusão. Bastava olhar nas ruas os militares de ambos os lados.

Rafael entrou no carro e cumprimentou o motorista, que lhe ofereceu o jornal para ler.

— Bom-dia, Almeida.

— Bom-dia, senhor.

— Tá tudo complicado, não está?

— Parece, senhor.

Pouco depois, Nelson Barreto entrou também no automóvel e refestelou sua barriga no banco da frente. Voltando-se para trás, o oficial de chancelaria puxou conversa com o diplomata. Rafael fingia prestar atenção, mas não ouvia. Sua mente estava sintonizada na manchete que acabara de ler na primeira página do Jornal de Angola e que dizia: *Huambo ocupado pela Unita.*

Barreto conversava sobre muitas coisas, e Rafael, por mais esforço que fizesse, não conseguia sequer identificar sobre o que estaria discorrendo seu novo companheiro de apartamento. Com a tomada de Huambo, as coisas se complicavam também em Luanda. A Unita passaria a ter controle efetivo da metade do país e, talvez, quisesse testar logo sua força em um golpe na capital. O diplomata alçou os olhos e viu que o motorista o observava pelo retrovisor.

Tiveram um momento de cumplicidade:

— Seu Almeida.

— Sim, senhor secretário.

— O que o senhor acha?

— Acho que a melhor coisa a se fazer a partir de agora é não circular por aí e permanecer na embaixada.

— Há comida estocada?

— Não muita.

— Há algum armazém com estoque suficiente de alimentos não perecíveis perto da embaixada?

— Há sim, senhor.

Rafael fez uma longa lista de produtos e a entregou ao motorista:

— Seu Almeida, após nos deixar, quero que o senhor vá pedir autorização ao conselheiro Novaes para ir com dois dos nossos seguranças comprar estes produtos nas quantidades que indiquei. Pegue a nota fiscal, ponha tudo na mala do carro, compre também velas, fósforos, pilhas médias e pequenas e volte logo para a embaixada. O senhor entendeu?

— Sim, senhor.

— Barreto.

— Pois não — respondeu o oficial de chancelaria.

— É você quem trata da administração na embaixada?

— Não, é o Pedro Guarany.

— Pois bem, quando chegarmos, quero que você peça a ele para retirar das proximidades das janelas da residência e da chancelaria tudo que houver de valor. Que coloque as coisas no chão e longe das paredes. Depois, passe na mesa da secretária do embaixador e peça-lhe que prepare uma relação dos comandos militares e do delegado de polícia da área do Miramar. Avise também a quem tiver carro que, a partir de hoje, seria melhor colocá-los dentro do pátio da embaixada. Certo?

— Sim, mas o senhor acha que é mesmo necessário fazer isso tudo?

Guimarães não respondeu. Seu pensamento já ia mais além. Imaginara o trabalho que iria ter para manter todos calmos, alimentados e, sobretudo, vivos. Recordava-se do Rafael de 1975, alerta e atuante, guiado pelo instinto de sobrevivência, e não enxergava outra imagem que a do caos da batalha. Quem jamais passou por uma guerra não podia conceber a dimensão do estrago. Ele podia, pois sabia; havia visto de perto os efeitos da guerra.

Mal chegou à sua sala, ligou para Serafião Novaes, que, com a ausência do embaixador, assumira a encarregatura de negócios.

— Alô, meu velho, como vão as coisas?

— Uma confusão — respondeu o Serafião. — Tenho recebido inúmeros telefonemas e trocado ideias com muita gente. As coisas por aqui tendem a se complicar.

— Estava pensando em preparar um telegrama relatando os últimos desdobramentos da crise, sem dramatizar, mas narrando o que está efetivamente ocorrendo na cidade. Você me autoriza?

— É claro — respondeu Novaes. — O Ronaldo me disse que, na sua ausência, eu deixasse você com a informação política. Escreva, escreva, meu velho, pois eu estou sem tempo, o dia inteiro ao telefone, uma loucura.

— Pedi ao seu Almeida para comprar e estocar comida na embaixada. Você autoriza?

— Você acha necessário?

— Sim.

— Então faça.

— E pedi ao Barreto acionar o Pedro Guarany para tomar algumas providências logísticas que protejam melhor os bens do inventário em caso de bala perdida, se houver tiroteio.

— Perfeito, meu velho. Faça o que julgar oportuno. Mais tarde, venha à minha sala. Receberei Sandro Lombardi, diretor da Odebrax em Luanda.

— Está bem.

Rafael desligou, abriu o jornal sobre a mesa e devorou-o por inteiro em poucos minutos. Era a segunda vez que lia, após muitos anos, o Jornal de Angola e manteve a opinião do dia anterior: o periódico não mudara em termos de conteúdo e de formato. As notícias ainda versavam sobre poder político, domínio militar, rivalidade do governo (MPLA) *versus* a oposição (Unita). Os editoriais não haviam mudado, descrevendo com ênfase e muitas tintas o que consideravam ser a parcialidade dos países ocidentais do Conselho de Segurança da ONU em favor do movimento de Savimbi. A tônica das matérias insistia em que, por cumprir os acordos de paz assinados, o governo estava só e não contava mais com a ajuda armada e técnica da Rússia e de Cuba. Em contrapartida, a Unita prosseguia recebendo apoio militar do governo apartheísta da África do Sul e apoio logístico e financeiro do governo norte-americano. A luta era desigual, entretanto os redatores do jornal acreditavam na democracia das urnas e enalteciam as forças do governo, qualificando-as de imbatíveis, pois estavam com a razão ao seu lado.

O país era mesmo esse povo que, em Luanda e alhures, fora às urnas e votara em José Eduardo dos Santos para presidente. E, por isso, o ex-chanceler de Agostinho Neto era o presidente efetivo e legitimado pela vontade democrática. O cinismo das grandes potências ocidentais de não reconhecer e combater o candidato vencedor do MPLA era constantemente enfatizado pelos editorialistas. Essas potências, que se diziam defensoras dos ideais democráticos, quando lhes interessava, apoiavam disfarçadamente uma organização sem legitimidade como a Unita, que pretendia impor-se no país pela força de seus morteiros. Com quem estava a legalidade: com o candidato vencedor de eleições fiscalizadas pela ONU ou com um exército tribal que insistia no golpe, cismando em tomar o poder com seus tanques e canhões?

Rafael Guimarães pensou no que acabara de ler e ficou refletindo. Se tanto uns quanto outros em uma guerra jamais são imparciais, ele, como diplomata, deveria sê-lo. Esse era um princípio básico e fundamental. De tudo o que leu e com base em alguns telefonemas que efetuou, começou a escrever sobre o assunto. As notícias estavam fervilhando e se referiam à ocupação da cidade de Huambo, capital da província do mesmo nome, no centro-sul do país, pelas tropas da Unita após intenso tiroteio iniciado na véspera, contra o palácio e outras instituições do governo municipal. Segundo o governador provincial, que conseguiu refugiar-se em Luanda, as baixas eram incontáveis, sobretudo de populares e autoridades civis. Ele teria também declarado que a Unita queria implantar a sua república e que, para isso, havia tomado as estações de rádio e de televisão, o quartel da polícia e a prefeitura.

O pânico causado nos habitantes da região pelo fogo cruzado e pelos saques que estariam sendo efetuados aos bairros de periferia e no centro da cidade estava descrito em minúcia, com todas as letras do alfabeto. O governador revelara também as tentativas malsucedidas dos representantes das Nações Unidas para procurar resolver pacificamente a situação. Constava que os serviços públicos e o comércio em Huambo estariam paralisados e que a Unita teria saqueado o hospital e se preparava para invadir o Palácio do Governo.

Com a tomada de Huambo, Savimbi passava a exercer controle efetivo de metade do país, que era o que almejava em uma primeira fase. Com Huambo transformada em quartel-general e com o projetado de domínio militar das capitais abaixo do paralelo 13, o líder da Unita obtinha os meios de implantar sua república e de negociar com José Eduardo dos Santos em posição de igualdade.

O governo, em comunicado divulgado na rádio, qualificara a tomada de Huambo de declaração de guerra e alertara a Unita a respeitar o compromisso de paz firmado em Bicesse, a fim de não iniciar um novo período de combates de consequências desastrosas para o país e para si.

Nesse clima de tensão, os incidentes armados prosseguiam em todo o território angolano, inclusive em Luanda, onde, na última madrugada, segundo fonte da Diretoria da Sociedade Angolana de Petróleo, as instalações de combustíveis do aeroporto internacional haviam sido atacadas e resistiram aos tiros de obuses graças à espessura das paredes de proteção dos tanques. Do incidente resultara a morte trágica de alguns civis, inclusive três portugueses e três angolanas, metralhados em um carro na vizinhança do aeroporto.

A evolução da situação apontava, senão para a balcanização do país, para o retorno a uma guerra, desta vez mais terrível, por estar sendo travada, inclusive, dentro da própria capital do país. O discreto desempenho da ONU, imposto pela passividade das grandes potências, devolvia aos dois líderes angolanos a responsabilidade de manter uma paz que não parecia ser mais do interesse de um dos lados.

Guimarães ouvira troca de tiros desde cedo, naquele dia. Os tiroteios e as explosões, que na véspera ouvira no centro e mesmo nas imediações da embaixada, retratavam o estado de beligerância prestes a eclodir. A cidade parecia ressentir-se do estado precário de seus serviços públicos, o trânsito agravava-se com as sinalizações deficientes, a falta de eletricidade era constante, o desabastecimento de água atingia diversos pontos da capital. Rafael reparara, também, que, no Miramar, os seguranças que prestavam serviços à embaixada não haviam comparecido de manhã ao trabalho, possivelmente por medo ou falta de condução.

De pronto, Guimarães levantou os olhos, como se só naquele instante tivesse tomado consciência da gravidade da situação: a embaixada estava desprotegida... Sentiu pela primeira vez, desde que chegara ao país, aquela mesma sensação terrível de impotência.

Nisso, o telefone tocou:

— Rafael — era voz de Serafião —, o Lombardi já está aqui comigo.

— Estou indo.

Sandro Lombardi, diretor-geral da Odebrax em Angola, era um homem pequeno e gentil. Estava visivelmente nervoso quando começou a explicar que a Unita passara a controlar os municípios vizinhos a Luzamba, onde a empresa desenvolvia projetos de construção.

Ao ter ciência desse acontecimento, Lombardi reunira-se com o comandante-geral da Polícia Nacional, que excluiu inteiramente a possibilidade de enviar reforço de policiamento para a segurança dos 630 funcionários e trabalhadores brasileiros que operavam na área.

— Diante disso — prosseguiu Lombardi, suando por todos os poros —, a empresa decidiu trazer todo o pessoal para a Vila do Gemak (alojamento da Odebrax em Luanda) e, dentro de dois ou três dias, evacuá-los para o Brasil.

Evacuação!

Essa palavra soou como um gongo nos ouvidos de Rafael.

Desde que chegara a Luanda, evitara falar em evacuação, pois nem Ronaldo nem Serafião haviam tocado com ele no assunto. Diante do perigo iminente, era inevitável que alguém levantasse essa hipótese, e Lombardi o fez em sua explanação que prosseguiu, acendendo nervosamente um cigarro.

— Há, entretanto, um grande problema: as forças da Unita proibiram a utilização do aeroporto de Luzamba para a operação que gostaríamos de realizar ainda hoje. Já temos um avião Hércules que poderia, em três viagens, trazer todo o pessoal para Luanda. Pediríamos, se possível, que a embaixada fizesse gestos oficiais junto à direção da Unita, com vistas a obter permissão para a saída dos nossos empregados de lá.

— Bem, procuraremos agir o quanto antes — disse Serafião com a calma de um profissional experiente. — Precisarei, no entanto, das características do avião e da frequência de rádio que será utilizada nas operações.

— Isso posso lhe fornecer tão logo regresse ao Gemak — disse Lombardi, levantando-se. — Permita-me que não abuse mais do seu tempo, inclusive porque temo passar por dificuldades antes de chegar ao escritório. Isto virou um barril de pólvora. Vai estourar de um momento para o outro.

Os três ficaram calados por uns instantes e se olharam, mas não só de tensão. Imaginavam o que poderia acontecer com todos se as ruas ficassem intransitáveis, se a água sumisse, se o telefone fosse cortado, se a luz desaparecesse, se a embaixada e o Gemak fossem invadidos, se os estrangeiros fossem assassinados, se...

Bem, de que adiantava imaginar tanta desgraça? Todavia, tudo era possível, até mesmo provável, podendo ocorrer em um futuro mais próximo do que se poderia supor. Era preciso precaver-se. Ao despedir-se de Lombardi, Serafião reiterou a necessidade de que ficassem em contato por meio dos *walkie-talkies*, que ambos possuíam na mesma frequência.

Quando Lombardi partiu, entrou a secretária Regina Flores e dirigiu-se a Serafião:

— Senhor conselheiro.

— Sim?

— O embaixador está ao telefone. Deseja lhe falar.

Novaes agradeceu e pegou o fone:

— Alô!

Ao longe, escutou a voz abafada de Ronaldo Cavalcante:

— Sim, Serafião, como estão as coisas por aí?

— Bem, Ronaldo, acho que a situação está se deteriorando um pouco.

— Eu sei, falei com o secretário-geral, que me relatou o teor do último telegrama recebido de vocês e me autorizou a suspender as minhas férias. Chegarei a Luanda no voo de amanhã.

Serafião ficou lívido.

— Amanhã? Mas você acha que é prudente? Os estrangeiros estão querendo sair de Luanda, e você pensa em voltar... A cidade está em pé de guerra...

— É por isso mesmo... Como chefe do posto, não posso ficar distante de tudo. Já está resolvido. Sou responsável pela segurança de todos vocês, e os contatos que tenho na cúpula do governo devem ajudar.

— Sim, eu sei disso, entretanto está difícil circular nas ruas. Não sabemos se amanhã será possível chegar ao aeroporto para buscá-lo...

— Serafião, não insista. Fale com o Pedro Guarany e o Almeida. Chegaremos amanhã, por volta das treze horas locais.

— Chegaremos?

— Sim, eu e Ana Marina.

CAPÍTULO 14
AS GESTÕES

Embora tenso, Abel Vorgan sentia-se feliz. Tinha certeza de que, em poucos dias, horas talvez, a cidade de Luanda lhe pertenceria. E quem teria coragem de negar algo a ele, homem de confiança da organização, o mais novo mano de Savimbi, conforme fora apelidado pelos antigos membros do partido? Também fizera por onde. Suas propostas eram sempre aceitas pela liderança da Unita, e seus longos relatórios ao mano mais velho serviam muitas vezes de orientação às ações políticas e aos discursos de Savimbi. Haviam perdido as eleições de setembro, mas isso não importava, pois agora estavam dentro de Luanda, com soldados bem armados e treinados, equipamentos, munições, carros de combate. Seria fácil tomar a Futunga do Belo, residência oficial do presidente José Eduardo, e assumir as rédeas do país.

Naquela noite, Vorgan saíra cedo. As luzes da cidade pareciam candelabros fantasmas a iluminar a avenida oceânica. Não havia muito tráfego e, por isso mesmo, ele pisou no acelerador. Concordara em receber em audiência um diplomata brasileiro na casa de tia Nita, no Miramar, naquela mesma noite, para tratar, segundo lhe foi adiantado, da segurança de uns operários brasileiros em Luzamba. Na qualidade de responsável pelos assuntos estrangeiros da Unita, estava habituado a esse tipo de encontro com autoridades estrangeiras, embora, desta vez, em função da situação, preferisse não ter saído do hotel. Contudo, era sempre bom rever a tia Nita. Aproveitaria para trocar ideias com sua irmã Isabel e para dar alguns telefonemas. Sabia que, em algum ponto de Luanda, o general Chipungo e o brigadeiro Furacão estariam coordenando a ofensiva prevista para amanhã, e ele tinha de passar para a irmã certos detalhes que haviam sido abordados na reunião de que participara. Não lhe agradava, no entanto, ter de conversar com um diplomata, sobretudo fazer algo pelos brazucas, que pouco fizeram pela Unita.

Ao chegar, saudou com dois beijos tia Nita, que se encontrava a tricotar na varanda, sentada em uma cadeira de palha embaixo de uma tênue lâmpada. A irmã não estava. Segundo a velha, havia ido ao mercado e ainda não voltara. Abel explicou à tia que receberia uma visita em poucos minutos e que iria para dentro de casa fazer umas chamadas. A primeira que fez foi para um amigo da rádio Galo Preto, estação da Unita, por intermédio de quem soube que corriam rumores, cada vez mais insistentes, de que não eram certas as possibilidades de vitória do golpe que a Unita pretendia iniciar no dia seguinte em Luanda. O MPLA, prevenido, já armara a população e estaria organizando milícias populares em todos os bairros da cidade. Com outro companheiro de partido confirmou o que já previa: com o golpe, a Unita perderia parte do apoio internacional. A comunidade das nações não costuma apreciar quem aplica golpes de Estado. Se o golpe não desse certo, seriam transformados em violadores dos acordos de Bicesse e duramente criticados na imprensa mundial. Mas isso não ocorreria. A vitória seria rápida, e Savimbi entraria em Luanda pela porta da frente para domesticar a ferro e fogo, se preciso fosse, essa malfadada malta do MPLA.

Minutos depois, Rafael Guimarães tocou a campainha e, como ninguém atendeu, bateu suavemente à porta da velha casa, situada a alguns quarteirões da embaixada. Meio minuto depois, o postigo da porta se abriu, e um rosto apareceu:

— Boa-noite, meu nome é Rafael Guimarães. Tenho um encontro marcado com o senhor Abel Vorgan.

A porta se abriu, e uma pequena anciã, de olhar penetrante, fê-lo entrar até a varanda:

— Queira aguardar enquanto chamo meu sobrinho.

Minutos depois, surgiu Abel Vorgan, que, após os cumprimentos, levou Rafael para a sala de estar. Por uns instantes, foram trocadas as costumeiras amabilidades. Depois, Guimarães sentou-se e entrou no assunto:

— Como é do seu conhecimento, senhor Vorgan, a Unita está controlando Luzamba, onde a empresa brasileira Odebrax desenvolve projeto de construção civil.

— Sim, conheço o projeto.

— Muito bem... Fui informado de que a direção daquela empresa pretende retirar os 630 funcionários brasileiros que operam naquela área.

— É compreensível, diante da situação...

— Ocorre, entretanto, que o acampamento dos trabalhadores brasileiros foi invadido por soldados de sua organização.

Abel Vorgan permaneceu calado e impassível, observando Guimarães com um olhar que mais se assemelhava a um oceano gelado. Depois recompôs-se e falou:

— Isto é muito lamentável, senhor Guimarães. Mas o senhor deve concordar que estamos em turbulências. Diga-me, o que posso fazer?

— Em nome das boas relações existentes entre Brasil e Angola, seria fundamental preservar a segurança dos trabalhadores brasileiros em território angolano. Nesse sentido, o governo brasileiro agradeceria se fosse mandada mensagem urgente da direção da Unita às tropas em Luzamba para deixarem o acampamento brasileiro e cessarem toda e qualquer hostilidade.

— Bem, vou ver o que é possível fazer. Pessoalmente, não vejo problemas maiores em que seu pedido, um pedido do governo brasileiro, seja prontamente atendido.

— Muito obrigado, senhor Vorgan. Sabemos também que as suas tropas proibiram a utilização do aeroporto de Luzamba. Ficaríamos igualmente gratos se os nossos aviões pudessem aterrissar apenas para buscar o pessoal brasileiro e trazê-los em segurança para Luanda.

— Para obter permissão do aeroporto, senhor Guimarães, torna-se necessário ter as características dos aviões e a frequência de rádio que seriam utilizadas nas operações.

Rafael, que, na véspera, já pensara naquilo, tirou do bolso um envelope lacrado e entregou a seu interlocutor:

— Aqui estão todos os dados de que precisa, senhor Vorgan.

— Muito bem, não vejo nenhum problema a que se leve adiante a operação. Enviarei, ainda hoje, mensagem aos nossos responsáveis em Luzamba.

— O senhor é muito amável.

— Diga-me, senhor Guimarães, a Odebrax pretende evacuar todos os funcionários de Angola?

— Não tenho conhecimento nem recebi ainda informações da empresa e esse respeito.

O jovem olhou fundo nos olhos de Guimarães.

— Permita-me desde já — disse — antecipar ao ilustre diplomata que estou tendo uma impressão muito positiva deste nosso encontro, não só pelo favor que poderei prestar aos trabalhadores brasileiros, mas pela oportunidade que está nos oferecendo de aproximação com o representante de um governo que sempre se manteve afastado de minha organização.

— Agradeço a amabilidade de suas palavras quanto à utilidade de nosso encontro e antecipo-lhe que o Brasil jamais procurou afastar-se da Unita; evitou apenas envolver-se nas disputas internas entre as forças políticas angolanas, mantendo imutável sua posição de respeito à soberania e à independência do país irmão.

Abel Vorgan prosseguiu com serenidade:

— Reconheço ter sido compreendida pelo meu movimento a postura oficial brasileira de privilegiar o relacionamento com Angola a nível de Estado. Admito, em particular, que o governo brasileiro foi coerente em desencorajar, sempre que possível, contatos extraoficiais na área militar quando procurado por emissários nossos e do MPLA.

— A nossa cooperação é pela paz, e não para alimentar a guerra — frisou Guimarães. — Como o senhor está a par, o que nos importa é estabelecer um relacionamento fraternal com Angola, voltado essencialmente para as oportunidades de intercâmbio e para o estreitamento dos vínculos étnico-culturais de nossa identidade partilhada.

— Belas palavras que refletem exatamente a postura de nosso movimento — observou Abel Vorgan. — A Unita jamais deixou de ver com bons olhos a cooperação com o Brasil, país que considera em condições naturais de assegurar uma presença construtiva em meu país. Acreditamos, ademais, que essa estreita colaboração com o Brasil continuará a ocupar posição de prioridade na política internacional angolana em eventual governo integrado pela Unita.

Mas o que significava aquilo? Abel Vorgan estava adiantando diretrizes da política exterior de um futuro governo da Unita?

Para aproveitar a abertura que seu interlocutor lhe dava naquele momento, comprovando a evidente intenção de sua organização de tomar o poder à força, Rafael perguntou sobre a evolução recente dos contatos internacionais da Unita e, em rápidas palavras, Vorgan relatou que a África do Sul continuava a ser a principal base de apoio ao exército de seu movimento na região e que Savimbi prosseguia mantendo estreito diálogo com o presidente sul-africano e com a empresa daquele país. Ao ser indagado por Guimarães se o fortalecimento dos ideais democráticos em vários países africanos não servia de estímulo a uma atuação menos agressiva da Unita frente ao governo do MPLA, vencedor das últimas eleições, Abel Vorgan foi ríspido:

— Essas eleições foram fraudadas, senhor Guimarães.

— O senhor tem provas disso, senhor Vorgan?

— Não creio que seja de minha competência provar-lhe nada.

— Então, é de minha competência, como brasileiro, que torce por uma Angola democrática, recordar-lhe de que as eleições foram controladas pela ONU.

— Isso tem pouca importância. Para nós e boa parte de nossos aliados, as eleições foram fraudadas, e não será a ONU a nos desmentir.

Rafael Guimarães ia dizer algo quando uma voz conhecida fez-se ouvir na porta de entrada.

— Esta sim é uma surpresa!

Rafael voltou-se e deparou com a linda mulher que conhecera no voo Rio de Janeiro-Luanda.

— Sr. Guimarães, esta é minha irmã Isabel — disse Abel, iniciando uma apresentação, porém vendo-se logo interrompido pela moça.

— Não é necessário, Abel, já nos conhecemos no avião.

— Ah... ora, mas que coincidência — disse Abel.

— Sim, uma grande coincidência — repetiu Rafael.

— Não fiquem assim tão pasmos — brincou Isabel, enquanto sacudia os ombros largos, rindo e mostrando a exuberância de seus dentes perfeitos de marfim. — O senhor deve desculpar o meu irmão, que nem lhe ofereceu uma bebida.

— Ora, senhorita, não é necessário...

— Eu insisto, aceita uma soda ou um cafezinho?

— Uma soda seria ótimo, obrigado.

— Bem, enquanto vou buscá-la, os senhores podem prosseguir salvando o mundo. Porém, estou a avisar, pá: quando voltar, não quero ouvir falar de política.

Abel pensou que a irmã estaria tramando alguma coisa e, em função disso, não fez nenhum comentário. Conhecia-a bem, sabia que não era fútil nem alienada, como estava querendo aparentar ao brasileiro. Muito pelo contrário, às vezes era até mais radical do que ele próprio, em sua ambição desmedida pelo poder. Quando ela desapareceu no interior da casa, ele soltou um suspiro de cumplicidade e confidenciou:

— Desculpe minha irmã, senhor Guimarães, é apenas uma criança ingênua e expansiva.

— Por favor, ao contrário, é uma mulher inteligente, cheia de vida...

— Conheceram-se no voo?

— Sim, porém mal tivemos tempo de conversar.

— E o senhor ficará em Angola por muito tempo?

— Minha missão é curta — disse Rafael, sem querer entrar em detalhes dos seus planos.

No fundo, sentia-se pouco à vontade com aquela inesperada aparição, pois, embora tivesse apreciado o reencontro com a bela mulher do avião, não lhe agradava criar um elo maior do que o puramente profissional, pelo menos por enquanto, com aquele membro de um movimento cujas forças estavam prestes a desfechar um golpe de Estado para derrubar um governo legalmente constituído e reconhecido pelo governo brasileiro. Abel também se sentia desconfortável. Tinha tanto o que fazer naquela noite tão decisiva e preferia estar em outro lugar, acompanhando as ações de sua organização. Precisava encerrar logo aquele encontro com o diplomata brasileiro.

Rafael Guimarães o ajudou:

— É muito importante o seu total empenho no caso que conversamos, senhor Vorgan. Reitero-lhe o nosso reconhecimento antecipado em nome dos familiares dos operários brasileiros.

— Não se preocupe, senhor Guimarães, farei o que estiver ao meu alcance.

Abel Vorgan esperou a irmã voltar com as sodas e com o gelo para desculpar-se e partir. Alegou que tinha outros compromissos e assegurou que, ao voltar para o escritório, empreenderia as gestões solicitadas em favor dos brasileiros de Luzamba. Despediu-se cordialmente. Guimarães também procurou uma desculpa para escafeder-se.

— Ficarei muito zangada se o senhor for agora — ameaçou Isabel Vorgan.

— Já é tarde, a senhorita deve estar cansada.

— Não estou. O que estou é triste, pois o senhor não foi me visitar no hotel.

— Ah, desculpe-me... Andei ocupado desde que cheguei. A embaixada, a situação toda...

— Desculpo-o, mas aviso-o de que, daqui para a frente, o senhor deverá encontrar desculpa melhor para me evitar.

— Evitar a senhorita? Isso é absurdo! A senhorita é... é... tão bonita!

— E persuasiva.

Rafael estava sem ação e procurou mais uma vez despedir-se.

— Nem tente — alertou, polidamente, Isabel Vorgan. — O senhor está condenado a fazer-me companhia para o jantar. Confesse que não é tarefa tão desagradável assim.

— Claro que não, porém eu...

— Talvez exista alguma angolana com quem tenha compromisso.

— Não, não é isso.

Isabel colocou rapidamente um disco na vitrola e uma canção morna e lânguida se fez ouvir:

> *"... Naquela roça grande*
> *não tem chuva*
> *é o suor do meu rosto*
> *que rega as plantações..."*

Isabel voltou para o sofá e tomou Rafael pela mão.

— Você conhece essa música?

— Sim, é belíssima. É Monangambé.

— Bravo. Que bom que conheces, pá. Então, venha dançar... A cidade pode explodir muito em breve. Talvez seja nossa última oportunidade de dançar na vida.

Rafael engoliu em seco o comentário e passou a mão pela cintura da mulher. A cidade estava prestes a saltar pelos ares, e ele sem poder fazer nada. Precisava alertar Serafião e os demais. Aquela revelação e aquela conversa com Abel Vorgan mereciam ser transformadas em um telegrama urgentíssimo para Brasília. Imaginou também que, mais cedo do que previa, poderia estar sozinho no meio das balas na rua escura da zona baixa da capital, procurando refugiar-se no oitavo andar de um prédio sem elevador infestado de baratas. Era de lascar. Estava mesmo na pior.

Isabel se encostou nele enquanto dançavam:

— Os versos da música são de Antônio Jacinto. Você o conhece?

— Sim, um grande poeta.

— Isso mesmo, e seu poema simboliza a luta pela independência contra a dominação colonial. Posteriormente, foi gravado por Ruy Mingas.

— Sim, eu sei. Ouvi esse disco um milhão de vezes quando estive aqui em 1975.

— Ah pois, esteve cá na época da independência?

— Sim.

Houve um silêncio. O diplomata sentiu a escultural mulher grudar-se mais ainda nele enquanto a voz grave e melodiosa de Ruy Mingas ressoava na sala:

> *"... E as aves que cantam,*
> *os regatos de alegre serpentear*
> *e o vento forte do sertão*
> *responderão: Monangambééé..."*

Isabel aproximou o seu rosto do rosto dele, e Rafael reagiu.

— A senhorita não acha que aquela senhora...

— Quem? Tia Nita? Não se preocupe, a velha não sai da varanda por nada deste mundo.

O abraço ficou mais apertado, e não tardou a que os lábios da angolana entrassem pela boca de Rafael. Em poucos minutos, estavam atracados em esforços inusitados para aproveitar ao máximo, compulsivamente, o prazer do corpo um do outro. No auge da deliciosa fúria que os tomava, escutaram-se alguns tiros, e tia Nita entrou inesperadamente sala adentro:

— Já está a ficar perigoso permanecer na varanda — disse a velha, dirigindo-se à cozinha. — Vou preparar uns bolinhos de peixe. O senhor aceita?

Rafael, que mal tivera tempo de se recompor, procurou dizer sem engasgar, recompondo o colarinho:

— Não, muito obrigado, minha senhora. Em verdade está tarde. Devo partir.

— Nada disso. O senhor deve provar o peixe delicioso que tia Nita sabe preparar como ninguém em Luanda, não é, tia?

A velha respondeu que sim e dirigiu-se para o interior da casa.

Rafael, no entanto, foi irredutível:

— Devo partir, de verdade. Depois será bem mais perigoso.

— Mas está cedo...

Novos tiros esparsos se fizeram ouvir ao longe.

— Creia que eu gostaria, mas não parece seguro circular a esta hora pelas ruas, e eu moro na cidade baixa.

— É, com efeito, a cidade baixa...

— Foi uma imensa alegria revê-la. Sem dúvida, foi a melhor coisa que me ocorreu em Luanda até hoje.

— É recíproco.

— Apenas responda-me a uma pergunta.

— Pois não.

— Por que me disse que a cidade vai explodir muito em breve?

Isabel refletiu e achou que falara demais. Pegou Rafael pelo braço e levou-o até a porta do carro:

— Falei por falar. Nada sério.

— Tem certeza? Pode adiantar-me o que quiser. Eu não tenho preferências políticas em Angola, sou estrangeiro e imparcial.

— Foi apenas intuição.

— Seu irmão não lhe disse nada?

— Não.

— Bem, então, desejo-lhe boa noite.

— Boa noite.

Mal entrou no carro, ouviram-se novos tiros pelo lado do porto. Rafael perguntou ao motorista:

— Seu Almeida, o senhor acha seguro ir até minha casa?

— Nada é absolutamente seguro a partir de agora, senhor.

— Então ligue o rádio, por favor, vamos indo devagarinho.

— Sim, senhor.

Uma voz grave falava compassadamente. Era a rádio oficial:

"... O ponto em que se encontra a crise política militar não permite que se continue a responsabilizar ambas as partes pelo reacender do estopim da guerra. Existe uma postura de flagrante delito por parte da Unita em relação ao acordo de Bicesse, cuja responsabilidade não pode ser atribuída ao nosso governo, como quer demonstrar a impressa internacional. Em termos puramente jurídicos, de direito internacional, não é o governo e a Unita que deveriam ser sancionados, mas somente a Unita, pelas violações dos acordos de paz.

Lamentavelmente, ainda estamos longe da aplicação de uma justiça isenta e independente por parte dos organismos internacionais, cuja parcialidade reflete a posição das grandes potências que apoiaram, armaram, vestiram e alimentaram por quinze anos a Unita contra o povo angolano. Não se compreende como as Nações Unidas exigem que as duas partes respeitem escrupulosamente o cessar-fogo e parem imediatamente as hostilidades militares se todos sabemos, inclusive os representantes da ONU em Angola, que foi a Unita que, após os acordos assinados, atacou e ocupou Huambo e tantas outras cidades e municípios, inclusive Bié, Moxico, Kuanda, Huila, Kwanza-Sul, Luanda-Norte e tantas outras localidades que nem caberia enumerá-las.

Agora dizem os representantes da ONU que qualquer das partes que se recuse a encetar o diálogo será responsabilizada por comprometer o processo democrático. Mas qual é a questão que está em causa: o diálogo ou a violação dos acordos? O que está a comprometer a paz: o diálogo, que a Unita não mantém, ou a violação dos acordos por meio da ocupação militar de povoações, comunas, municípios e províncias pelo país inteiro que a Unita ostensivamente está a fazer?

Existe, ao que parece, uma tentativa de falsear as causas reais da crise angolana, tomando suas consequências como problema de base, dando-se uma imagem deturpada dos fatos. A ocupação militar de localidades em Angola e, consequentemente, os preparativos militares para a guerra generalizada não resultam propriamente da falta de diálogo que o governo do MPLA sempre se esforçou em travar. O que está à vista em Angola é a consequência de uma situação cujas responsabilidades os países observadores do processo de paz — Estados Unidos, Portugal e Rússia — e os representantes da ONU não se podem isentar totalmente.

Não foram tomadas, na devida altura, as medidas que se impunham quando denunciamos a existência de um exército secreto da Unita. A ONU preocupou-se em localizar e verificar todo o armamento do governo. Partindo de boa-fé e das garantias internacionais dadas pela representante da ONU em Angola, a cidadã inglesa Josephine Christie, o governo do MPLA desmobilizou suas forças armadas. Enquanto isso ocorria, nunca foi exigida ou verificada a localização do armamento pesado da Unita nem a desmobilização real de seu exército.

As consequências de toda essa situação vemo-las hoje à iminência de uma guerra generalizada. O governo do MPLA enveredou pelo caminho da legalidade democrática e, desarmado, venceu as eleições presidenciais de setembro último, supervisionadas pela ONU. A Unita enveredou pelo caminho da tomada do poder pela força e, armada até os dentes, está a atacar, a ocupar e a saquear o interior do país.

Em suma, não foi o governo do MPLA que descumpriu os acordos de paz. Não foi o governo do MPLA que atacou Huambo. Não é o governo do MPLA que está a matar gente em Luanda. É a Unita que se encontra em uma situação flagrante de violação daquilo que ficou estabelecido perante as garantias da observação e verificação internacionais. É graças à Unita que Luanda está à beira de se transformar em um palco sangrento de guerra..."

— Senhor, senhor, já chegamos.

"Um palco sangrento de guerra..."

Aquelas palavras ressoavam na cabeça de Rafael Guimarães enquanto subia as escadas imundas de seu edifício. A escuridão era total, por isso sua mão tateava o corrimão já pouco se importando se estivesse sujo, molhado, urinado ou vomitado. Um ou outro vulto escuro cruzava por ele, que, impassível, continuava a subida, pisando em restos de lixo, latas amassadas e baratas. Um bêbado esparramado no chão começou a gritar coisas incompreensíveis, e Rafael acelerou o passo. Suas pernas doíam, o coração no peito batia forte, sua boca bufava. As sombras e os vultos pareciam estar em todas as partes, como se já fizessem parte do palco sangrento que havia sido anunciado pelo rádio. O cheiro de água estagnada de esgoto misturava-se ao imaginário cheiro de sangue. Rafael parou em um dos andares para respirar e ver onde estava. Na parede, conseguiu decifrar o número três. A partir dali eram só mais cinco andares. Respirou fundo e prosseguiu com atenção, pois, a partir dali, o corrimão não era regular. Havia lugares em que simplesmente haviam arrancado as paredes de proteção da escada e qualquer um poderia tropeçar, perder o equilíbrio e se esborrachar lá embaixo. Guimarães sempre se perguntava como os pais deixavam os filhos pequenos brincar nas escadarias, correndo um risco imenso de caírem por aqueles buracos no vazio.

Curiosidades locais, sem dúvida...

No quarto andar, levou um susto ao esbarrar com um homem enorme e quase se espatifar no meio da escadaria escura. Um nó apertou-lhe a garganta. Sentiu raiva de si... Como fora ficar até tarde na rua? O dever. Sabia bem, sempre o dever, que lhe trazia a consciência do que estava se passando naquele país. E sentiu certo menosprezo pelas potências coloniais e seus dirigentes que, em verdade, pouco se importavam com o que pudesse vir a ocorrer em Luanda, desde que continuassem a explorar as riquezas do país.

No sétimo andar, escutou uma toada triste. De que apartamento viria a melodia que atravessava as paredes manchadas, as vidraças partidas, o silêncio da noite? Mais ao longe, na escuridão do corredor, escutou uma voz que cantava e que destoava do cheiro podre, dos insetos e da imundície daquelas escadarias. Era uma voz pura e cristalina, voz de africana, que vinha das canoas e das cubatas, das savanas e das aldeias, das matas e do mar. Era a voz forte e sofrida da África, que saía das recâmaras da alma, a soluçar por um pouco de paz, um pouco mais de justiça.

CAPÍTULO 15
O MASSACRE

Padre Dionísio e Avolê custavam a acreditar no que viam:

— Santo Deus, mas o que passou por aqui?

A aldeia de Kikulu estava deserta. As choupanas, feitas de terra com capim, haviam sido queimadas, e, no chão, cadáveres de homens, mulheres e crianças, alguns com sinais de aviltamento, jaziam em estado de semiputrefação. A cubata de Soba, o chefe, mostrava manchas espessas de sangue, e seu interior parecia saqueado. Padre Dionísio procurou sinais de Marcos e Márcia, o jovem casal de obreiros brasileiros que lhe escrevera. Não parecia haver nenhum ser vivo por entre as vielas que cruzavam o vilarejo. Um latido ao longe atraiu a atenção do missionário. No fundo de uma choupana, um cachorro revolvia um vulto deitado em cima de uma esteira de bambu. O padre afastou o cão e virou o cadáver. Tratava-se de uma jovem mimaíla, daquelas que usam tranças feitas com estrume de boi e manteiga, e entre seus braços soltou-se um pequeno volume envolto em longos panos leves.

Padre Dionísio não demorou em verificar ser o corpo de uma criança recém-nascida, ainda coberta de sangue coagulado. Tudo indicava que a mãe fora morta durante o parto ou pouco depois. A criança estava imóvel, porém por baixo do seu peito pequenino ainda pulsava timidamente o coração.

— Avolê, Avolê!

O remador se aproximou:

— Veja o que encontrei.

— Virgem Santa!

O padre levantou o bebê do chão e lhe fez um afago. A criança fez careta, abriu os olhos e se pôs a chorar. Depois, o missionário retirou-lhe os panos para ver-lhe o sexo:

— Oh... é uma menina.

Avolê abriu um sorriso imenso:

— Será que já tem nome, padre?

— Ninguém saberá.

— Pois, se o padre permitir, vai se chamar *Visita*. Se sobreviver aos primeiros anos na terra, colocamos o nome definitivo.

O padre já conhecia esses hábitos. Na África, são tantas as crianças que não chegam às primeiras semanas com vida que são muitas vezes chamadas de *Visita* ou *Passageiro* até atingir certa idade. Em outros casos, dão-lhes nomes como *Podre*, *Miséria* ou *Fedor*, para manter afastados das crianças os espíritos mal-intencionados. Assim, inventando esses nomes depreciativos, os adultos procuram proteger seus filhos das forças do mal, que, segundo as superstições, não se aproximariam do que é podre, miserável ou fedorento. O missionário coçou o queixo:

— É... *Visita*, pode ser... — e voltando-se para o bebê: — Venha, minha pequenina, vamos beber um pouco de água. Levarei você para o rio, onde a batizarei em nome de Nosso Senhor Jesus Cristo. Depois vou lhe preparar uma papinha não sei bem de quê, mas Deus há de prover.

Padre Dionísio passou o resto da tarde cuidando da criança enquanto Avolê enfileirava e cobria os mortos. Depois, o padre rezou uma oração para cada um daqueles cadáveres. O Senhor estava com ele, era o seu refúgio, o seu socorro. Não importava onde estivesse, Deus estava ao seu lado, ajudando-o a fazer o bem, tornando-o cada vez mais forte diante das adversidades da guerra.

Começou a escurecer e a chover. Padre Dionísio, com a menina nos braços, entrou acompanhado de Avolê em uma choupana. A água passava por entre as palhas de seu telhado, e a única luz que tinham era a de uma lamparina pequena que Avolê sempre levava consigo. De repente, *Visita* começou a soluçar e a tossir. Padre Dionísio aproximou a criança da luz e se assustou. O bebê estava roxo e duro, com a expressão deformada. Não se movia, apenas se notava em seu peitinho um levíssimo movimento respiratório. A chuva caía fortemente. O momento era terrível para o sacerdote, que fazia de tudo o que se lembrava para recuperar aquela recém-nascida, enquanto orava com toda a força do coração.

Avolê buscou raízes, espremeu-as e passou o cheiro do mato perto das narinas da criança, que cada vez se mexia menos. Aos poucos, a respiração da criança foi ficando mais fraca, até parar definitivamente. Era uma menininha, morreu nos braços do padre. O barulho violento da chuva começou a se confundir com os murmúrios de Avolê:

Aiuê, aiuê, aiuê....

O padre encarou a escuridão da noite. Estava sendo um dia terrível, e o missionário se sentia um ser derrotado e quase podia escutar o diabo zombar dele e exaltar seu poder de morte sobre este país desgraçado pela hedionda rivalidade política que gerava aquela guerra sanguinária. A chuva desabava fortemente, açoitando mais ainda a aldeia e fazendo um ruído ensurdecedor sobre o teto, que ameaçava cair sobre ele e a pequena morta que trazia nos braços. Por um momento, pensou que ia enlouquecer de tristeza e abandono, quando ouviu ao longe o estrondo de um raio. Firmou, então, os pés sobre a terra e gritou com autoridade:

— Você não vencerá, Demônio. Sai de perto, deixa este povo em paz.

Um clarão iluminou por uns segundos a precipitação e, como se tivesse sido convocada por Deus, a chuva torrencial arrefeceu. Padre Dionísio sentou-se no chão com a criança no colo e passou muito tempo orando dentro da choupana até que Deus ministrou a paz em seu coração e ele voltou a ter ânimo. Em poucos minutos, a chuva sossegou completamente, e ele adormeceu.

Quando o dia raiou, o padre descobriu que Avolê colocara o corpinho de *Visita* em cima de uma esteira de palha, junto ao corpo da mãe. Ao lado delas, os demais mortos da aldeia estavam enfileirados numa vala gigante que Avolê abrira com a força de seus braços e uma pá que encontrou nos fundos de uma das choças.

— Bom trabalho, Avolê.

Enterraram aquele povo todo com grande emoção e muitas orações. O padre e o remador pareciam enviados especiais do Pai para executar a cerimônia fúnebre de seus filhos caídos em uma aldeia praticamente desaparecida do mapa. Após a última prece e a última pá de terra, alcançaram o rio e voltaram a cortar as águas em direção a Lubango, onde estava prevista a realização de mais uma Assembleia dos Missionários Evangélicos Brasileiros em Angola.

Embora fosse sacerdote católico, o religioso era estimado e querido por todos os evangélicos, aos quais prestava assistência, pois, para ele, eram todos irmãos na obra de Cristo. Participara das assembleias anteriores com meia centena de missionários brasileiros de várias outras denominações. Eram reuniões extremamente construtivas, em que batistas, congregacionais, quadrangulares, jocumeiros e irmãos de outras missões debatiam formas de atividades e encontravam na assimilação conjunta as verdades de Deus. Por unanimidade, haviam-no escolhido para ser o preletor desse próximo encontro, e não podia faltar. Esperava, de todo coração, ter a alegria de encontrar Marcos e Márcia na assembleia.

Avolê começou a gesticular e a conversar com as águas e os bichos, abrindo assim, com a força de seu braço no remo, o caminho de ambos por entre a natureza luxuriante no interior de Angola.

CAPÍTULO 16
A DISCUSSÃO

Uma nuvem escura cobria o céu da cidade quando, cansada de ver TV, Marisbela da Kalunga desligou o aparelho, esticou as pernas e recostou-se na cama. Estava farta de ouvir o noticiário sobre a situação interna do país. Preferia acender um cigarro e ler um romance de Pepetela. Em poucos minutos, abandonou o livro e pensou, com aborrecimento, em Victor Cruz, que estava para chegar. As notícias eram alarmantes, e, por isso, decidira não ir com ele ao bar Aberto naquela noite. Além de tudo, estava cansada da tarde que tivera com seu Gonzaga, cujos sessenta anos bem vividos não lhe haviam tirado o fôlego e a energia.

Não, hoje não sairia de casa. Descansaria as pernas, que estavam doloridas, e dormiria cedo para restaurar as forças. O sono era reparador. Assim recobraria as energias para estar, no dia seguinte, renovada, ou melhor, novinha em folha. Victor Cruz poderia chegar, fazer todas as cenas que quisesse, tirar-lhe até o dinheiro, mas hoje ela não botaria os pés fora de casa. Só morta...

Teve um leve arrepio. Sabia do que Victor era capaz e sentiu medo. Ela errara em se juntar a ele. Quando o conheceu, foi levada a crer que ele fosse um empresário bem-sucedido, com negócios em diversas partes do país, e que desejava apenas orientar a ela e suas amigas sobre os meios mais efetivos de aumentarem suas arrecadações particulares nos seus programas. Um *manager* boa-praça que só desejava aumentar o lucro delas, recebendo, em contrapartida, uma discreta comissão.

Ledo engano. Em vez de um homem de negócios companheiro, o astuto português revelara ser um gigolô barato e, o que era pior, apaixonado por ela. Além disso, tinha momentos em que agia como se fosse um marginal inescrupuloso, possuidor de um temperamento violento e tosco, armado de revólver e navalha, como um matador de aluguel. Como é que ela e suas amigas não haviam reparado nisso desde o início?

Apagou a luz e procurou dormir. Os minutos passaram-se até que veio o sono. Já estava a sonhar com girassóis e príncipes quando sentiu uma mordida de uns dentes afiados nos seus lábios carnudos. Acordou de sobressalto e viu Victor à sua frente.

— Oh! Você me mordeu...

— Acorda, miúda, as notícias não são boas...

— E daí, pá, precisava me morder?

— A situação está perigosa, a cidade está em pé de guerra.

— Oh, eu sei disso, pá, escutei o noticiário.

— É só isso que você sabe?

— Como assim, é só isso?

— Então você não sabe sobre as meninas?

— As meninas?

Victor Cruz acendeu um cigarro e encostou a brasa na perna da mulher.

— Ai — gritou Marisbela. — Você está louco? Você me magoou...

— Então és parva, pá? Não sabes da notícia?

Marisbela arregalou os olhos.

— Que notícia, pá?

— Natacha e Sunny.

— O que tem elas?

— Estão mortas.

— Mortas! — exclamou a moça, lívida. — Como mortas?

— Mortas, mortinhas, viraram cadáveres.

— C... como?

— Não sei direito como, pá. Parece que foram fuziladas ontem à noite, com aquela idiota da Patrícia, na companhia de três gajos de Lisboa. Os seis morreram dentro de um carro perto do aeroporto.

Marisbela se levantara de um pulo e andava de um lado para o outro do quarto.

— Mas... quem matou?

— E isso importa? O que importa é que esta cidade vai explodir, e eu não quero estar aqui para assistir.

As lágrimas invadiram os olhos de Marisbela. Pensava nas suas amigas assassinadas: "pobres Natacha e Sunny..." — pensou antes de cair em prantos.

Victor Cruz cuspiu no chão com indiferença e continuou:

— Deixa de ser parva e para de chorar. Amanhã iremos ao consulado português. Dizem que estão a preparar voos de evacuação. Vamos levar Rita e Carmita para Lisboa. Ali, com mais algumas portuguesas que conheço, conseguiremos levantar um bom negócio no Algarve.

— Lisboa? Novembro... Deve estar um gelo na Europa.

— E então? Preferes morrer de frio ou morrer de bala?

— Não vou. Detesto frio. E tem mais, amanhã eu não saio de casa.

Cruz se exaltou. Era um custo convencer Marisbela a fazer algo que não queria. Teria que apelar para a violência, como nas outras ocasiões.

— Você vai por bem ou por mal.

— Não vou e pronto!

O gigolô não pensou duas vezes e, mandando a mão, soltou-lhe uma bofetada que esparramou lágrimas de Marisbela em todas as direções. A moça gemeu:

— Seu covarde, canalha...

— Cale-se e escute agora. Há gente que sabe que já fui informante da Unita. Se a Unita não conseguir tomar Luanda, e é o que comentam por aí, podem fazer picadinho de mim.

— Pouco me importo...

Victor deu-lhe um soco na cara e agarrou-a pelos ombros, sacudindo-a:

— Você vem comigo, estás a ouvir? Amanhã passo para te buscar. E não me desapontes, pois eu sei onde te encontrar.

A mulher ficou sentada no chão soluçando, enquanto o gigolô saiu apressadamente do apartamento e esbarrou em um homem que subia as escadas. O susto que deu no homem fê-lo sorrir. Murmurou entre os lábios:

— Gringo parvo!

No apartamento, Marisbela sentiu-se murcha e pequenina. O que podia uma mulher da vida fazer contra um cafajeste inescrupuloso como aquele? Imagine se ela iria para a Europa... Jamais. Detestava aquela gente presunçosa assim como abominava o clima das cidades europeias e a sonolência daqueles fados tristes de Lisboa. Agradáveis haviam sido as noites misteriosas em Luanda quando não havia guerra, cheias de músicas alegres e de vida. Quis soltar sua gargalhada gostosa, mas não conseguiu. Doía-lhe a bochecha. Doía-lhe o peito. Suas amigas estavam mortas, e aquele maldito gigolô a espancara. A guerra apertava o cerco sobre sua cidade como corda no pescoço de enforcado. O silêncio das ruas pressagiava tempos difíceis para sua querida Luanda. Tempos difíceis para ela, que gostava de esparramar-se ao sol na Ilha de Luanda, perto da Barracuda, e que se deliciava com os passeios de barco até o Mussulu, onde um violão sempre era tocado por algum seresteiro da malta.

Ali estava ela, chorando, quando uma dúvida assaltou-lhe a mente. E se o gigolô estivesse certo? Se fosse melhor partir antes da guerra? No entanto, com ele não iria. Tinha de haver um lugar melhor para viajar do que a Europa, um lugar como sua Luanda, uma terra quente e colorida, com gente despretensiosa e camarada. Pensou imediatamente no Brasil.

— Sim, por que não? Voltou a pensar...

Não era o Brasil um país cheio de sol, rico em música e alegria, a terra do carnaval? E quem sabe se um brasileiro *ficha* não poderia ajudá-la a viajar. Pensou em Nelson Barreto, com sua barriga enorme e o jeito desagradável que tinha quando a encontrava pelas escadarias. Parecia desnudá-la com os olhos... Sim, ele certamente a ajudaria, porém em troca de algo, e ela imediatamente o descartou. Não valia o sacrifício. Era muito barrigudo e pegajoso. Ia desistir da ideia quando recordou do jovem brasileiro recém-chegado, que fora tão espirituoso. Aquele sim era um gajo simpático, cheio de saúde, e a olhara com interesse. Com aquele desconhecido, sim, poderia recuperar a gargalhada sedutora que costumava ter, a gargalhada estridente e gostosa de Marisbela da Kalunga, a que nenhum homem jamais ousara resistir. Era questão de tempo e o brasileiro seria fisgado. Contudo, teria ela o tempo suficiente para tentar?

Marisbela, a bela da Kalunga, fechou os olhos e adormeceu como um bebê.

CAPÍTULO 17
A CUBATA

A noite cobria com uma nuvem espessa o musseque de Bela Vista. Nas portas das cubatas, não se viam grupos conversar, escutar música, beber cerveja ou namorar, como sempre ocorria. As vielas estavam desertas, o silêncio envolvia a escuridão. Na cubata de Mãe Benta Moxi, apenas uma lâmpada de barro iluminava o pequeno grupo de pessoas sentadas em torno ao fogão, onde Mãe Zefa ajudava a dona de casa a preparar o funji. Vavô Domingos estava estirado do lado de fora do barraco e roncava sôfrega e sonoramente. A gorda Vanja reclamou:

— Até quando esse peste vai aborrecer...

— Deixa para lá, Vanja, que o velho talvez esteja sonhando com as épocas em que era herói — disse mãe Benta.

— Herói, esse traste... Bem que eu quisera ter um herói para proteger minha cubata.

— Pois eu me lembro de Vavô, quando era comandante Xivucu — prosseguiu Mãe Benta —, homem respeitado em toda Luanda.

Miúdo Bengo arregalou os olhos. Adorava quando Mãe Benta se punha a contar aquelas histórias antigas sobre Vavô Domingos. Nelas, o moleque aprendeu muito de suas origens, muitos contos de combates e de amores do interior do país. Narrativas de gente pobre, contadas com imaginação em frente às portas dos vizinhos, nas longas conversas das noites estreladas dos musseques. Gostava principalmente quando falavam de Vavô Domingos.

— Conta, tia, conta...

Nessas noites de reuniões, Miúdo Bengo deixava o que estivesse fazendo com a molecada da rua e sentava para escutar com a máxima atenção aquelas narrativas imaginosas contadas pelos velhos sobre o tempo em que o pobre desmiolado era um grande comandante, respeitado, imponente, com o peito carregado de medalhas.

Era por isso que ele gostava tanto de Vavô Domingos, um ancião inútil que vivia de esmolas e até já fora violento com ele. Todavia, para o miúdo, Vavô tinha uma grande virtude: fora valente e célebre, e suas histórias eram contadas como as de um personagem lendário pelos moradores de Bela Vista; um verdadeiro herói de histórias em quadrinhos. Havia quem não gostasse dele, quem olhasse com medo ou com maus olhos, mas não por ele e sua banda de moleques. A garotada o amava e se divertia a infernizar-lhe a vida. Miúdo Bengo gostava das narrativas sobre o tempo em que o velho alienado era um jovem e corajoso soldado.

— Conta, tia, conta...

E vinha uma história tão cheia de ação e de detalhes que ninguém duvidava da sua veracidade. E, quando via nos olhos do menino os sinais do mais absoluto êxtase, Mãe Benta caprichava mais ainda nas tintas, do modo imaginoso que só ela sabia fazer, com gestos e sons que encantavam o garoto. E, quando vinha o silêncio, alguém sempre comentava:

— Foi um valente esse Vavô...

— Diz que era até um gajo bonito...

— Um homem porreiro...

— Parece que bateu sozinho em quinze sul-africanos.

— Ganhou medalha do presidente...

— Foi um soldado gira...

— Pena que ficou assim...

— Pena...

Nas noites, no musseque de Bela Vista, vinha sempre alguém para tocar e cantar, com tambores, zabumbas, violões e a voz cheia, toadas tristes, lamentos e sons arrastados, cavos e repetidos, alegres e vivos, dos caboclos e das crianças, em escalas e altissonâncias tais que harmonizavam vibrações humanas e natureza, fazendo o povo cantar e dançar. Entretanto, naquela noite singular, não havia música nem alguém cantando ou passeando pelas redondezas. O diapasão vibratório era o silêncio e pressagiava o que todos já sabiam: a qualquer instante, uma batalha barulhenta iria começar. Por isso, as três amigas e o moleque Bengo estavam calados dentro da cubata. Essa era a razão de Mãe Benta não estar contando histórias do comandante Xivucu para o miúdo. A quietude do musseque era anormal, e isso assustava as mulheres, deixando-as tensas.

Mãe Zefa, que preparava um amalá com peixe e quiabo no azeite de dendê, falou:

— Está tão quieto o musseque.

— Não se escuta um só ruído.

A gorda Vanja encolheu a barriga, abanou seu abobé e disse sombriamente:

— Uma vez, em Benguela, houve este mesmo clima de espera. Os homens haviam se armado durante o dia e à noite aguardavam o inimigo começar a atacar.

— E o inimigo? — perguntou Bengo.

— Esperava também que alguém iniciasse a luta.

Mãe Zefa, preocupada em lavar e cortar bem os quiabos para evitar a baba, benzia-se:

— Santo céu, protegei-nos...

— Pois olhe — prosseguiu Vanja —, quando começou o tiroteio, o barulho ficou tão ensurdecedor que não deu para fazer nada, a não ser agachar-se e rezar para que os soldados não entrassem pela porta adentro.

— E se entrarem desta vez? — perguntou Bengo.

— Se entrarem, matam homens, violam as mulheres e roubam tudo.

— O que quer dizer violam? — quis saber o menino.

— Bem, filho, é fazer mal — interveio Mãe Benta.

— Mas... ninguém vai fazer mal a vocês, não é?

As três mulheres se entreolharam e sorriram. Aquele miúdo levadinho, como ele só, era mesmo de ouro. Mãe Zefa passou-lhe a mão na carapinha:

— É claro que não, filho, ninguém vai nos fazer mal...

Nisso se escutaram passos do lado vindos na direção da porta. Alguém parou na frente da cubata e bateu forte.

— Quem é? — perguntou Mãe Benta.

— Sou eu, padre Eustáquio. Estou com seu Vevé.

A porta se abriu, e o religioso, acompanhado do dono da peixaria, entrou cabisbaixo e assustado. Já não bastava o assassinato do desconhecido no outro dia, em frente ao comércio de seu Vevé, agora havia este clima de tensão numa cidade em vias de tornar-se um campo de batalha. O padre sentou-se, aceitou um cafezinho e pôs-se a olhar o negrume da noite. Depois encarou as mulheres com seus olhos apertados e disse:

— Vim avisar que decidi abrir a igreja a partir de amanhã cedo. As mulheres que desejarem se abrigar em maior segurança com suas crianças poderão fazê-lo. Obtive do bispo e de seu Vevé um estoque razoável de peixes, mantimentos e água. Tudo indica que não tardará a se iniciar um conflito de duração imprevisível. Se houver tiroteio em Bela Vista, é capaz de morrer gente desavisada. Na igreja, as condições de segurança são maiores, e o Senhor haverá de nos proteger.

Seu Vevé, um angolano troncudo, de meia-idade, sentou-se em um banco perto de Mãe Zefa e começou a contar:

— Foi um dia lá no interior de Lunda-Norte. Os mercenários atiravam para todo lado... Homens morriam, bichos morriam, tudo morria. A população fugia de um lado para o outro, mas era numerosa demais e ia morrendo pelo caminho, entre uma cubata e outra. As mulheres, que carregavam os miúdos às costas, corriam desordenadamente e acabavam levando tiro. Com minha mulher, levei minhas filhas diretamente para a igreja das Missões, no alto da ladeira. Ficamos lá dentro com mais algumas pessoas escutando durante dia e meio o tiroteio. A gente ouvia os gritos das pessoas sendo espancadas, os gemidos de gente morrendo. Eu rezava e jurava que, se escapasse vivo daquele inferno, levaria minha família para Luanda, onde havia mais segurança. Quando tudo cessou, verificamos que apenas a igreja não havia sido atingida pelo fogo cruzado. Milagre? Sorte? Coincidência? Até hoje não sei. O que sei é que estou vivo, e, se minhas filhas estão crescidas e saudáveis, devo esse favor a Deus e à sua igreja aqui na terra.

Passou a mão na cabeça grisalha, alisando com os dedos a espessa carapinha, e repetiu:

— Apenas a igreja não foi atingida.

Padre Eustáquio comentou, com sua voz grave e austera, como se estivesse no púlpito:

— Deus protege quem tem fé, meus filhos...

Miúdo Bengo escutava encantado. Aqueles eram os momentos de que ele mais gostava, sua aula preferida na escola da vida dos musseques. Aquelas histórias que serviam de inspiração a ele e a outros meninos das redondezas. Histórias de guerra, de desordem, de tiroteio. Havia também outros contos: os das brigas no cais, da escravidão nas fábricas dos ricos, dos dramas amorosos e das mulheres perdidas. Miúdo Bengo ouvia e registrava tudo em sua cabecinha de criança esperta. Desta vez, contudo, ele sentia a tensão que dominava sua mãe de criação e os demais. A guerra não era mais algo distante, retirada das histórias que tanto admirava. A guerra estava ali, no olhar preocupado de padre Eustáquio, de Mãe Benta, nas exclamações de sua Mãe Zefa, nos fatos narrados pela gorda Vanja e por seu Vevé, até no ronco de Vavô Domingos — sim, porque o velho talvez estivesse sonhando com a primeira batalha que travou.

Mãe Zefa, em silêncio, continuou temperando a comida que preparava: camarões secos descascados e bem moídos, cebola ralada, coentro, pimenta seca em pó, alho e sal. Cozinhou tudo em pouca água, até a pasta fixar enxuta. Depois serviu para todos, acompanhado do arroz-de-hançá, destampado, feito em água e sal e bem batido com pirão, que retirou do fogo. Cozinheira de mão cheia, a gorda Vanja exclamou:

— Está muito giro, pá.

E estava mesmo, embora a maioria dos presentes mal tivesse conseguido sentir o sabor do amalá. A tensão embrulhara o estômago de todos.

CAPÍTULO 18
O GALO

Bill Shanon, o conselheiro político do escritório da ligação norte-americana em Luanda, entrou em casa, tirou o coldre que trazia por baixo do paletó e depositou o revólver em cima da mesa. Vinha preocupado. Aqueles idiotas da Unita estavam querendo tomar o poder à força em Luanda. Shanon sabia que isso não só seria impossível, mas desastroso, inclusive para a posição diplomática americana em Angola, de nítido apoio a Savimbi... Como é que Washington poderia, aos olhos do mundo, manter seu *lobby* de sustentação a uma organização que estava abertamente desrespeitando os acordos de paz assinados e ignorando o veredito das eleições democráticas? O mundo havia mudado, não se podia mais incutir na comunidade internacional a percepção de que a África era um continente selvagem que precisava de gestores coloniais. Não se podia mais minimizar ou obscurecer os métodos de fazer política utilizados por certos dirigentes da velha guarda africana, que retardavam os processos modernizadores, incitando o tribalismo e a violência. A Unita parecia estar enveredando pelo caminho errado, e isso ainda lhe traria muitas preocupações.

O americano serviu-se de uísque com gelo e ligou o rádio. Como sempre fazia, sintonizou a estação da Unita, *A voz do galo preto*, e ficou escutando as notícias, na esperança de descobrir algum bom senso que pudesse evitar o banho de sangue que a gente de Savimbi se dispunha a patrocinar na capital do país. Uma voz estridente dizia:

"... E quem não passar para o lado correto, para o lado da Unita, pode esperar o pior. Hoje, o quadro de nossa evolução militar reflete a força de nossa ação. Na província de

Huambo, todos os municípios encontram-se ocupados por nossas gloriosas forças armadas, inclusive o município-sede. Dos nove municípios do Bié, cinco foram por nós ocupados, estando ainda sob controle do MPLA o município-sede, Kuito e Galangue. O Moxico está inteiro em nossas mãos, com todos os seus municípios. No Kuanda-Kubando, seis dos nove municípios foram tomados. Na província de Uíge, o MPLA mantém apenas seis dos dezesseis municípios. Na Vala, sete dos treze municípios estão sob o nosso domínio. No Kwanza-Sul não se registrou, até o presente momento, nenhuma ofensiva nossa, mas não tardará a que esmaguemos a residência do MPLA nessa região. No Namibe, as nossas tropas estão a se concentrar nas proximidades do Camucaio. Na Lunda-Norte, já ocupamos o município do Cuango. A Unita não quer a guerra, mas não quer a paz coordenada pelo MPLA. Não acreditamos na nossa derrota eleitoral nem aceitamos o papel de secundário que querem nos dar em Luanda. Nós somos a verdadeira Angola, a Angola da Jamba, a Angola da raça. Nós queremos dialogar, mas também temos forças para arrasar Luanda se assim for preciso..."

Bill Shanon desligou o rádio e serviu-se de outro uísque. Estava assustado, como a maioria das pessoas em Luanda. Pela primeira vez, sentiu-se mais pró-MPLA do que pró-Unita. O contato que tivera com os brasileiros também fora esclarecedor. Ainda se recordava das palavras de Rafael Guimarães: "... Comprova a boa-fé deste governo que muitos países não têm querido reconhecer". Aquela indireta ainda lhe ressoava na cabeça. A América, mãe da liberdade, defensora da democracia, fechava os olhos para os seus ideiais na casa dos outros quando isso não lhe interessava.

Os brasileiros tinham interesses inegáveis em Angola e começavam a exercer uma diplomacia pragmática para preservá-los, não se lhes podia condenar. Quantas vezes seu país não intervira com exércitos e armas em tantas nações deste planeta para preservar interesses nem sempre transparentes e democráticos? Que moral tinham eles, norte-americanos, para julgar os outros se haviam sido eles que armaram e alimentaram tantos ditadores pelo mundo afora, inclusive Savimbi, cujas tropas estavam agora dentro de Luanda, querendo devorar a tudo e a todos?

Colocou mais uísque no copo. Se tivesse de morrer no meio daquele povo, pensou, que o fizesse embriagado, num porre lendário, esquecido de que ele próprio contribuíra para isso.

CAPÍTULO 19
O AFRODISÍACO

Regina Flores, secretária do embaixador do Brasil, terminara de comer a *mousse* de maracujá que lhe tanto apetecia e que era a especialidade do restaurante Afrodisíaco, situado no final da ilha de Luanda, onde ela e Coimbra costumavam jantar em algumas ocasiões. A relação dos dois era um pouco confusa e entrecortada pelos ciúmes que ambos negavam ter em relação ao outro. "Apenas bons amigos", costumava dizer Regina para as amigas, ao explicar o motivo de dividir seu apartamento com aquele brasileiro sorridente, técnico em informática e processamento de dados. Naquela noite, contudo, Coimbra não estava para sorrisos. A situação militar na cidade o assustava. Além de tudo, Regina passara o jantar inteiro falando no novo diplomata da embaixada. Nos modos gentis que tinha, na maneira humana como tratava os funcionários.

— É um *gentleman*, gentil e de bom caráter — dissera ela.

Coimbra pediu café e ficou o resto da noite calado. Regina falava pelos cotovelos, descrevendo a tranquilidade que tivera naqueles dias em que o embaixador viajara. Precisava descansar de enervante rotina, até altas horas da noite, com chamadas a fazer, correspondência a ser datilografada. Seus últimos dias foram calmos e amenos, embora não menos úteis; tivera tempo suficiente para organizar o arquivo e tomar uma série de providências durante os horários de almoço, como fazer compras e marcar passagem para o Brasil. Pretendia tirar férias em breve e não via o dia de sentar, finalmente, no avião da Varig com destino ao Rio de Janeiro.

— Vou alugar a melhor suíte do melhor hotel na Barra da Tijuca e passarei três dias sozinha no conforto absoluto, descansando, indo à praia, alternando duchas, saunas e banhos de hidromassagem. A comida, então, não quero fazer por menos: só coisa fina e variada. Vou torrar muito dólar para esquecer o que penei nesta terra.

Ao longe se escutaram alguns tiros, e Coimbra reparou que os dois eram os últimos fregueses no restaurante.

— Regina, é hora de ir embora. Não é seguro permanecer na rua até muito mais tarde.

— Ok, vamos! — respondeu a secretária.

Coimbra pagou a conta, entrou no carro e, quando Regina se sentou ao seu lado, pisou fundo no acelerador. O carro saiu desembestado na escuridão da estrada à beira-mar que corta a ilha da Barracuda até a avenida Marginal, que estava deserta. Coimbra acelerou um pouco mais. Não tinha, desta vez, de colar nas traseiras enervantes dos outros carros, sempre dirigidos por angolanos imprevisíveis, como dizia sempre ao interpretar uma teoria pessoal de que era mais seguro dirigir velozmente no meio de carros lerdos e pedestres desatentos do que ir devagar. Regina já se acostumara, e até concordava com esta teoria esdrúxula de Coimbra, razão pela qual não se preocupava mais nem movia um só músculo do rosto quando o técnico fazia uma ultrapassagem irresponsável.

Naquela noite, porém, a estrada estava vazia. A baía de Luanda parecia uma vila fantasma, e ela sentiu medo. Não conseguia mais pensar nas suas próximas férias na Barra ou no novo diplomata. Pela primeira vez na vida, sentiu um medo diferente, o medo de poder vir a morrer ali mesmo em Luanda, longe do seu saudoso interior paulista e de seus familiares queridos.

— Você está calada — disse Coimbra.

— Acho que estou assustada com tudo isso.

— Não se preocupe, meu amorzinho, vai dar tudo certo.

Coimbra era um eterno otimista, mas dessa vez Regina não acreditou que ele estivesse sendo sincero, buscava apenas acalmá-la. Pena que ele não tinha dons mágicos para tirá-la de Angola em um tapete voador e conduzi-la, naquele dia mesmo, ao tal hotel da Barra da Tijuca.

CAPÍTULO 20
A VIGÍLIA

Serafião Novaes não conseguia dormir. Sabia que tinha pela frente um dia de muito trabalho na embaixada. Seu período de encarregado de negócios durara pouco, desta vez, pois Ronaldo Cavalcante confirmara o seu retorno a Luanda amanhã, no voo das 13 horas. O grande desafio seria, contudo, buscá-lo no aeroporto distante, que já havia sofrido um ataque. Se os conflitos começassem antes ou durante sua chegada, como é que iriam fazer? E quem seria louco o suficiente para sair de casa, cruzar toda Luanda e ir até o aeroporto em um momento desses? Sobretudo quando as últimas notícias davam conta de que a Unita estava tentando controlá-lo novamente naquela noite.

Elevou, como das outras vezes, seus pensamentos e orou. Sempre que podia, entrava em sintonia direta com o Pai e pedia. Era um homem devoto e não concebia tomar uma decisão importante sem pedir inspiração do alto. Sua esposa apoiou a cabeça em seu peito.

— Por que está rezando outra vez?

— Pedindo proteção para todos nós.

— Só isso?

— Preocupado também com a chegada do Ronaldo amanhã.

A esposa passou a mão nos cabelos e exclamou:

— Mas por que ele tinha de voltar logo amanhã? Será que não compreende o risco que representa ir buscá-lo no aeroporto?

Serafião, sempre conciliador, explicou pausadamente:

— É bom que ele volte, meu bem. É homem articulado, com importantes contatos neste país. Um pedido do Ronaldo tem mais peso, tem mais chances de ser prontamente atendido. Sua presença neste momento de crise será melhor para a segurança de todos nós.

— Mas você precisa ir buscá-lo?

— Sim, deverei.

— Por que não manda o Rafael? Ele é solteiro, mais jovem...

— Ele também irá, com Pedro Guarany, seu Almeida e Fernando. Vamos em cortejo de três carros, com bandeiras e tudo, será mais seguro do que ir em um só.

— Você promete se cuidar?

— Prometo.

— E se a guerra começar quando vocês estiverem no meio do caminho?

— Isso não vai acontecer.

— E se eu ficar ilhada aqui, sozinha, o que é que eu faço? E se alguém quiser invadir nosso apartamento?

— Isso não ocorrerá.

Serafião olhou para um quadro que tinha à sua frente, na parede, e que dizia: Cristo é vida. Sorriu e, mais uma vez, entregou tudo aos cuidados do Filho de Deus. Depois apagou a luz e envolveu docemente a mulher entre os braços. Desta vez, ao menos, ainda dormiria com a proteção lá do alto.

CAPÍTULO 21
O BREVIÁRIO

A noite se abateu sobre Luanda. Desde o início do segundo tiroteio no aeroporto, o medo e a tensão invadiram uma cidade que, às duas horas da madrugada, ainda se recusava a dormir. Dentro das casas, a preocupação criava um ambiente carregado entre as famílias. As primeiras notícias do segundo ataque ao aeroporto davam conta de mortos e feridos. Diziam até que o quartel-general da polícia e a Futunga do Belo seriam atacados no início do dia. A partir daí, nada era mais previsível. Por isso, as pessoas custavam a dormir. Os casais faziam planos na cama, passavam trancas nas portas, e as crianças não compreendiam a preocupação dos mais velhos. A intranquilidade reinava mesmo para Valente, Bazuca, Medonho e Das Balas, acostumados a guerrear. Desobedecendo às ordens do inexperiente tenente Palázio, haviam deixado o quartel e se instalado com seus artefatos de combate nos esconderijos escolhidos por Valente em frente às posições inimigas. Em regime de permanente vigília, ao qual na selva se acostumaram, não perdiam de vista os movimentos dos soldados da Unita acantonados em frente à casa de Savimbi, no Miramar. Isabel Vorgan tampouco dormia, pois temia a sorte do irmão, que, como importante membro do partido, corria risco de sofrer represálias se o golpe da Unita falhasse. Pensava ela, igualmente, no beijo que dera naquele gajo brasileiro. Teria ocasião de beijá-lo novamente? Dava voltas na cama, perseguida pela própria expectativa e pelo tesão monumental que a consumia. O irmão Abel hospedara-se na própria casa de Savimbi, seu líder, de onde julgava poder acompanhar melhor os acontecimentos e ter mais segurança. Enrolado nos lençóis, duvidava, contudo, de que tivesse feito a coisa certa. Se o MPLA vencesse, a casa de Savimbi seria um dos pontos de Luanda mais alvejados. Talvez fosse melhor antecipar-se e pedir asilo em alguma embaixada. Fugir de Luanda lhe parecia impossível. Contudo, e se a Unita vencesse? Seria, então, o príncipe de Luanda. Essa incerteza cruel lhe comprimia o cérebro. Já Nelson Barreto resolvera passar a noite com Dona Mbanza. Dissera a Guimarães que iria dormir com a linda moradora do quarto andar — a bela da Kalunga —, mas a realidade era outra. Estava mesmo afundado nas varizes e carnes da velha Mbanza, suada e caída, e que, embora fosse ainda polposa, causava-lhe asco depois do ato. Todavia, naquela noite, ele a amara como se fosse a última vez. Vavô Domingos roncava debaixo das telhas do fundo da cubata de Mãe Benta Moxi, indiferente a tudo, sonhando talvez que estava levando a netinha desaparecida para passear na feira do Roque Santeiro. Por sua vez, Mãe Benta, Mãe Zefa, dona Vanja e Miúdo Bengo haviam acompanhado padre Eustáquio e seu Vevé até a igreja, onde se instalaram em um dos bancos ainda desocupados em frente ao altar. Como os demais, rezavam baixinho e cochichavam de vez em quando. Miúdo Bengo tentou acordar Vavô para levá-lo, mas não foi bem-sucedido. O velho se mexeu, rosnou, soltou um palavrão e continuou a sonhar com a netinha perdida. O general Chipunga, da Unita, não pensava em dormir. Cercado por seus assessores, acompanhava o desenrolar da ofensiva no aeroporto, o que nem sempre era fácil: além de as comunicações estarem péssimas, as notícias não eram tão alvissareiras assim. O aeroporto estava resistindo, e o brigadeiro Furacão, responsável pela operação, não encontrava espaço para avançar e invadir o lugar. Procurava, também, evitar que houvesse muitas baixas, capazes de comprometer o ataque a Futunga do Belo pela manhã. O gigolô Victor Cruz olhava a cidade da sacada do bar Aberto. Não conseguia parar de pensar na resistência idiota daquela meretriz atrevida, aquela puta da Kalunga, que lhe devia tanto e que agora recusava-se a viajar com ele para Lisboa. Aquilo lhe doía. "Essa vagabunda escrota ainda vai me pagar", — pensava diante de um copo cheio de aguardente. Teria meios de forçá-la, pois sabia como poucos dobrar a vontade das meretrizes. Não sabia, no entanto, se teria condições de escapar de Luanda a tempo. Bill Shanon, completamente bêbado após sete doses de uísque, cantava em voz alta no seu quarto uma antiga canção de *cowboys* que falava de tiros, índios e *happy-end*. Estava decidido a aposentar-se, abrir uma loja de armas em Nova Jersey e escrever um livro de memórias sobre política, guerra e arrependimento. Dona Zica, vizinha do embaixador do Brasil, vira seus filhos se armar com rifles e metralhadoras distribuídos pelo governo e agora custava a encontrar o sono, aflitíssima com o que pudesse ocorrer com eles no dia seguinte. Duvidava de que a milícia de seu bairro, integrada pelos jovens garotos, fosse capaz de conter o avanço dos pelotões da Unita. Joana, sua empregada, também estava tensa. Aquela brincadeira com o porteiro da embaixada do Brasil resultara em uma gravidez que seria difícil esconder por mais um mês. E o que faria se dona Zica desconfiasse? Procurou a lua no céu, pela janela, e só encontrou uma nuvem carregada e baixa. Seu Almeida, motorista da embaixada, estava deitado com os olhos abertos. Algo nele estava ocorrendo. Sentia aquela sensação antiga, que há muito não experimentava: a de estar de volta à ação. Ninguém podia imaginar o que era sentir aquilo. Só mesmo os ex-combatentes, os veteranos como ele deveriam estar com aquele nó na garganta que sempre dá antes da batalha. "—Sim, senhor, buscar o embaixador amanhã no aeroporto será verdadeira missão suicida". Na vila Gemak, Sandro Lombardi, diretor da Odebrax em Angola, sofria de insônia crônica. Era responsável pelo bem-estar de mais de 1.500 trabalhadores e pela manutenção de equipamentos avaliados em milhões de dólares. Havia trabalhado bem e contava com a compreensão e o apoio da embaixada. Mas isso não bastava; Lombardi queria a certeza de que nada aconteceria aos seus homens no interior do país e no Gemak. Sabia, contudo, que isso era impossível de se prever, bem como era difícil imaginar quais seriam as surpresas do novo dia, razão pela qual custava a fechar os olhos. O coronel Higino Miranda, das Forças Armadas Angolanas, não contava dormir aquela noite. Estivera reunido com o chefe do EMFA de Angola durante três horas e passaria provavelmente o resto da noite a coordenar, com os demais oficiais superiores, a defesa de Luanda. Mal sabia ele que o tenente Palázio, responsável pelas embaixadas no Miramar, era um dos poucos em Luanda que dormia solenemente com os seus planos, mapas e anotações espalhados sobre a cama. Também não podia imaginar que quatro de seus homens já estavam em posição de combate. Se soubesse que eram os homens de Zen, talvez pudesse até encontrar tempo para dormir mais um pouco. Maristela da Kalunga havia chorado todas as lágrimas que tinha. Como a noite escura, sua alma também estava enevoada. Perdera as amigas, apanhara do gigolô e sentia que estaria em perigo caso não tomasse com urgência alguma providência. Escutava as piores notícias pelo rádio e, como a maioria da população, buscava um plano que lhe trouxesse segurança. Sentia a imensa onda de tensão que se espalhava pela cidade. Era como uma peste bubônica a entrar pelas janelas das casas e cubatas, a infiltrar-se nas mentes de ricos e de pobres, de estrangeiros e de locais, a impedir que aquela gente toda adormecesse em paz. A noite tensa e escura abatia-se sobre Luanda, pesadamente, carregada do choro secular das lutas travadas pela sua população. O novo dia custava a raiar. No ar, uma terrível expectativa, com o gosto azedo da morte, pairava sobre a madrugada. A noite escura não dormia, carregada e tensa.

CAPÍTULO 22
A INGERÊNCIA

Dez helicópteros da Força Aérea da África do Sul, carregados de mercenários, sobrevoaram duas vezes a pista de Caprivi, situada na fronteira entre a Namíbia e o sudoeste de Angola. Há dias, dois aviões de transporte C130 haviam aterrissado naquela localidade para reabastecer de armas e de víveres o 32º Batalhão do Exército Sul-Africano, composto essencialmente por angolanos da Unita que combateram a Organização dos Povos do Sudeste Africano (SWAPO), movimento armado que lutava pela independência da vizinha Namíbia. Agora, esse mesmo batalhão aguardava a descida dos helicópteros trazendo reforços da África do Sul e do Zaire.

Faltavam dois minutos para as três da manhã quando os helicópteros começaram a se aproximar da pista. O capitão Van der Botha, um bôer de rosto comprido, comunicava-se com a estação de controle de terra.

— Então, Crawford, o 32º está a postos?

— Sim, meu capitão — respondia a voz pelo rádio —, o batalhão está todo aqui.

— Muito bem, estamos descendo.

Agitando a vegetação em torno com um barulho ensurdecedor, os helicópteros pousaram na extremidade norte da pista. Um jipe militar com dois oficiais brancos parou em frente a uma das aeronaves. O capitão Van der Botha saltou e dirigiu-se aos dois homens do jipe:

— Boa-noite, Crawford.

— Boa-noite, senhor. Este é o sargento Johnson.

— Sargento!

— Senhor — disse o jovem, esmerando-se na continência.

— Como estão os homens, Crawford?

— Impacientes, senhor. Não há notícias de Luanda, e muitos deles não irão querer entrar em Angola se o MPLA tiver resistido ao golpe.

O capitão fez um sinal com o braço e chamou os mercenários reunindo-os em frente ao jipe.

— Atenção, este é o sargento Ronny Crawford, veterano de mais batalhas na África do que as balas que vocês têm nas suas cartucheiras. Ouçam-no e permanecerão vivos. A primeira coisa a fazer agora é descansar. Há água e comida no alojamento para todos. Amanhã de manhã o sargento os reunirá para integrá-los ao 32º. Depois do sinal de nossos agentes, embarcaremos para Luanda. Antes do final do dia de amanhã, Angola será da Unita. Alguma dúvida?

Ninguém falou. Estava tudo claro. Os homens carregando suas mochilas e armas dirigiram-se para um grupo de cabanas do outro lado da pista e ali se acomodaram. Um mercenário avermelhado, de quepe amarrotado preso à cintura, aproximou-se de Crawford e falou com um terrível sotaque escocês:

— Ninguém me disse que iríamos entrar em Luanda.

— Não foi dito a ninguém.

— Mas aquilo é uma trincheira inexpugnável.

— Amanhã não será mais. A Unita já está em Luanda. Vamos apenas terminar o serviço para eles.

O escocês escutou pensativamente e depois falou:

— Escute, sargento, este é o plano mais idiota que eu já ouvi. Quem atacar o MPLA em Luanda não vai viver o suficiente para...

— Soldado — interrompeu o sargento —, há muita tropa da Unita espalhada por aquela capital. Nossa vitória é indiscutível.

— Coitados, serão massacrados.

O sargento levou a mão direita à pala do quepe, os cinco dedos rígidos, e falou:

— Vá descansar, soldado, e deixe os problemas por nossa conta.

O mercenário acenou com a cabeça e se afastou. Ao entrar na cabana, voltou a murmurar entre dentes:

— Vai ser um massacre... Eles vão ver...

Ainda não havia raiado o dia 31 de outubro de 1992.

CAPÍTULO 23
31 DE OUTUBRO

O dia amanheceu carregado de nuvens. Um rasgão de claridade invadia a janela pela qual Rafael Guimarães observava a cidade que acordava. Em frente, no bairro alto, o prédio da Kuka parecia murmurar-lhe algo assim: "Poxa vida, rapaz, você voltou a esta guerra... Esta guerra não acaba... Esta guerra não tem fim... Esta guerra começa hoje". Bem sabia ele que, na verdade, a guerra já começara. Escutara pelo rádio que desde cedo houvera troca de tiros no aeroporto. Na rua, o clima de que algo anormal ocorria refletia-se pelo pouco movimento de transeuntes e pela quantidade excessiva de barreiras policiais e de soldados armados. Noticiava-se um violento ataque à rádio Nacional, cujas consequências eram ainda desconhecidas. Rafael procurava ver da altura de sua janela algum movimento em torno do prédio, porém não viu nada. O centro estava quieto, como parte de uma cidade fantasma.

Serafião Novaes combinara buscá-lo às nove horas. Faltavam cinco minutos. Rafael pegou a gravata, o paletó, trancou o apartamento e enfrentou as escadarias. Assim era melhor... Descendo era mais fácil. Imaginou as dificuldades que teriam para cruzar a cidade inteira de carro para buscar Ronaldo Cavalcante e Ana Marina. Um soldado mais nervoso, uma bala perdida, uma barreira enfurecida, uma granada... Enfim, os perigos eram tantos que não convinha pensar.

Arrastou-se escadaria abaixo. No caminho, cruzou com uma velha que equilibrava uma lata de água na cabeça. Saiu para a rua e sentiu-se um ser humano abandonado em uma arena vazia, cheia de leões e serpentes escondidas, prontas para dar o bote. Não sabia por quê, mas pensou em sua mãe, em seu pai, nos seus irmãos e irmãs, na vida amena que teria no Brasil se não tivesse virado diplomata. Que raio fazia naquele barril de pólvora? Nesse instante, o carro de Serafião entrou pela curva da esquina e parou na frente do prédio.

No caminho da embaixada, foram abordados por duas barreiras, mas sem maiores consequências. Novaes e Guimarães iam lívidos. Faziam planos sobre a melhor forma de buscar o casal de embaixadores. No final, decidiram que seria melhor ir mesmo em cortejo, em caravana, da seguinte forma: o primeiro carro com o motorista Fernando e os dois diplomatas, o segundo carro, veículo de representação do embaixador, levaria Ronaldo e sua esposa, Agapito e Pedro Guarany, como segurança, e, por último, a Parati de serviço, com seu Almeida e a bagagem. Logo que chegassem, Serafião iria coordenar o esquema, e Rafael prepararia dois telegramas, um político sobre as últimas veiculadas na rádio e no jornal e outro administrativo informando a chegada do chefe. Ao estacionar em frente à embaixada, repararam que os policiais do governo que prestam segurança às missões diplomáticas no bairro foram retirados.

— Bonito! Estamos desprotegidos.

— Como ontem — confirmou Novaes.

Separaram-se, e Rafael foi escrever. Não tardou em preparar um confidencial urgente com todas as tintas a que tinha direito: a situação militar, os conflitos ainda localizados, o clima de guerra, as expectativas, as perspectivas da crise. Pensou e fez outro telegrama alertando sobre a questão da segurança dos brasileiros. Achou importante esse tema. Considerou que era inevitável e fundamental que, no futuro, as embaixadas brasileiras fossem mais protegidas. Em seguida, redigiu uma nota à chancelaria angolana solicitando autorização de voo e de aterrisagem no espaço aéreo angolano, que se encontrava fechado para as eventuais aeronaves brasileiras que fossem enviadas em caso de evacuação.

Regina Flores entrou na sala.

— Secretário, quem vai buscar o embaixador?

— Eu, o Novaes e o Pedro Guarany, além dos motoristas.

— E quem ficará na embaixada?

— Você e a moça do telex.

— Eu e a Cristiane só?

— Bem, estarão com vocês os seguranças e os empregados da residência.

— Mas... e se Brasília ligar?

— Vocês respondem. Fiquem calmas e nada de pânico, sobretudo se os brasileiros de Luanda ligarem. O governo está sendo informado da situação e, se preciso for, haverá evacuação. É importante informar às pessoas que fiquem em suas casas, calmas e longe das janelas. Nada de saírem às ruas para vir à embaixada. Seria muito perigoso.

— Secretário, o senhor deve estar brincando. Vai ser necessário tudo isso?

— Ninguém sabe. Olhe, Regina, o telefone estará em suas mãos. Seja clara, serena e forte. Nada de se envolver com a histeria alheia. Entendeu?

— Vou tentar...

— Outra coisa, não fale muito se a imprensa brasileira ligar. Deixe claro que os diplomatas são os únicos autorizados a prestar declarações.

CAPÍTULO 24
O PASSEIO

Eram 12h30min do dia 31. Do alto da encosta, os três carros desciam a avenida em direção ao aeroporto. Ao lado de Novaes, Guimarães fitava a cidade e, mais além, a enseada e o mar. Quem o visse, de colarinho e gravata, sentado à janela de um carro com bandeira de representação, placa diplomática e tudo, diria que lá ia um importante chefe de missão estrangeira a admirar a bela paisagem da baía de Luanda. Em verdade, contudo, era também um alvo perfeito para milícias e soldados escaldados e em pé de guerra. Olhava para as árvores que passavam, para as casas que ficavam para trás, para as ruas desertas, para a enseada, para o musseque de Bela Vista e para os outros dois carros que o seguiam, e tudo lhe dava a sensação de estar em um cenário absurdo de cinema, em que, a qualquer momento, podia começar, não na tela, mas na vida real, uma aventura com final imprevisível. Que abismo havia entre a ficção e a realidade! Que sensação era essa de arrepiar caminho por entre as ruas silenciosas de uma cidade que era nitroglicerina pura, fazendo seu coração bater descompassadamente!

Decerto recordava-se do longo caminho que haveria de percorrer até o aeroporto, através de avenidas e largos, até cruzar a Amílcar Cabral e entrar na avenida da Revolução de Outubro, passando por barreiras de policiais e soldados do governo e da Unita, tensos e preocupados, como ele, em não morrer. Que belo passeio para se fazer num sábado à tarde!

Rafael suspirou, arrumou a gravata e bateu as palmas das mãos sobre os joelhos.

— Preocupado? — perguntou Novaes.

— Pensativo. Você não?

— Estamos nas mãos de Deus — disse o colega com sua voz pastoral —, e Ele não nos faltará.

— Que Ele o ouça. Só não desejaria virar picadinho de milícias neste dia pouco ensolarado.

— Nada irá acontecer. Tenha fé.

— O aeroporto está cercado. Trocaram tiros por lá de madrugada e de manhã. Vai ser difícil chegar.

— Não tem importância. Nada de mal nos ocorrerá.

— Admiro sua fé e conto com ela.

Ambos se calaram e prosseguiram atentos à estrada. Rafael sentiu que o colega também estava sereno, quase adormecido, e isso era essencial. Gostaria de ter a mesma disposição. Talvez a sua fé o impedisse de ficar pensando que teriam de fazer o mesmo percurso de volta ainda naquele início de tarde. E se fossem parados? E se o carro fosse metralhado? E se não desse tempo para defender-se? Eram muitas as dúvidas para um espírito irrequieto, tentando pensar em fórmulas. Fechou os olhos e respirou fundo. Já estava até começando a sentir-se no Rio, no outono, quando o carro foi parado por uma barreira. Um policial, de metralhadora em punho, aproximou-se:

— Então, para onde pensam que estão a seguir?

— Para o aeroporto — respondeu o motorista Fernando.

— Para o aeroporto? Vocês estão a brincar? Então vocês não sabem que está havendo fogo por lá?

— Nós, e os carros que estão atrás, vamos buscar o embaixador do Brasil, que está a chegar — falou o motorista.

Outro guarda, mais impaciente, intrometeu-se:

— Então deixa lá ver os documentos de todos e pode saltar para abrir a mala do carro.

Serafião começou a explicar que eram diplomatas, mas foi logo interrompido:

— Os senhores fiquem em silêncio, por favor — disse polidamente o guarda.

Outros soldados, fortemente armados, foram se aproximando do automóvel para observar melhor os dois estrangeiros engravatados sentados no banco de trás. O motorista abriu a mala, mostrou os documentos e recebeu o sinal verde. Podia seguir. O guarda ainda lhes disse:

— Vá com cuidado. Os Unitas estão a atirar primeiro para perguntar depois.

— Obrigado — falou o motorista.

— Boa sorte — disse, ainda, o policial.

Os carros seguiram por alguns minutos até entrar em outra avenida. No meio do caminho, um soldado nervoso e gesticulando muito fez o carro parar novamente. Atrás dele surgiram outros, saídos de esconderijos e trincheiras:

— Aonde vão, pá?

— Ao aeroporto. Somos da embaixada do Brasil — disse o motorista.

Outro soldado falou:

— Estes gajos estão a fugir, pá.

O primeiro soldado olhou para Guimarães e Novaes e perguntou:

— Estão a fugir?

— Não — respondeu Rafael. — Somos diplomatas brasileiros, não temos por que fugir. Estamos indo ao aeroporto para buscar o embaixador do Brasil, que chega em poucos minutos a Luanda.

— Deixe eu ver os documentos de todo mundo aí — falou o outro soldado.

Serafião e Rafael mostraram seus passaportes. Um dos soldados cismou com o motorista.

— Você é Unita?

— Eu não, pá, eu sou motorista da embaixada.

— Deixe lá ver os papéis.

Após vários e longos minutos de negociações, os carros foram liberados e prosseguiram rumo ao aeroporto. Desta vez, Novaes dava evidentes sinais de inquietação. Rafael nada dizia. Sabia que só agora o amigo estava se dando conta de uma situação que ele se cansara de prever. Seu pensamento ia tão rápido que já havia imaginado o que faria em uma porção de eventualidades. Por exemplo, no caso de tiroteio, ele se deitaria no chão. Na hipótese de fuzilamento sumário, apelaria para a Convenção de Genebra sobre as relações diplomáticas.

Como, certamente, ninguém entenderia nada, falaria de sua amizade pessoal com o presidente — e, se fossem soldados da Unita, de sua fraternal intimidade com o mano Savimbi. Se não desse certo, colocaria sua vida nas mãos de Deus e, de surpresa, escoraria a porta sobre os guardas e tentaria fugir. A chance de sobreviver, neste caso, seria de uma em mil. Havia outra saída, a mais fácil: fazer o retorno e voltar para a embaixada.

Vexou-se daquele pensamento e procurou pensar positivo. Não haverá mais controle policial, nem soldados, nem Unita. O aeroporto estará aberto e acessível, o avião descerá bem, não eclodirá a guerra, o governo e a Unita se entenderão, o Botafogo será campeão da Taça Brasil, e a seleção do Brasil será tetracampeã nos Estados Unidos.

Assim foi, de hipóteses em hipóteses, variando na escolha, ora grossa, ora miúda, mas sempre generosa, ornada de desejos dos mais variados feitios. Grande era a sensação de aventura que conseguia incutir em sua mente, ao repelir os agouros ruins das imagens reais naquele trajeto. Os pensamentos iam e vinham inventando situações à toa para fazê-lo ausentar-se da incômoda realidade. No entanto, logo surgiu outro controle. Mais um ainda na entrada da reta final da avenida da Revolução de Outubro, que ia dar no aeroporto.

Em um deles, pensou que morreria. Os soldados, assustados, gritavam impropérios, ameaçavam, brandiam as armas e um chegou a cuspir no automóvel. Diziam que deviam acabar com os estrangeiros e faziam movimentos com as metralhadoras como se estivessem a soltar rajadas contra o carro. Após muita discussão, a berraria diminuiu, e os soldados autorizaram que seguissem o caminho. Eram soldados da Unita.

Guimarães, lívido, agradeceu ter nascido novamente. Novaes estava mortificado. Riu seco e prosseguiu concentrado, como se estivesse desfiando todo o seu rosário de orações.

CAPÍTULO 25

O ATALHO

Ronaldo Cavalcante ia concentrado, no banco de trás, ao lado de sua mulher. Ouvia, sorria, contava o que tivera tempo de fazer no Brasil e interrogava os dois assessores a respeito da situação em Angola desde que partira. A viagem fora exaustiva. Mesmo assim, o chefe do posto parecia querer ordenar as ideias, recompor-se mentalmente para organizar o trabalho que teria pela frente. Sim, porque Ronaldo Cavalcante adorava o seu trabalho. Atirava-se a ele com dedicação e afinco de manhã, de tarde, de noite, de madrugada, durante o almoço, durante o jantar, no banheiro. Vivia em sintonia constante com o mundo dos acontecimentos políticos internacionais.

Ao chegar à saída do aeroporto, perguntou a Rafael:

— Como foi a vinda ao aeroporto?

— Um longo calvário. Barreiras por toda parte, algumas da Unita.

Refletiu e voltou-se para o motorista:

— Fernando, vamos por dentro, pelo atalho dos musseques.

— Dos musseques? — aparteou Fernando. — A malta está a guerrear, senhor embaixador. Entrar por ali, com essa malta toda armada, num carro destes, é suicídio!

— Ao contrário, é mais seguro. A Unita não se mete em musseques de Luanda.

— Mas, Ronaldo — disse Rafael —, quem nos garante que não seremos parados e saqueados? Há muita pobreza, e o pessoal está todo armado. Um carro como este com um bando de estrangeiros... Pelas favelas... É loucura!

— Fique despreocupado, Rafael. Conheço isto aqui. Garanto que nada nos acontecerá.

Rafael não discutiu. Por um caminho ou pelo outro, as chances de confusão eram as mesmas: enormes e bastante prováveis. Melhor seria imaginar que aquele seria um agradável passeio pelos campos floridos de Angola.

O motorista embicou o carro em uma estrada de terra e, com desembaraço, enfiou-se pelo primeiro musseque adentro. Galinhas e patos voaram de um lado para o outro, afastando-se do comboio brasileiro que seguia pelas ruas esburacadas e cheias de lama e de lixo. O clima de mobilização era geral, e era sentido dentro e fora de cada cubata. Era gente para todo lado, a falar, a andar, a mostrar armas, a se preparar para o combate. Pivetes de no máximo treze anos brandiam pistolas. Aos quinze, tornavam-se homens e faziam jus a uma espingarda automática. Mulheres com facões, soldados equipadíssimos, cães vadios juntavam-se ao grosso de uma população tensa por estar sendo agredida. Rafael estudava as fisionomias. Não demorou a que fossem parados por uma milícia:

— Os camaradas estão a fazer o quê?

— Estamos voltando do aeroporto.

— Por aqui?

— É mais seguro.

— Deixe-me ver os documentos e a mala.

Mais uma vez, o motorista saltou, abriu o capô, mostrou os documentos do carro, dez minutos para resolver a situação.

Ronaldo impacientou-se quando um dos populares quis revistar sua pasta pessoal. Não, isso ele não podia aceitar.

— Escute aqui, meu senhor, eu sou o embaixador do Brasil, um país amigo de vocês. Estou indo para a embaixada por aqui porque vocês são amigos e, por isso, é mais seguro. Compreendeu?

Veio outro popular se intrometer, tentando persuadir o colega:

— Deixa lá, pá! Não estás a ver que são brasileiros? Deixe eles partirem.

E lá ia o minúsculo comboio abrindo caminho por entre cubatas e barracos, procurando, em vão, não chamar atenção. Tarefa difícil para um carro enorme com chapa oficial, bandeira de representação e lotada de estrangeiros engravatados. No meio de uma rua estreita, sobreveio o inesperado: um tiroteio dentro do musseque. Foi uma correria para todos os lados. Apenas os três carros permaneceram onde estavam, imóveis, seus ocupantes divididos entre o pavor e o terror. Pan... Pan... Pan... Soavam os estampidos, que pareciam vir de todas as partes. Depois houve um silêncio, os tiros cessaram, encheram-se as ruas, cresceu o burburinho, recomeçaram os gritos e as discussões. O comboio prosseguiu rumo ao Miramar. Às vezes, outros carros que vinham na direção oposta atravancavam o trânsito naquele caótico fim de mundo.

Ninguém dizia nada, apenas Ronaldo fumava um cigarro atrás do outro. O carro ia se desviando dos buracos, enterrando-se na lama. Ao cruzar por um jipe militar, ouviu-se uma ordem:

— Alto lá!

Fernando freou, passou as mãos pela carapinha, como se precisasse de outra dose enorme de paciência. Os ocupantes do jipe cercaram o carro e avançaram, as metralhadoras apontadas para os estrangeiros. Um fulgor irado brilhava nos olhos do militar, que encostou o cano de sua arma no peito do motorista:

— Eh pá, estás a querer morrer?

Fernando não podia falar. Estava pálido e trêmulo. Ia ensaiar uma resposta quando veio outra ordem:

— Vamos descendo do carro. Vamos lá, todos para fora!

Ronaldo abriu a janela e interveio, dizendo que não ia saltar de carro algum. Explicou quem era, o que fazia, para onde ia, por que havia voltado e que era amigo do povo angolano. Aos poucos, o fulgor repentino de antes desapareceu dos olhos do soldado. Outro veio, afastou o cano da metralhadora do amigo com o braço e fixou os olhos no embaixador do Brasil. Depois apontou-lhe o cano de sua arma:

— O senhor é mesmo nosso amigo?

— Se não fosse, não estaria aqui. Poderia estar no Brasil com a minha família, com os amigos. Se estou aqui presente, é porque sou amigo. Veja a minha passagem. Acabei de chegar.

O soldado examinou o bilhete do avião e perguntou:

— E a senhora?

— É minha mulher.

— E os demais...

— São meus assistentes. Repito-lhe que sou o embaixador do Brasil. Sou amigo dos angolanos e tenho imunidade diplomática.

O soldado não cedeu logo. Ficou revirando os documentos do carro, os passaportes, o bilhete aéreo. Guimarães logo captou que aquele soldado queria dinheiro. Voltou-se para Ronaldo e propôs baixinho:

— Acho que ele só quer dinheiro. Vamos dar um pouco...

— Nada disso, eu não dou dinheiro, é uma questão de princípio.

Os minutos arrastavam-se. Os soldados a apontar as armas, o líder do grupo a folhear cada passaporte. Atrás da demora em deixar partir os intrusos, havia a evidência da cobiça por dinheiro. Bastavam alguns kwuanzas, ou melhor, uns poucos dólares e pronto, resolvia-se o assunto. Mas Ronaldo não queria. Questão de princípio. Talvez tivesse razão. Se entregasse dinheiro, o que lhe garantiria que os soldados iriam se conformar com pouco? Havia de manter o respeito ao cargo, custasse o que custasse. Os agentes diplomáticos eram invioláveis, legalmente protegidos contra qualquer violência. Não se devia abrir mão dessa prerrogativa nem demonstrar fraqueza. Rafael pensava rápido e já se dera conta de que Ronaldo estava coberto de razão. Se sobrevivesse ao passeio pelo atalho dos musseques, teria muito o que aprender com aquele homem que estava na África há um bom tempo e parecia haver entendido melhor que os outros a lógica local. Se sobrevivesse...

Do lado de fora, os soldados encaravam seus aprisionados sem remorsos e com expressões austeras, como se estivessem vingando-se por terem roupas finas, a vida que eles também gostariam de levar, a bordo de carros refrigerados, com anéis, relógios caros e passaportes vermelhos. Isso, sim, era luxo, um luxo que não tinham. Por isso abusavam de sua autoridade, exacerbada pelos uniformes que vestiam e pelas armas que empunhavam. Eram pobres, humildes, mas, naquele instante, tinham poder sobre a vida e sobre a morte. Por isso buliam, passando-lhes sustos, mantendo-os nervosos e amedrontados.

Ouviu-se um grito estridente no fim da rua. Os soldados voltaram-se e viram um homem atirar nas costas de uma mulher. Com rapidez, subiram no jipe e iniciaram a caçada ao matador. Antes disso, um deles devolveu os passaportes e documentos.

— Vão embora — ordenou, apressado — e não se metam mais por estes lugares. Estão a pensar que isto é carnaval?

Quando o carro se pôs em movimento, Rafael recebeu em cheio os raios do sol no rosto. Quem não vive não tem o que contar. Ele estava vivendo. Teria o que dizer. Bastaria sentar um dia e escrever.

CAPÍTULO 26
A SOLIDARIEDADE

Já se escutavam tiros esparsos pela cidade quando Regina Flores atendeu a mais uma das inúmeras chamadas que recebera naquela manhã:

— Embaixada do Brasil, boa tarde!

A voz que se ouviu era de mulher e estava abafada:

— Sim... Por favor, aqui é da secretaria-geral, em Brasília. O embaixador Omar Pozzi desejaria falar com o conselheiro Serafião Novaes.

— Ele não está. Foi ao aeroporto buscar o embaixador Ronaldo Cavalcante.

— Um minutinho, então...

A voz não demorou a voltar:

— Então passe-me o secretário Rafael Guimarães.

— Também foi ao aeroporto.

— E quem está na embaixada?

— Apenas eu e a funcionária do telex.

— E quem é a senhorita?

— Sou a secretária do embaixador.

— É contratada local?

— Sim.

— Não há funcionário do quadro no momento?

— Há, a teletipista.

— E como se chama?

— Cristiane.

— Chame-a, por favor.

— Um momentinho, por gentileza.

Regina chamou Cristiane, que pegou a chamada. Depois olhou o relógio. Já passavam das duas horas da tarde, e os diplomatas não haviam voltado ainda. Será que teria acontecido alguma coisa? Teriam tido dificuldades? Mais um tiro se ouviu do lado de fora. Bailou na sua mente outra angústia, desta vez mais terrível: estariam vivos? Tornou a sentir o desejo de abandonar tudo e voltar para casa. Contudo... e as ruas? E os tiros? Quem, diabo, mandou se meter em Angola? Ela sabia os motivos: um belo salário em dólares e o *status* no círculo diplomático. Sentia-se importante, e não apenas uma bonita secretária de classe média. Passou os olhos grandes e expressivos pela sala, os arquivos, a máquina elétrica automática e com memória, o aparelho de telefone, o fax, a escuta celular e reconheceu neles os seus domínios. Sem eles, poderia tornar-se mais uma jovem brasileira desempregada. No meio deles, mesmo em Luanda, sentia-se útil e poderosa. Era convidada para festas no Gemak. Os homens da Odebrax faziam fila para dançar com a secretária do embaixador. Sabia fazer seu *lobby* pessoal e, nesse jogo de favores, empregava bem suas qualidades, seus conhecimentos e atributos. *Curriculum vitae* não lhe faltava, inclusive para ambicionar emprego mais rendoso. Outro tiro. De que adiantava ser bonita e inteligente se estava desamparada e só? Pensou no novo diplomata. Gostava dele. Talvez ele pudesse protegê-la e confortá-la. Mas ele não chegava, ninguém chegava. A embaixada estava em suas mãos e nas de Cristiane, que não tardou em ouvir uma voz pausada do outro lado da linha:

— Dona Cristiane. Aqui é o embaixador Pozzi.

— Pois não, embaixador — respondeu a assustada funcionária.

— Diga-me: como estão as coisas por aí?

— Estão péssimas, embaixador. A guerra está prestes a estourar na cidade.

— Não há outros funcionários com vocês?

— Não, senhor. Hoje é sábado, a maioria está em casa. Apenas eu e a secretária da chefia viemos esperar os diplomatas que foram buscar o embaixador Ronaldo no aeroporto.

— Faz tempo que eles saíram?

— Sim. Algum tempo.

— Então ouça: a senhora conhece o plano de emergência? Saberia coordená-lo?

— Eu? O plano de emergência?

— Sim, pode ser necessário.

— Embaixador, como vou coordenar o plano sozinha? — ela queria gritar, dizer que o que queria mesmo era ir para a sua casa no primeiro avião, confessar que desejava apenas sair daquela cidade enfurecida, que desejava ver sua mãe e chorar no colo dela, mas nada fez do gênero; contendo as lágrimas, apenas disse: — Se for preciso, embaixador, farei o que estiver a meu alcance.

— Bravo, mas, antes de tudo, peço-lhe que mantenha a calma. Não adianta se apavorar. A senhora sabe que não há voos para fora de Luanda agora e que é mais seguro permanecer na embaixada.

— Sim, eu sei, embaixador, desculpe-me, mas estamos tão nervosas...

— É compreensível. Estamos solidários com vocês. Agora escute com atenção. A senhora deve ligar para o aeroporto e informar-se se o voo procedente do Brasil chegou bem e dentro do horário. Se assim tiver sido, aguarde ainda mais uma hora para então iniciar a leitura do plano, pois providências deverão ser tomadas em caso de convulsão por aí. Enquanto isso, tomaremos outras medidas por aqui. Como a senhora sabe, há todo um esquema para retirá-los de Luanda em caso de necessidade.

— Os senhores vão nos tirar daqui?

— Se for necessário, não tenha a menor dúvida.

CAPÍTULO 27
O INÍCIO

Não foi necessária a implementação de nenhum plano de emergência por parte da funcionária, pois, em meia hora, a caravana de carros da embaixada transpunha o portão da chancelaria e estacionava diante da residência. Novaes e Pedro Guarany saltaram e foram resolver um problema que havia no gerador do imóvel, enquanto a embaixatriz entrava na residência. Ronaldo e Rafael se meteram na chancelaria, onde encontraram Regina, que descia as escadas aos pulos, indo ao encontro deles.

— Embaixador! Graças a Deus...

— Então, Regina? Tudo bem por aí?

— Ah... embaixador, o senhor deve estar brincando! O telefone não tem parado; temi que algo terrível tivesse acontecido com os senhores. A imprensa brasileira está toda atrás do senhor. Os brasileiros estão apavorados, querem vir para a embaixada, mas nenhum se atreve a pisar na rua. Recebi duas chamadas anônimas com ameaças de invasão à embaixada. O doutor Lombardi...

— Calma, calma! Venha me dizer tudo na minha sala.

— Mas isso é importante — insistiu Regina.

— Então diga.

— O doutor Lombardi telefonou dizendo que invadiram o Gemak.

Ronaldo ficou lívido.

— Ligue já para ele. — Depois se voltou para Rafael: — Venha, vamos conversar em minha sala.

Sentaram-se num sofá de couro, e um dos copeiros trouxe-lhes café. O embaixador foi logo dizendo:

— Precisamos ter muito cuidado a partir de agora. Ninguém – a não ser eu, e, em meu impedimento, o Serafião e você – está autorizado a prestar declarações à imprensa.

— Já dei esta instrução ao seu secretariado.

— Muito bem. Possivelmente tenhamos pela frente uma evacuação. E isso não será fácil. A Odebrax ajudará, pois tem interesses a preservar e homens a proteger. Mas, no resto, não devemos nos deixar levar pela onda de histerismo que se aproxima. Nada de pânico ou chilique. Brasileiro apavorado fazendo escândalos na embaixada será inevitável. Devemos ser pacientes e trabalhar com eficiência e serenidade. Mesmo se tudo der certo e ninguém morrer, haverá sempre um coitado a culpar a embaixada por isto ou por aquilo. São as regras do jogo. Não podemos ser pressionados por ninguém. Haja o que houver, seguiremos as regras, sem dar espaço à confusão, que é sinônimo de ineficiência. Quero que você transmita a todos os funcionários que deverão agir com profissionalismo e prudência. Não quero faniquitos nesta embaixada.

— De acordo.

Há uma relação de brasileiros residentes em Luanda no setor consular. Alguns deles haviam demonstrado interesse em serem evacuados caso as coisas se complicassem. Devemos dar uns telefonemas e atualizar essa lista.

— Já foi feito. Novaes colocou o Barreto para pilotar essa parte.

— Muito bem. Vejo que andaram agindo bem por aqui. Ah, outra coisa...

Nisso, interrompendo a fala de Ronaldo Cavalcante, o barulho surdo de uma bomba de morteiro fez estremecer os alicerces da embaixada e se misturou, um segundo depois, com o ruído ensurdecedor de rajadas de metralhadoras disparadas ao mesmo tempo do lado de fora na rua. Uma segunda bomba fez voar terra para todos os cantos, uma terceira estourou em uma árvore ao pé da portaria, outras se seguiam com seu barulho atordoador. Em um piscar de olhos, um fogo cruzado de armamento leve e pesado estabeleceu-se em frente à embaixada. Ronaldo, pasmo, dirigiu-se à porta que dava passagem de sua sala, no terceiro andar da chancelaria, ao quarto de hóspedes da residência. Guimarães ainda se recordou de ter dito:

— Tenha cuidado. Aonde vai?

— Ana Marina... Preciso ver se minha mulher está bem.

Rafael viu-se só, na sala da chefia, e nem teve tempo de pensar que estava realmente só. Um tiro estilhaçou o vidro e entrou pela janela, passando a meio palmo de sua cabeça, e se espatifou em um mapa da América do Sul pendurado na parede. O susto de Guimarães não foi menor que o seu impulso de atirar-se ao chão, o que terminou fazendo quando o tiroteio passou a comer solto. Disparos de morteiro, estampidos, explosões; no meio das balas estava ele, o jovem diplomata, estendido no carpete, suando frio por todos os poros. Muitas outras balas perfuraram vidros e paredes na sala de Ronaldo, fazendo estardalhaço ao despedaçar brutalmente os objetos e bens do lugar. Finalmente, Rafael encontrou coragem para arrastar-se até o corredor e descer a escada. Queria certificar-se de que todos estavam bem, entretanto o fogo era tão pesado que não conseguiu afastar a hipótese de que, a qualquer momento, ouviria um baque surdo e pronto, seu corpo estaria estendido ao chão, sem vida, liberto daquela algazarra terrível.

A intensidade dos tirambaços nutria seu coração de agourento azedume. Iria morrer? Não tinha dúvida de que seria difícil escapar daquele inferno. Os soldados não tardariam a entrar na embaixada, podendo fuzilar sumariamente tudo que se mexesse. Uma explosão de morteiro fez novamente a chancelaria estremecer. Desta vez foi muito perto. No segundo andar, de pé entre as paredes do corredor, encontrou Pedro Guarany, pálido e boquiaberto. Em quinze anos servindo em Angola, jamais vira a guerra tão de perto, tão ao lado, vizinha mesmo dos muros da embaixada. Quase sem tirar os olhos de Rafael, foi dizendo aos solavancos:

— É melhor ficar por aqui, secretário. Eu conheço a arquitetura dessa casa. Deste lado há paredes resistentes, com uma distância de três ou quatro metros entre si; do outro, a mesma coisa. Aqui no meio estaremos seguros. Eu conheço o projeto. Vi quando foram feitas as reformas.

Em função do nervosismo, o bom servidor foi contando tudo sobre a segurança daquele lugar, ilustrando o novo diplomata com os seus conhecimentos práticos do projeto arquitetônico do imóvel. Mal tinha tempo para respirar e já se lançava em outro detalhe de sua inesgotável narrativa. Para algo serviam todos aqueles anos vividos em Luanda. Sua experiência, seus contatos, sua forma resoluta de ser o haviam transformado em um funcionário imprescindível dos últimos quatro embaixadores brasileiros naquele difícil posto de sacrifício. Sabia das coisas, era eficiente, bom papo, conhecia todos, abria portas impenetráveis, driblava como craque os labirintos da burocracia local. Hoje, na frente de Rafael, botava tudo para fora, carregando nas tintas, mencionando fatos, citando nomes, no esforço de acalmar-se e esquecer que, lá fora, uma batalha severa e ruidosa parecia querer arrebentar com tudo e com todos.

Uma rajada de balas entrou pela sala ao lado, fazendo um confuso alarde de vidros despedaçados. Rafael ainda conseguiu ver o globo terrestre cair da estante dos livros e se espatifar no chão, crivado de balas.

— É melhor descer — disse Pedro Guarany. — É bom estar no nível mais baixo. Estas duas paredes dos dois lados também estarão lá embaixo. É só descer mais um andar. Ande, ande, vamos lá... São as mesmas paredes.

Molhado de suor, Rafael o seguiu sem deixar de escutar a cachoeira de informações que lhe jorrava pelos lábios. Guarany tinha razão, era melhor descer. Por um momento, Rafael olhou o relógio: há dez minutos começara o fogo no Miramar, e ele tinha a impressão de que a sua vida toda passara diante de seus olhos. Dez minutos apenas o marcaram como se tivessem sido dez séculos.

CAPÍTULO 28
A CARGA

Desceram ao andar térreo, onde Regina Flores e Cristiane Ramona, a funcionária do telex, trocavam olhares atordoados, encolhidas no chão atrás da escada. Serafião Novaes também estava retraído; as mãos unidas em posição de oração tremiam discretamente. Seu Manuel, um segurança brasileiro de meia-idade, que viera até Angola para levantar um pé-de-meia para a aposentadoria, parecia assustadíssimo, embora buscasse dissimular. Estava mudo e mudo permaneceu mesmo quando, com a chegada de Guimarães e Guarany, todos se puseram a falar ao mesmo tempo. Também Cristiane não achava as palavras; resignava-se a tremer... Os outros que cuidassem de achar palavras para ela. E o fizeram com grande desembaraço, embalados pela emoção e pela expectativa. Quanto mais estrondeava o fragor dos estampidos, em número superior multiplicavam-se as ideias, as sugestões. Todos falavam ao mesmo tempo e para todos. As frases se misturavam ao ruído de vidraças quebrando, ao barulho das granadas explodindo, às vozes de gente gritando lá fora. Os guerreiros das ruas pareciam próximos, apenas do outro lado do muro. E que muro modesto era aquele, sem arame farpado, sem esquema de alarme ou de segurança elétrica. Apenas uns poucos cacos de vidro cimentados no topo. Mesmo Rafael, quando criança endiabrada no Jardim Botânico, habituado a pular o muro do parque Laje, poderia fazê-lo ali, arriscando-se a sofrer apenas alguns arranhões. E agora lá estava a falar com os outros, a participar daquele turbilhão de recomendações. Rafael conseguia, às vezes, dominar o ardor dos demais, que se calavam por instantes para ouvir suas instruções.

— Temos de apagar o circuito elétrico da casa.

O administrativo Pedro Guarany concordou e saiu pela porta do quarto dos seguranças para instruir os empregados locais que ali se encontravam. Custou a encontrar um voluntário para ir ao lado de fora, no pátio, para executar a tarefa. Da forma como saíram correndo assustados, voltaram esbaforidos pela missão heroicamente cumprida. Pedro foi o último a cruzar a área de serviço e a entrar no quarto do pessoal da segurança. Estavam todos atentos, escutando o rádio. Seu Almeida, mais velho e experiente, tinha nos olhos a sensação de *déjà-vu*, por ter vivenciado alguns conflitos no passado. Já tivera ocasião de contar aos rapazes na copa a história sobre o dia em que dois companheiros seus de regimento salvaram uma família inteira da morte nas mãos de uns mercenários zairenses. Haviam chegado pelos fundos da casa a tempo de ver dois guerrilheiros abusar de uma menina de no máximo treze anos. A criança estava nua e deitada de bruços. Um homem abusava dela por trás, e outro a segurava com as mãos enquanto fornicava sua boca raivosamente, como se estivesse no clímax do gozo. A cena, de tão sinistra, não durou mais que um segundo. Um dos soldados alçou a mira e apertou o gatilho. O primeiro mercenário caiu com a testa perfurada. O segundo reagiu e foi crivado de balas até estrebuchar no chão. Seu Almeida conta que um dos soldados foi até o segundo mercenário e, notando que não havia expirado ainda, pegou a faca e castrou-o sem comiseração. Depois, os dois entraram na casa e mataram mais dois que estavam igualmente montados na mãe da menina.

No quarto dos seguranças, o rádio à pilha também anunciava suas histórias, como o sequestro do embaixador do Zimbábue por elementos armados da Unita. A cidade toda estava em comoção. O Miramar, os arredores do comando da Polícia Militar e a Rádio Nacional eram os pontos de maior convulsionamento. Quem estivesse nesses lugares que se cuidasse para não virar bucha de canhão.

Pedro Guarany suava frio. Após tantos anos de vida na África, eis o que se tornara: bucha de canhão.

CAPÍTULO 29
A MIRA

Em cima do telhado, onde fora colocado por Valente, Bazuca montava seu lança-foguetes, trabalhando com rapidez e em silêncio. Na extremidade da área, em que havia uma faixa circular e plana, instalou seus morteiros. Calculara as medidas e não tinha motivos para duvidar de que, se fossem atacados, faria belos estragos na casa de Savimbi e no ex-comitê eleitoral da Unita, utilizado como depósito de armamentos. Com os morteiros prontos, empilhados e com uma dezena de bombas ao lado, instalou dois lançadores de foguetes que Medonho lhe trouxera, à revelia do sargento Brás, colocando um foguete em cada tubo. Ficou com toda a sua artilharia ao alcance das mãos.

— Que venham agora — sorriu consigo mesmo.

Sabia que cada foguete tinha uma vida útil de vinte segundos e que, para acionar os morteiros e os foguetes de sinalização, teria de operar com sua costumeira presteza. Tinha perícia, sabia seu ofício tão bem quanto o melhor soldado profissional sul-africano ou europeu. Aprendera com Zen — e na arte da guerra não havia outro igual a Zen.

Olhou para o relógio: 14h30min. Escutou ruídos de motores. Três carros em fila indiana atravessavam a rua, cruzaram a avenida e entraram apressadamente, duzentos metros à direita, na embaixada do Brasil. De cima, Bazuca viu homens engravatados e uma senhora se encaminhar para as dependências da missão. Com absoluto desprezo pelo civis, pensou: "esses brazucas são mesmo parvos, pá, a passear de carro em um momento desses!". Depois, tornou a observar a avenida. Ao longe havia o mar. Seus olhos frios de guerreiro aos poucos deixaram-se entrar pelo oceano, em uma contemplação embevecida, pairando sobre aquelas marolas que vinham morrer nas areias de sua terra. Em seu final, a ponta da Ilha de Luanda parecia o dedo de Deus ralhando com os angolanos por não estarem cortejando a dádiva celestial daquela natureza. Em vez disso, faziam guerra há longas décadas. Da valsa das águas, só retiravam o pranto das ondas sem saber por quê. Do ar puro das manhãs só respiravam o cheiro da pólvora queimada no peito de outro conterrâneo vencido. Das estrelas brilhantes só temiam que delas viessem a ser despejados morteiros e bombas sobre suas cabeças carregadas de rancores e desconfianças. O dia era belo, e lá estava Bazuca a preparar-se para matar ou morrer, na mira da Unita.

Um prolongado assobio se ouviu. Bazuca buscou a direção e viu Valente fazer-lhe um gesto. Mais à frente, atrás dos tanques de lixo, estava Medonho, deitado junto a duas caixas de munições. Das Balas o acompanhava empunhando a metralhadora quando Valente assobiou outra vez. Bazuca olhou e só naquele instante percebeu o que o amigo queria dizer. Do outro lado da avenida, bem ao fundo, as tropas da Unita avançavam em direção às suas posições. Atrás de Valente, Bazuca viu o tenente Palázio, o sargento Brás e o resto da tropa. Estavam todos em posição de alerta. A batalha estava prestes a começar. A Unita avançava, dava o primeiro passo, fazia o primeiro gesto em direção à guerra. Como das outras vezes, estava sendo a primeira a romper o espírito dos acordos assinados.

Bazuca apertou os olhos e viu, bem embaixo do telhado onde estava, oito rapazes das milícias do bairro correr agachados pela pequena encosta e chegar ao pé da falésia, bem atrás de Valente. No início da manhã, ele e Valente já haviam conversado com aquele grupo de rapazes. Eram bons meninos, corajosos e idealistas, e desejavam ajudar a defender suas casas. Agora mantinham-se ao lado de Valente, oferecendo seu apoio e esperando o sinal. Valente olhou para Bazuca e fez um gesto pedindo paciência. Não seriam eles, os soldados do governo, a dar o primeiro tiro. Estavam lá para defender, e não para atacar. A Unita vinha mal-encarada e numerosa. Quando pressentiram o inimigo, puseram-se a disparar a esmo. Valente levantou o polegar para Bazuca: chegara o momento de fazer o que eles mais sabiam na vida: lutar.

Bazuca afastou-se do lança-foguetes no momento em que puxava o cordão de disparos do primeiro projétil. O míssil subiu silvando, mas, antes que caísse, o soldado voltou-se para escutar o barulho ensurdecedor de uma bomba disparada, que passou por cima dele, para se estatelar ao lado da embaixada brasileira. O foguete da Unita explodiu primeiro. O seu explodiria depois, conforme estava combinado, seguindo um protocolo de princípio.

CAPÍTULO 30
AS CHAMADAS

Pedro Guarany descrevia a Guimarães o resultado de suas diligências no pátio quando, por meio do barulho dos disparos, chegou aos ouvidos dos assustados funcionários no térreo a campainha estridente de um telefone no andar superior.

— É a campainha do fax — disse Regina, que sabia distinguir entre os toques dos aparelhos instalados em sua mesa de trabalho.

— É chamada interurbana!

— Quem vai lá? — quis saber Cristiane, saindo do seu estado de choque.

O ruído dos danos causados pelos disparos que atingiam os andares superiores da casa era constantemente ouvido e parecia o barulho de algum louco furioso despedaçando objetos e estilhaçando vidros. Quem se atreveria a subir aquelas escadas naquele instante de balas perdidas?

— Eu vou lá — exclamou Rafael.

— Não, secretário, deixa que eu vou — interpôs-se Regina.

Com as mãos rápidas, levantou-se, consertou a saia justa, puxando-a para baixo, preocupada em cobrir as pernas, e subiu lentamente. Menina corajosa, pensou Guimarães, e, como não pudesse deixá-la correr risco sozinha, seguiu-lhe os passos. Ambos foram indo agachados, tomando as devidas precauções ao passarem em frente às janelas escancaradas. Lá no alto, a sala da moça parecia a mais atingida. Era justamente lá que soava o aparelho de fax-telefone instalado perto da janela, enquanto, lá fora, o chumbo comia fundo.

— Espere aqui — falou Guimarães.

Arrastou-se para dentro do quarto e chegou bem debaixo da mesinha em que repousava o aparelho. Levou-o até a porta da sala e, quando pensou em retirar o fone do gancho, o aparelho parou de tocar. Olhando para a moça, disse:

— Não importa, o telefone internacional não vai parar de tocar a partir de agora.

Dito e feito. Alguns segundos depois, o aparelho voltava a tocar. Rafael tirou o fone do gancho e esticou para Regina, que, deitada no corredor, conseguiu falar.

— Embaixada do Brasil, pois sim?

Uma voz distante ouviu-se, cheia de sensacionalismo:

— Aqui é a rádio de Iratinguara, de Ribeirão Pires, falando para todo o Brasil! Gostaríamos de ter informações sobre a situação de vocês aí.

— Um momento. Passarei para um dos diplomatas.

— Alô — disse Rafael.

— Bom dia, senhor. Como se chama?

— Sou o primeiro-secretário da embaixada. O que deseja?

— Uma palavrinha para os ouvintes do Brasil. Chegaram notícias de que a embaixada está sendo invadida pelos rebeldes angolanos. Como se sente a respeito?

— O que sinto a respeito? O senhor deve estar de brincadeira!

— Os nossos ouvintes querem saber se houve mortes reportadas ou se o governo brasileiro está cogitando algumas medidas.

— Grato pela preocupação, porém, como pode imaginar, estamos sem tempo para entrevistas.

— O senhor pode ao menos nos informar a situação dos brasileiros ou da embaixada?

— Felizmente, não temos conhecimento de mortes na colônia brasileira. Primeiramente, porque ela foi instruída a permanecer em casa; depois, porque o tiroteio não visa cidadãos brasileiros ou a esta embaixada — disse Rafael antes de desligar o telefone.

"Como se sentia a respeito?" Um dia, se escapasse daquilo tudo, diria a ele o que sente alguém no meio de um tiroteio, quando as balas cruzam o espaço ao redor de sua cabeça, quando as detonações são tão altas que parecem explodir tímpanos dentro dos próprios miolos. A derradeira detonação estava longe de ocorrer, e Rafael se perguntava se ainda estaria vivo para escutá-la. Certamente, para aquele radialista, a vida era um espetáculo fantasioso e irreal que dava ibope, porém para Guimarães a vida era sagrada e real, pois era a sua. Podia mesmo senti-la em si, tamanho o temor de vir a perdê-la em uma batalha que não lhe dizia respeito e que não era contra o Brasil e sua embaixada.

Em verdade, o realismo da guerra não pode ser compreendido por quem não a viveu, por quem nunca a teve diante de si. O espectro da morte é real e do temor nasce o valor. Um é fruto indissolúvel do outro; estão ligados pelo sobressalto, pelo desafio, pelo instinto de sobrevivência. Era sua própria vida que estava em risco, e não a do radialista. Desta vez, ele não estava comodamente sentado na poltrona de sua casa, tomando refrigerante e assistindo ao vivo, pela televisão, às notícias de ataques, sequestros, guerras, enchentes, terremotos e mortes dos outros. Agora, para ele, a batalha que vivia fazia parte do mundo real, que não podia ser vendido como um mero produto de consumo para milhões de telespectadores sentados em frente à TV bebendo cerveja. Rafael não podia exigir que os outros se levantassem de suas poltronas, deixassem suas pipocas e comidinhas, largassem seus amores e lazeres no Brasil e viessem estirar-se ao seu lado em um chão coberto de vidro estilhaçado, mas podia oferecer-lhes doses mínimas de bom senso e solidariedade no acompanhamento daquela guerra. Passou a mão pelos cabelos, apalpou com os dedos o suor do pescoço e olhou para Regina, que, deitada no chão do corredor, junto a ele, explicava-se com alguém.

— Ele se encontra na residência, senhor, e desta linha não posso fazer a transferência. Gostaria de falar com o secretário Guimarães?

O gesto que acompanhou essas palavras era solene e chamou a atenção de Rafael; fosse quem fosse, esperava que a voz ao telefone viesse alta e clara, pois o barulho do tiroteio tornava-se insuportável. Regina olhou gravemente para o diplomata e disse:

— É o secretário-geral das relações exteriores. Quer falar com o senhor.

Guimarães respirou feliz. Conhecia bem o embaixador Luiz Henrique Palmeiro, a quem assessorara em ocasiões anteriores. Além da amizade que remontava a laços de parentesco indireto, sentia por ele admiração e estima. Sua chamada comprovava que os olhos do ministério estavam cravados em Luanda naquele momento.

— Alô, Palmeiro.

— Alô, Rafael. Como estão as coisas por aí?

— Como deve de estar ouvindo ao telefone, este bairro, assim como a cidade inteira, transformou-se num campo de batalha.

— Onde está o Ronaldo?

— Está na residência. Conseguimos trazê-lo do aeroporto, e, logo que entramos na chancelaria, o tiroteio começou.

— Estão todos bem?

— Até agora, sim.

— Alguma previsão sobre o desfecho de tudo isso?

— Ainda não. Impossível ter informações confiáveis ou confirmadas. Ouvimos há pouco que o embaixador do Zimbábue foi levado como refém por homens da Unita.

— Há chances de eles entrarem aí?

— Se vencerem e se quiserem, sim. Não creio, porém, que vençam. Meu temor é a fuzilaria na frente da embaixada, que já danificou várias janelas e bens da chancelaria e que pode resultar em alguém ferido com bala perdida.

— Compreendo. Haveria possibilidade de alguma ação armada contra o Ronaldo?

— Impossível saber. Há muita gente com armas de fogo espalhada pelo bairro. Uma invasão da embaixada não é tão improvável assim se pensarmos que pegaram o embaixador do Zimbábue.

— Compreendo... E você está bem?

— Até agora, sim.

— Espero que não se arrisque desnecessariamente. Estamos providenciando as coisas por aqui. O presidente da República está muito sensível à segurança de todos vocês. Vamos enviar aviões via Windoek tão logo recebamos o sinal verde do Planalto. A Odebrax também fretou um Jumbo. Assim que for possível, os brasileiros interessados poderão deixar o país.

— Ótimo.

— Você tem condição de me dizer alguma coisa sobre a situação dos brasileiros em geral?

— Em princípio, estão bem. Temos aconselhado as pessoas a não saírem de suas casas nesta fase. Se a guerra esquentar, teremos de preparar efetivamente a evacuação dos que desejarem partir.

— Bem, vou ver se consigo falar com Ronaldo. Em qual dos telefones da lista você acha que ele se encontra?

— No telefone da cozinha, provavelmente.

Regina apontou com o dedo, e Rafael transmitiu o número ao secretário-geral. Depois das despedidas, Rafael recostou a cabeça no braço. Assim ficou, como se estivesse repousando o sono dos justos. Podia estourar tudo, entretanto, agora, ele sentia-se ao sabor de si mesmo, com os olhos fechados ao clamor universal, o coração espreguiçado em vez de agitado. Alguma coisa lhe dizia que o pavor dos primeiros instantes cedia espaço a uma inquietação mais sossegada. Em pensamento, escancarou o próprio peito às balas e sentiu mais serenada a alma.

O ruído de novos estilhaços na sala ao lado misturou-se ao fogo pesado que insistia em intensificar-se do lado de fora. Há quanto tempo estava em meio ao fogo-cruzado? Não se lembrava. O tempo passava como passara-se o tempo das carruagens e das damas. Outros tempos iriam escoar-se até um futuro de viagens espaciais. Entretanto, Guimarães jamais se esqueceria daquele dia exclusivo em que o céu parecia desabar sobre sua cabeça, com explosões e estampidos. Por uma infinidade de séculos, o sol estaria ainda por cima de tudo, indiferente aos perigos que corriam os diminutos seres mortais, como ele, condenados a sobreviver de sustos e dores na crosta terrestre.

Rafael custou a abrir os olhos. Queria prolongar-se no refúgio da imaginação. Melhor mantê-los fechados, pois não havia muito o que ver mesmo naquela situação. Todavia, apesar do subterfúgio, acabou abrindo-os e se deparando com Regina, que falava ao telefone. Ela passava chamadas para a residência em que se encontrava Ronaldo Cavalcante. Ela também, ali deitada, havia afrouxado as rédeas do desespero. Parecia mais calma, os olhos indo e vindo ao sabor da conversa. Colocara os outros telefones no chão e respondia a todas as chamadas com grande eficiência. Rafael reparou mais naquele rosto bonito, por vezes risonho. De súbito, ela lhe estendeu um dos aparelhos.

— É o embaixador.

Mal colocou o fone no ouvido, escutou:

— Rafael?

— Sim, Ronaldo.

— O que está fazendo?

— Estou no terceiro andar, procurando responder às chamadas. O Palmeiro chamou você?

— Acabei de falar com ele. Disse-me coisas. Depois lhe conto. Estou agindo por aqui. Já falei com o português, o inglês e o russo. Os demais embaixadores não respondem. Da mesma forma, não consegui contatar ninguém do governo. Por enquanto, estamos isolados. Devemos agir por conta própria.

— Já imaginava.

— Diga-me: foi sua a ideia de aumentar o estoque de comida da embaixada?

— Foi sim. O seu Almeida fez as compras.

— Muito bem pensado. Quando escurecer, traga todos para jantar. Ah... o Sandro Lombardi disse-me que não houve propriamente uma invasão do Gemak, apenas umas tentativas isoladas de entrada de alguns populares. Foi tudo.

— Ótimo.

— Até mais tarde, então.

— Até...

CAPÍTULO 31
O ASNO

O telefone tocou, e depois novamente, e novamente, e novamente; as chamadas se sucederam pelo resto da tarde, ininterruptamente, como os tiros e as rajadas de metralhadora. Entre elas, uma chamada de voz carregada de arrogância mereceu registro especial:

— Senhorita, eu quero saber quais as providências que vocês vão tomar. Vim aqui para tratar de negócios e estou preso neste hotel. A embaixada tem de fazer algo. Vocês vivem dos meus impostos. Estou apavorado. Tenho mulher e filhos.

Serenamente, Regina explicava que, no momento, a coisa mais acertada era permanecer no quarto do hotel, longe das janelas, até que tudo se acalmasse. Mas o homem não queria entender.

— Escute bem, moça, eu sou amigo pessoal do ministro Vilela, cunhado do deputado Siqueira.

— Meu senhor, eu não tenho nada a ver com isso. Mantenha-se calmo e abrigado no seu quarto de hotel e tudo dará certo.

— Calma? Eu não quero manter a calma! Quero embarcar no primeiro voo para o Brasil!

— Não há voos para o Brasil nos próximos dias. Estamos em Luanda, não na Flórida.

— Não interessa! Exijo que me prestem segurança até o aeroporto.

— Meu senhor, o aeroporto está cercado, e o espaço aéreo angolano está fechado.

— Não importa. Pode-se fretar um jatinho, uma lancha, um carro.

— Carro? Meu senhor, neste tiroteio? O senhor tem de se acalmar e ficar quieto no seu quarto. Por favor, acredite no que estou lhe dizendo.

— Menina, não tenho costume de conversar com secretárias. Passe-me o seu chefe.

— Como quiser.

Passou o telefone para Guimarães, não sem antes explicar a teimosia daquele interlocutor.

— Pois não? — atendeu Rafael.

— Com quem estou falando? — gritou o homem do outro lado.

— Sou o secretário Rafael Guimarães.

— Secretário? Mas eu quero falar com um diplomata!

— Eu sou diplomata.

— Mas o senhor é diplomata ou secretário?

— Os dois — respondeu, enervando-se. — O que o senhor deseja?

— Antes de tudo, dizer-lhe que a moça que me atendeu deve aprender bons modos. Depois, eu exijo que me digam quais as providências que os senhores vão tomar com relação a esta situação.

— Em primeiro lugar, peço que o senhor se acalme e me diga em que hotel se encontra — respondeu Guimarães. — Eu ligo para o senhor quando for possível adiantar-lhe as perspectivas de evacuação, se houver necessidade.

— Necessidade? Mas, afinal, estes crioulos estão enlouquecidos, podem me matar, me trucidar. Eu quero sair daqui!

— Crioulos enlouquecidos? Por favor, modere seu linguajar. O que temos aqui são angolanos em campos opostos a lutar pelo poder, como em qualquer país dito civilizado, ou o senhor já se esqueceu da guerra civil americana e da Segunda Guerra Mundial?

— Não me interessa o que eles são. Quero sair daqui o quanto antes e não permito que me dê lições de moral. Afinal, com quem o senhor acha que está falando, seu secretário de merda?

— Com um asno, apenas isso, com um verdadeiro asno, e histérico ainda por cima.

CAPÍTULO 32
AS MANCHETES

A imprensa também ligou, insistentemente, durante horas a fio. Todos queriam explicações sobre o que estava acontecendo, solicitavam pormenores sobre o andamento da batalha, qual o número de mortos, quem estava vencendo, quais as perspectivas de invasão da embaixada. Tudo aquilo que se pudesse transformar em furos e manchetes era ferozmente disputado por jornais, revistas, rádios e televisões. Várias chamadas eram repassadas para a residência em que Ronaldo dividia, criteriosa e profissionalmente, seu tempo entre contatos políticos locais e entrevistas ao vivo para todo o Brasil. A ignorância sobre a situação em Angola era natural, mas não absoluta. Certos correspondentes, redatores dos melhores jornais do país, não se mostravam inteiramente leigos no assunto, embora lhes faltassem o acompanhamento das articulações recentes e a visão histórica de médio e longo prazo. O imediatismo dominava o questionário, e o irrelevante muitas vezes aflorava como fim, e não como meio.

Serafião e Rafael também deram algumas entrevistas para aliviar Ronaldo. Em uma delas, Rafael se inspirou e acabou descrevendo com as tintas de contista a realidade do que se passava, sem esconder os fatos, sem alardes desnecessários. A locutora da emissora pedia-lhe para contar mais, e ele se recusava. Já havia falado o suficiente. Não convinha assustar os ouvintes ou os familiares dos brasileiros situados em Luanda. A coisa estava feia, a moça não deveria insistir. Guimarães sabia que, quando a batalha serenasse, os veículos de comunicação voltariam a esquecer-se da situação em Angola, da terrível guerra, que é como uma ferida funda e aberta a sangrar no coração da nação irmã. Angola interessava somente quando o cheiro de pólvora era forte o suficiente para cruzar o oceano e infiltrar-se nos gabinetes de Brasília e nas redações dos jornais. Fora disso, as notas, os furos e as manchetes seriam outros. Quem se importa com uma guerra interminável entre africanos?

O tiroteio recrudesceu. Guimarães e Regina foram forçados a descer para o abrigo do primeiro andar.

CAPÍTULO 33
A ORAÇÃO

Rafael e Regina chegaram exaustos e sentaram-se ofegantes debaixo da escada, onde Cristiane se encolhia, trêmula o suficiente para manter-se absolutamente calada. Serafião estava encostado na parede e escutava uma história comprida de Pedro Guarany a respeito dos tempos em que era mais jovem e trabalhava no ministério da velha rua Larga, no Rio de Janeiro. Seu Manuel, sentado no chão com a cabeça sobre os joelhos, nada dizia. Como coruja esperta, prestava grande atenção a tudo, sem, no entanto, habilitar-se a nada.

As balas ricocheteavam nos muros, nos carros, nas árvores, nos telhados, fazendo um ruído ensurdecedor. Rafael arrastou-se até a sala de entrada, pegou duas almofadas no sofá, ofereceu-as às mulheres e voltou para apanhar uma para si. Sentou-se e deixou-se abater. Desta vez, o nervosismo de todos era mais do que justificado, em função do recrudescimento da batalha que se ouvia do lado de fora. Pedro Guarany, impelido pela tensão, falava uma coisa atrás da outra, arrancando exclamações de Novaes quando a narrativa sobre situações já vividas por ele em Angola era pincelada com as cores de um realismo exagerado. Houve um curto silêncio. Depois, a artilharia recomeçou com intensidade inusitada. Parecia que a casa ia desabar ao peso das detonações, dando a impressão de que os soldados do mundo inteiro estariam prestes a entrar pela embaixada para massacrar quem encontrassem.

— Ai, meu Deus! — murmurou Cristiane.

Um clarão passou pelos olhos de Serafião Novaes, e, como se tivesse recebido uma mensagem do alto, começou uma súplica fervorosa em voz alta. Em uma revoada de dizeres religiosos que lhe brotavam da memória, foi formando uma oração piedosa em que a vontade de Deus era suprema, como misericordioso era o seu Filho, Jesus Cristo, a quem solicitava que, se fosse a vontade celeste, viesse para acalmar a ira dos homens e proteger seus filhos ali presentes de todo o mal. Evangélico e servidor, orou para si, orou para os outros, orou para Deus e para Jesus Cristo, Filho de Deus, Reis dos Reis, Salvador do Céu e da Terra. Esqueceu-se dos santos, olvidou-se advertidamente da Virgem Santíssima e Imaculada, omitiu beatos, bem-aventurados e venerandos de seu culto, centrando em Jesus Cristo, o único, o bondoso e caridoso Filho de Deus e Deus próprio, a sua prece, na qual rogava a salvação naquele momento crucial.

E assim, por minutos inteiros, confiou aos desígnios do Altíssimo o bem-estar de todos os presentes. A firmeza na execução de seu pedido, sua adesão pessoal a Deus e a fé que transmitia emocionaram Rafael, que se pôs a orar também. Em poucos minutos, estavam todos a rezar o padre-nosso e o credo repetidas vezes.

CAPÍTULO 34
A CEIA

Não vieram os batalhões de soldados nem as legiões de anjos protetores. Quem apareceu em meio ao escarcéu interminável das ruas foi o copeiro da residência para avisar que havia um jantar improvisado para todos. Rafael saiu de suas reflexões. Para quem estava há tanto tempo sem comer, a perspectiva não lhe desagradou. Contudo, não sentia fome; aliás, ninguém ali sentia o estômago vazio. O cheiro da morte embrulhara os estômagos e dera um nó surdo nos intestinos, retirando dos presentes a disposição, o ânimo, o apetite. Cristiane chegara a vomitar no banheiro, incapaz de aguentar por mais tempo a situação. Regina tratou de aprumar-se e, ao passar diante do espelho do banheiro, deteve-se algum tempo comprazendo-se na contemplação de seus braços nus, suas formas ricas, seus ombros... Gostava de seus ombros. Os homens possivelmente também gostavam. Tinha 27 anos e achava que era a mesma dos 22. Passou as mãos no rosto, arrumando as sobrancelhas e esticando o pescoço. Pronto, assim estava apresentável. Lembrou-se de que o jantar seria à luz de velas e sorriu... Em vez de violinos, teriam sinfonias de petardos.

Rafael foi o último a levantar-se da almofada improvisada no chão, enquanto os demais já se arrastavam em direção ao pátio interno. De lá até a cozinha da casa, havia uns dez metros de área de serviço, aberta e descampada, com roupas penduradas e utensílios de limpeza espalhados. Naquele tiroteio, era preciso muita atenção para passar da chancelaria à residência.

Primeiro foram os homens. Pedro Guarany e Novaes deram uma corrida nervosa, quase cômica, para dentro da casa. Regina e Cristiane, sobretudo esta, tiveram de ir arrastadas por seu Manuel por intermédio das roupas penduradas no pátio de terra batida. Rafael foi dali a pouco, e, quando chegou à cozinha, propôs que a mesa do jantar fosse arrastada para o interior da copa, longe da janela, o que foi feito por servidores cansados e tensos que nem haviam atentado para esse importante detalhe: ficar longe das balas. Rafael sentou-se ao lado de Ronaldo e pôs-se a ouvir o chefe, que comentava os telefonemas que dera e recebera.

— O inglês negou que sua embaixada tivesse sido invadida. Notícia inventada, disse ele, para desacreditar a Unita.

Rafael pilheriou:

— Esses ingleses gostam tanto da Unita que me pergunto por que não os levam todos para Londres.

— É verdade — falou Regina.

— Devemos prestar muita atenção à veracidade dos rumores que ouvimos — prosseguiu Ronaldo. — As notícias da situação por aqui surgirão de todos os lados, como grama, por isso devem ser confirmadas antes de serem transmitidas. Cuidado particular deve ser tomado para filtrar o fato real da invenção. Sem isso, corre-se o risco de induzir Brasília ao erro na avaliação política da situação.

— Tem toda razão — disse Serafião. — Assim faremos.

Rafael continuou ouvindo calado, os olhos fixos no chefe.

— A precisão na transcrição dos fatos é fundamental. Temos de contrabalançar os arroubos de parcialidade dos governos e da mídia internacional que a imprensa lê e acriticamente transcreve.

— Concordo mil por cento — exclamou Rafael.

— Parece que houve, de ontem para hoje, cinco novas violações do espaço aéreo do Zimbábue por aviões de caça da Força Aérea Sul-Africana em direção a Angola.

— Como você soube? — perguntou Guimarães enquanto enchia o garfo com um pedaço de peixe.

— O Frota me ligou.

— O embaixador brasileiro em Harare?

— Sim. Ele soube que, a exemplo do que havia ocorrido há dias — e que foi objeto de protesto do governo zimbabuano —, aeronaves militares sul-africanas foram novamente detectadas pelo radar da base de Thornhill. Voavam aos pares e pareciam convergir com o rumo dos aviões de transporte C130 que se dirigiam para o Lunda-Norte.

— O que poderia ser?

— O Frota acha que se trata de uma operação em larga escala, coordenada para reabastecer a Unita no interior de Angola.

— Ingerência pura que desacredita a Unita ao ter como aliados os racistas de Pretória; por permitir que eles entrem pesadamente armados em território angolano para matar angolanos numa guerra que não é deles.

— Suas ações fazem parte do mesmo padrão definido, que se manifesta com notável coerência e eficiência do oceano Índico ao Atlântico — prosseguiu Ronaldo Cavalcante. — É no fundo a África do Sul branca, a África do Sul dos aparteístas que receiam um governo sul-africano de maioria negra e que se lança a sustentar líderes que possam servir às suas ambições hegemônicas e combater quem possa dar sustentação ao processo de democratização na África Austral, processo esse que eles não querem ver progredir dentro de suas próprias fronteiras. Com democracia, o *apartheid* desaparece, e vice-versa.

— Felizmente, a mudança dentro da África do Sul é inevitável e está em andamento; é uma questão de tempo.

— Sem dúvida.

Ronaldo foi chamado para atender a uma chamada em seu quarto. Levantou-se da mesa e subiu com enormes precauções. A embaixatriz Ana Marina, que oferecia aquela refeição, puxou assunto com Guimarães e acabou conversando sobre política. Espírito lúcido, mostrou-se também engajada no trabalho que o marido desenvolvia em Angola. Do outro lado, Pedro Guarany explicava a Novaes a resistência daquele muro sólido, daquelas paredes. Regina mal conseguia engolir a sobremesa, enquanto Cristiane pensava na mãe, que ligara uma porção de vezes naquele dia, desde que os confrontos começaram. A velha, que vivia com a filha em Luanda, havia ficado só no apartamento, na avenida Marginal, e estava aflitíssima para que a filha regressasse logo e a levasse para bem longe daquele país mergulhado no terror e na guerra.

Todos procuravam, no fundo, espairecer, da melhor forma que encontravam, sem muito sucesso. A fuzilaria não permitia. Rafael sorria constrangido a cada explosão de petardo que fazia a casa estremecer. Cristiane estava pálida, tão intenso era o seu pavor. Pedro Guarany conseguia desfiar suas histórias monumentais com cores e luzes, citando casos e embaixadores que haviam servido em Luanda, particularizando certas situações que sua imaginação acanhada considerava interessante. E tinha muito humor ao embrenhar-se no seu universo de anedotas e tiradas antigas, formando um hilário aguaceiro de palavras que faziam os presentes esquecer o beco sem saída em que se encontravam; estavam todos numa trincheira sem saídas subterrâneas, sem sótão, sem tapetes mágicos para sair voando para longe dos tiros e morteiros que ecoavam feito as palavras do administrativo.

Ronaldo voltou com ar preocupado e explicou a Serafião e a Rafael que o embaixador português lhe telefonara para preveni-lo de que ali, no Miramar, ele e sua mulher, Ana Marina, estavam correndo risco de morrer. A Unita já havia tomado mais dois reféns diplomáticos e, sabendo que o embaixador brasileiro estava de volta, poderia tentar invadir a embaixada. Era uma probabilidade não de todo impossível, que já havia sido considerada por eles.

Guimarães ouviu atento e disse:

— Ronaldo, sair daqui é ótimo, mas como? E, se me permite dizer, há poucas chances de que a Unita saiba que você voltou. Quando me avistei ontem com Abel Vorgan ficou claro que você estava no Brasil. Ninguém sabe que você voltou, nem mesmo o pessoal do governo.

— É verdade. Esse foi o meu pensamento também. Mas tenho de pensar, refletir... Talvez não possamos mesmo permanecer aqui, embora não veja como possamos fazer de outra forma. Por onde escapar? Com que meios?

A questão ficou pairando no ar durante o resto da noite, varando a madrugada. A luz das velas dava à fisionomia de Ronaldo Cavalcante uma expressão grave de impotência diante do tiroteio que calou fundo no peito de Rafael Guimarães. Não tardou muito a que o primeiro-secretário ficasse absorto, metido em si mesmo, remoendo ideias, recompondo probabilidades, situações. Voltava o espectro da morte nas mãos da soldadesca exacerbada. Imaginou o que poderiam fazer com as mulheres e depois os homens. Na guerra, sempre prevaleciam os excessos, a dor física, as agonias, as lâminas cortando a pele, as balas perfurando os ossos, as surras e as torturas. Não podia ficar alheio ao histórico pouco lisonjeiro das guerras africanas. Tampouco podia subestimar o sentimento de certos setores da Unita em relação aos brasileiros. Que situação mais difícil, meu pai do céu! Agora então ela se mostrava complicadíssima. A noite lá fora fitava-o impassível. Noite incerta, misteriosa, talvez mesmo a sua última noite de vida. O pensamento, em andrajos, partira-se em várias hipóteses, todas elas absolutamente inúteis, não havia como fugir dali. A presumível evacuação só seria possível quando cessasse definitivamente o fogo.

    Quando deu por si, estava de volta à chancelaria, jogado em cima da almofada no chão. Sim, porque tinha vivido um dia cheio de sensações inesquecíveis. Tentou, mas não conseguiu pegar logo no sono. Os telefones não paravam de tocar...

CAPÍTULO 35
A MORTE

Quando deixou o apartamento de Marisbela da Kalunga, horas antes do início dos tiroteios, o gigolô Victor Cruz estava furioso. Esbarrava nas pessoas, xingava, dirigia feito um demônio pela cidade. Foi parar no bar Aberto. Lá pediu fiado uma garrafa de Ballantine's e se pôs a beber no meio das meretrizes. Como ousava aquela mulher safada recusar-lhe o convite generoso de ir a Lisboa com ele? Quem era ela, puta ingrata, para desafiá-lo assim? Tão fora de si estava durante os primeiros copos que nem reparou que pensava alto. Naninha, uma morena de origem europeia, aproximou-se:

— Estás a falar sozinho, Victor?

— Não enche!

— Nossa, pá! Estás mesmo aborrecido.

— Se estou...

— Pode-se saber por quê?

— Não!

— Anda lá, pá, conta para a tua Nana, conta.

Victor Cruz tinha os olhos enviesados, como costumava ficar quando estava possuído e com vontade de esganar alguém. Não disse nem fez nada. Levantou-se para sair, mas não o fez. Sentou-se novamente e, depois de instantes de silêncio, encarou a prostituta:

— Não é segredo para você nem para ninguém que esta porra de cidade vai explodir mais cedo ou mais tarde, possivelmente amanhã. Não desejo ficar aqui para ver nem quero fechar o negócio e sair de mãos abanando. Propus àquela Marisbela ordinária vir comigo para Lisboa, acompanhada da Rita e da Carmita. Eu cuidaria de tudo, dos detalhes, das passagens, da hospedagem, dos clientes. Daria tudo, conforto, além dos contatos que tenho por lá. E adivinhe o quê? A safada recusou. Diz que faz frio, que tem horror ao clima, que não vai nem morta. Imagine, nem morta por causa do frio. Não é muita ousadia?

— E por que você não me leva no lugar dela, pá? Você não acha que mereço? — perguntou enquanto alçava os peitos e se aprumava.

— Mas você é branca, sua parva.

— E daí?

— Em Lisboa, uma boa negra vale ouro.

— E uma branca angolana também, pá, garanto-te — disse enquanto tocava com a mão, suavemente, a perna do marginal.

O cafetão parou e, pela primeira vez, prestou atenção naquela fedelha. Não era má. Não era a Kalunga, evidentemente, mas não era má. Precisava pensar mais na proposta, se não a levaria... Propôs-lhe em contrapartida irem para sua casa na praia esfriar a cabeça e tomar um drinque.

— Só se você prometer que vai me levar!

— Eu nunca prometo nada.

— Então não vou — disse resolutamente enquanto cruzava as pernas mostrando metade das coxas.

O proxeneta olhou e gostou, meteu a mão no bolso, tirou a chave do carro e puxou Naninha pela mão.

— Anda, vem, eu te levarei sim, para conheceres Lisboa, a cidade das algaravias e das vagabundas como tu.

Ao chegarem, após um longo trajeto, Victor Cruz ofereceu-lhe um uísque com gelo e enrolou um cigarro de liamba.

— Você gosta?

— Por que não?

Acendeu-o e deu logo três longas baforadas. Em instante, refletia perante o mar para uma Naninha já acomodada no álcool:

— Cigarro das misérias...

— Dá-me uma tragada.

O cafetão lhe entregou e foi servir-se de um uísque duplo no bar. Uísque mais liamba era a melhor mistura para gozar uma noite gostosa de sexo. Encheu o copo e colocou quatro pedrinhas de gelo.

Depois, mexeu o líquido e deu um longo gole. Aquilo lhe caiu bem, fê-lo relaxar. Que noite ótima teria com aquela branquela interesseira e salafrária. Os demais que se matassem na guerra; ele iria deitar Naninha de bruços, virá-la toda a madrugada até que ela suplicasse por um descanso. No dia seguinte, ele a deixaria no centro e tchau. Lisboa só em outra encarnação. Levar branca para a Europa? Se isso era coisa a se conceber!

Assim vinha pensando quando voltou para a varanda e deu de frente com um soldado armado. No susto, soltou o copo.

— Mas... que história é essa? — chegou a dizer antes de levar uma coronhada de escopeta no meio da boca.

Rodopiou e caiu contra a laje, para logo depois ir se levantando lentamente, a tempo de ver, ao fundo, dois outros soldados segurar Naninha. Quando ia falar, o soldado que lhe bateu disse ironicamente:

— Então ia ter uma festinha, não é, seu paneleiro?

— E que liamba boa, meu! — falou o outro, que segurava Nana com um braço e o baseado no outro.

— Você já viu como um puto como você berra e estrebucha antes de morrer? — perguntou o primeiro.

Victor Cruz percebeu logo se tratarem de milícias desgarradas, talvez da Unita, pela postura mais tribalista do que os soldados de Luanda. Procurou conversar:

— Meus amigos, eu também sou da malta. Vocês podem ver os meus papéis. Vivo de biscate, de mulheres. Posso arranjar uma porção delas para vocês. Conheço muita gente...

— Cala essa boca, pá, e sente-se nessa cadeira — disse o soldado apontando com o dedo.

Cruz sentou-se a tempo de ver os dois homens desnudar a meretriz.

— Não deixa, por favor, Victor, não deixa — suplicava a moça, ao reparar que um deles retirava um facão do coldre.

— Por favor, amigos, para que tudo isso? Vamos conversar. Eu tenho dinheiro, podemos entrar num acordo.

O soldado com o facão se aproximou de Victor e encostou a ponta da lâmina no pescoço do proxeneta:

— Queres que eu corte o teu dedo ou preferes que eles cortem a garganta da tua rapariga?

Victor Cruz ficou mudo e trêmulo. História maluca. Seria a liamba? De onde surgiram aqueles homens? Era preciso muita calma e diplomacia. Quando se preparava para responder, o facão do soldado desceu como um raio sobre a sua mão, amputando-lhe o polegar e mais três dedos. Um uivo de dor logo abafado por uma coronhada na nunca. O gigolô rodopiou para a frente e caiu desmaiado.

Naninha, aterrorizada, começou a explicar compulsivamente que ela viera até ali forçada por aquele canalha, que era um rufião barato, mas que os rapazes não se preocupassem, pois ela sabia como satisfazê-los. Era uma profissional do ramo. Conhecia as artes todas e lhes prometeu seu amor com ardor e carinho desde que não a machucassem. Um violento soco dobrou-lhe o estômago e, sem ar, foi carregada para o sofá de dentro da sala. Um após outro, satisfizeram seu apetite sexual durante grande parte da noite, não lhe dando a oportunidade de sequer descansar. Quando não mais precisaram, cortaram-lhe o pescoço.

Victor Cruz acordou desnorteado. Reparou que estava amarrado em sua cama, tantas vezes utilizada para orgias com suas rameiras. Sentiu uma aguda dor na mão. Olhou e teve um momento de desespero ao ver o pedaço que restava da mão, inchada e sangrenta. Seu desespero aumentou quando reparou ao seu lado, na cama, a cabeça de Naninha olhando para ele, com os olhos esbugalhados, em uma careta hedionda. Ao fundo, escutou-se uma risada:

— Está aí sua miúda, pá! O resto nós usamos e depois jogamos no mar.

Victor nada disse. Esperava pelo pior, e o pior ele teve. Foi castrado, torturado com uma faca em brasa e morto com um tiro entre os olhos. Até hoje ninguém sabe por quem ou por quê. Coisas de uma guerra inexplicável.

CAPÍTULO 36
A DESOLAÇÃO

Isabel Vorgan não ousara sair do seu quarto. Apesar dos esforços de tia Nita para que a moça viesse comer qualquer coisa à cozinha, a irmã de Abel não se mexia nem saía da frente do rádio. Estava consternada. As notícias não poderiam ser mais aflitivas.

A batalha de Luanda estava sendo vencida pelo governo, que já contava com a ajuda integral das milícias organizadas pela população local. Mulher de grande talento, de dedicação quase fanática, Isabel olhava para o rádio e dava de ouvidos. Não admirava por que até aquela hora não fora jantar. Encontrava-se perplexa. O golpe estava falhando, seu irmão não seria um dos donos de Luanda, e aquele tiroteio todo, que já durava dia e meio, não resultaria em nada de positivo para ela ou sua família, a não ser em preocupação com o que ocorreria a ela e ao irmão.

Mais aflita se encontrava por não saber o paradeiro de Abel. Telefonara para inúmeras personalidades de seu partido, sem muito sucesso. Chegara a ligar para a polícia do governo, mas lá ninguém respondia. Deviam estar a aprisionar os golpistas; talvez o seu próprio irmão já estivesse preso. Por onde andariam o general Chipungo, o brigadeiro Furacão? Teriam melhores notícias do que as que haviam sido veiculadas pela rádio Nacional? O simples fato de a emissora do governo estar a funcionar já revelava o fracasso da intentona golpista que a Unita organizara.

Voltou a olhar pela janela, de onde saíam aqueles ruídos de balas e clarões de morteiros. Tudo era tão rápido, tudo estava tão confuso que Isabel parecia haver perdido a voz e o movimento. O locutor da rádio anunciava a vitória da resistência popular sobre as ofensivas militares desencadeadas pelos inimigos da paz e da democracia. O cerco estava se fechando. O país sairia vitorioso para o bem de todos os angolanos que haviam votado em prol da prosperidade, do surgimento econômico e da paz. Segundo ele, era a hora de mudar as mentalidades, de evitar que as vidas humanas continuassem a ser consumidas pelo ódio, pelo rancor, pelo tribalismo, pela ambição de poder. Os responsáveis pelos combates estavam há muito tempo identificados pelo povo e pelos órgãos oficiais: haviam sido eles, os da Unita, os que provocaram, intimidaram e optaram pela violência da guerra. Agora, a paciência do povo parecia ter chegado ao fim, o povo se armara para se defender, o povo entrara na luta. Não era mais admissível conviver com o sofrimento de milhões de angolanos. A nação havia aguardado pacientemente que a Unita reconsiderasse a sua postura e renunciasse à violência. Nada disso aconteceu. Agora a guerra travava-se em Luanda, a luta de um povo dilacerado, com sua paciência esgotada. Não havia de ter ilusões, concluía o radialista:

—"A guerra respeita os fortes, e os fortes somos nós, os verdadeiros angolanos, os defensores da paz e da democracia. Para o bem de todos, da sociedade e do país, vamos vencer esta luta contra o fanatismo, contra as ingerências externas, contra o colonialismo que se disfarça em movimento libertador para nos entregar à exploração."

Isabel deixou-se estar, ouvindo sem mais ouvir, compreendendo sem mais compreender. Uma revoada de lembranças entrou em sua alma. A imagem do velho pai, as discussões acaloradas do irmão nas reuniões do partido, os discursos de Savimbi, na Jamba, as perspectivas de que viesse a transformar-se na princesinha dileta de Luanda vieram postar-se ante ela, acompanhados de todo o garbo fantástico da vida vitoriosa que ela via esvair-se naqueles instantes pelas notícias recebidas. Daquela vez, a fortuna parecia fugir-lhe a passos rápidos. Cada rajada de metralhadora que escutava dava-lhe vertigem, cada explosão, a sensação de delírio fantasmagórico. Era como a descida dolorosa para o abismo, agarrando-se às paredes, arrancando a epiderme, deixando as unhas na pedra para livrar-se da queda. E, no entanto, o seu partido também lutara contra o colonialismo antes e durante a época da independência. Seu pai, Savimbi e tantos outros igualmente ambicionaram uma Angola livre e sem a exploração das potências coloniais. O que aconteceu com esse sonho? Por que a Unita acabou juntando-se aos sul-africanos segregacionistas brancos,

CAPÍTULO 37
O COMBATE

A dois quarteirões do portão da embaixada brasileira, Valente parou e aguardou que os últimos morteiros de Bazuca caíssem na trincheira levantada pela Unita ao longo da calçada em que se situava a casa de Savimbi, diante do cinema ao ar livre de Miramar. Perdera a conta de quantos o amigo já soltara, porém o súbito silêncio que impregnou o momento lhe indicou que a primeira fase do que fora combinado havia se encerrado. A própria quietude de segundos lhe produziu, por instantes, uma estranha sensação de surdez. A ausência de som, após o estrondoso início de combate, era o momento que aguardava. Olhou para trás e viu os filhos de dona Zica com a rapaziada do bairro às suas costas. Do outro lado observou Das Balas e Medonho quietos, aguardando pelo sinal. No fundo, o sargento Brás e os homens da antimotim moviam-se com precaução. Sem esperar mais, levantou-se e gritou:

— É agora! — e acenou com o dedo para o inimigo.

Percorreu correndo os duzentos metros que o separavam da esquina, onde se abrigava o grosso da tropa da Unita, e entrou atirando. À sua esquerda, pressentia o vulto de Medonho, à sua direita o de Das Balas, abrindo fogo em todas as direções. Era sempre seguro estar entre esses dois peritos em confrontação aberta.

A cena que se viu foi de estarrecer. Os primeiros morteiros de Bazuca encontraram os soldados da Unita posicionados para o combate. O que Valente e seus amigos viam agora era o oposto. Havia filas de corpos, alguns ainda vivos, mutilados, encostados ao muro. O resto havia fugido ao impacto dos morteiros e atacavam pelas laterais. Estilhaços de ferro e carne cobriam o chão, em um triste espetáculo de sangue e gemidos. Valente se deitou e foi seguido pelos outros. Impossível continuar avançando. A Unita também queria avançar e lançava seus morteiros, que faziam imensos estragos sobre as tropas do tenente Palázio, que vinham logo atrás. O sargento Brás jazia morto, com um estilhaço de granada enfiado na garganta.

Depois de instantes, Medonho seguiu para a direita, e Das Balas, para a esquerda. Sem nenhuma hesitação, Valente levantou-se e cobriu os amigos, distribuindo rajadas de sua Matilde para um lado e para o outro, até que ambos se abrigassem atrás de duas árvores.

O tiroteio continuou violentíssimo, e as baixas aumentavam de ambos os lados. Além das barricadas, os soldados se moviam, deitavam-se, caíam e atiravam. Gritando para fazer-se ouvir naquele pandemônio, Valente ordenou que os rapazes das milícias do bairro dessem combate pelo lado da falésia. Não foi preciso ensinar-lhes nada; os rapazes já estavam atirando em tudo que se movesse do lado inimigo. Haviam aguardado por isso, estavam ansiosos para participar, os olhos brilhando, os peitos estufados.

Alguém gritou por trás:

Tem Unitas do Comitê Eleitoral avançando sobre as embaixadas, no ângulo da residência dos brazucas.

Valente gritou para o tenente Palázio:

— Fique aqui e proteja esta posição.

Palázio já reparara que o Valente era o dono da iniciativa. Fez-lhe um aceno com a cabeça e chamou sua gente para se posicionar. Valente escolheu alguns rapazes das milícias do bairro e, com Medonho e Das Balas, voltou lenta e cautelosamente para a esquina da embaixada brasileira. Ainda chegou a ver alguns soldados da Unita tentar transpor o muro. Foi logo atirando. Medonho avançou ao lado dele aos gritos, esganiçando-se em uma careta hedionda. As milícias vieram atrás, varrendo o inimigo. De repente, ouviu-se um tropel de passos apressados, e, quando se viraram, depararam-se com mais soldados da Unita a atacar pela rua lateral. Ficaram cercados, bem em frente à embaixada, atirando contra as duas frentes. Uma bala roçou a face de Valente, a outra abateu Das Balas. O negro tombou para a frente, abraçado à sua arma de repetição. Morreu como vivera desde os trezes anos: lutando.

O que aconteceu a partir daí foi muito confuso. A ousadia das milícias do bairro e a coragem de Medonho e Valente transformaram a batalha em um caleidoscópio de imagens inesquecíveis. Jogando-se ao chão, rolando sobre os corpos, alçando miras, atirando, cobrindo-se; aqueles soldados de Zen conseguiram ampliar o seu espaço e empurrar a Unita barranco abaixo, em direção ao musseque. Um dos rapazes ao lado de Valente recebeu dois tiros no peito e morreu fazendo pontaria e atirando. Era filho de dona Zica.

Valente pediu a Medonho para dirigir a perseguição, sem avançar além da falésia, e subiu por trás, encontrando Bazuca no telhado:

— Das Balas morreu!

— Epa, lá, lá!

— Medonho tá na frente da embaixada dos brazucas, empurrando os xibungos barranco abaixo. Vamos descer e juntar-nos ao Palázio. Temos de empurrar logo essa gente para os musseques. Lá embaixo, o próprio povo termina o nosso trabalho.

O perigo apareceu na primeira curva da rua. Debandados no início do tiroteio, uns quatro homens da Unita vinham correndo como sombras pelas árvores. Três deles estavam nus da cintura para cima, procurando desfazer-se do uniforme da Unita. O outro trazia uma granada nas mãos. Foi o súbito movimento dos fujões ao se depararem com os dois soldados de Zen que lhe fez escapar a granada. Em uma reação instintiva, Bazuca caiu para trás e tentou rodopiar com a arma na mão. A granada subiu no ar, caiu em cheio nas costas do veterano e explodiu.

Valente não se lembrou de muito mais. Viu um clarão enorme e o corpo de seu amigo subir pelos ares como se fosse um boneco de brinquedo. Apertou Matilde e botou os xibungos fora de combate. Depois ajoelhou-se ao lado de Bazuca e sustentou-lhe a cabeça. Bazuca voltou a si e sentiu muito calor pelo corpo, como se estivesse com outra crise de malária. Teve a sensação confortável de estar meio dormindo, meio acordado. Ouviu a voz de Valente, que lhe dizia palavras doces repetidamente, incompreensíveis aos seus ouvidos. Fazendo um esforço supremo, conseguiu articular:

— Eles me pegaram desta vez... Hein, Valentão?

— Mas nós vencemos, nós vencemos!

Bazuca não percebeu como não compreendeu mais nada das coisas deste mundo. Apertou o braço do companheiro e abriu um sorriso imenso:

— Nós vencemos!

Morreu com os olhos abertos, como deve morrer um grande soldado. Valente os fechou e ainda murmurou:

— Vai...Vai, meu amigo, vencer outras batalhas para nós lá no céu...

Arrastou o corpo de Bazuca até uma sombra e deixou-o sentado ao pé do portão de uma casa. Apertou Matilde e voltou para terminar aquela luta de uma vez. Desta vez ia ambargado, os olhos vermelhos de tristeza e de lágrimas.

CAPÍTULO 38
O BRAVO

Vavô Domingos foi o primeiro a ver os homens da Unita baixar no morro e aproximar-se desordenadamente do musseque. Vinham rápido, pois fugiam de um combate que lhes era desfavorável. Desciam a encosta aos trambolhões, atirando para trás e para os lados. A escuridão era grande, e as milícias de Bela Vista pareciam preparadas para recebê-los. Na noite anterior, a maioria das mulheres, com suas crianças, havia se abrigado na igreja de padre Eustáquio, enquanto os homens, armados pelo governo, passaram a noite a se organizar: os mais novos saboreando o gosto da confusão e da aventura, os mais velhos sérios e céticos — já haviam visto a guerra, sabiam que não era cativante. Seu Vevé, o dono da peixaria, era um desses. Conhecedor do mar e de suas riquezas, pescador desde jovem, com o trabalho de toda uma vida abrira seu negócio perto do areal. Não deixaria nenhum xibungo botar os pés em seu território. Ao lado dos demais, atrás de uma vala, aguardava, imóvel e silencioso, o momento do combate.

Tão logo viu a descida dos soldados da Unita pela encosta, Vavô Domingos saiu gritando aquelas suas coisas incompreensíveis. As circunstâncias do momento traziam-lhe à razão a perspectiva do combate. Teve um momento de clareza em que experimentou a antiga garra diante da proximidade da ação. Lá vinham eles, os inimigos. O vento frio, a escuridão da noite, os vultos armados de homens correndo em seu encalço, a imagem do presidente Agostinho Neto, símbolo de sua pátria, de sua terra, o musseque correndo perigo, seu país em risco, o seu sol, o seu mar, Miúdo Bengo, sua netinha perdida, tudo isso lhe embaralhou a cabeça e o fez parar. Vavô Domingos nem bem entendia por quê, mas estacou. Seus olhos verdes penetrantes recobraram por alguns segundos a lucidez de outrora, e seu semblante resplandeceu de glória. Era o jovem comandante Xivucu que estava de volta no corpo do velho mendigo. Era o valoroso herói da independência, condecorado e homenageado em versos pelo pai da pátria, que estava diante da batalha. A sanidade da alma voltara-lhe enquanto olhava com a frieza que tivera tantas ocasiões no passado o avançado das tropas rebeldes, aliadas dos brancos aparteístas. Lá estava ele, soberbo e absoluto, disposto a impedir mais um ataque. Apertou os olhos, mordeu os beiços e partiu silencioso e agachado em direção aos invasores. Quando chegou perto, abaixou-se, pegou um pedregulho e fez pontaria. A pedrada acertou em cheio a cabeça do soldado que vinha na frente. O homem soltou um grito surdo e se esborrachou no chão, com o crânio fraturado. Não tardou a que Vavô Domingos fosse cercado. Antes de morrer, levou ainda mais dois, com uma faca roubada na hora da briga. Foi espancado e levou muitos tiros no peito. Morreu como um bravo, no meio da luta, o olhar lúcido fixando o inimigo.

Quando expirou, tinha um sorriso nos lábios. Estendido na terra que tanto amou, Vavô Domingos parecia efetivamente sorrir, como se tivesse só agora, após todos esses longos anos de alienação, discernido as tristezas e as alegrias dos homens. Ressuscitara de uma longa ausência.

CAPÍTULO 39
O REFÚGIO

O tiroteio tomou conta do musseque. O que parecia um refúgio para os invasores transformou-se numa crua ratoeira. Saíam tiros de todos os barracos, havia milícia popular em todas as esquinas brandindo fogo. Seu Vevé, em uma cubata em frente à igreja, rechaçava as investidas dos xibungos que queriam abrigar-se na casa de Deus. O pescador antecipava os dissabores que resultariam da tomada pela Unita de tantas mulheres e crianças como reféns. Por isso montara, com seus vizinhos, uma frente de defesa ao sacro lugar; por isso lá se encontrava, enfiado em um buraco, a atirar contra os soldados que se encostavam pelas paredes, que avançavam pelos muros, que se entrincheiravam à sua frente. Tinha fogo para todos. Eles que viessem!

Na igreja, padre Eustáquio escutava impassível o tiroteio na rua. A batalha estava ocorrendo ali e agora, podendo resultar na invasão súbita da igreja. Verificou novamente as trancas do portão de entrada e olhou em torno de si. Sua igreja era a mesma, seus objetos sacros, seus paramentos, seus vasos, suas imagens santas, suas vestes na sacristia, a imagem da Virgem em uma mesa menor, junto ao confessionário, e uma grande cruz no centro do altar, ao lado do púlpito. Cravado a ela, Jesus, Filho de Deus, parecia sofrer pelos homens angolanos naquela noite, o suor escorrendo e se misturando ao seu sangue puríssimo.

Padre Eustáquio subiu alguns degraus e parou diante do altar desprovido de pompa e sem a riqueza das grandes alfaias. A função eclesiástica já lhe permitira, em inúmeras ocasiões, durante os cultos, a aproximação litúrgica com o Santo Pai. Entretanto, nunca como naquela noite sentira em seu coração tamanha proximidade com Deus.

Ajoelhou-se e beijou o mármore. Voltou-se, então, para as mulheres e crianças presentes e recitou-lhes alguns trechos dos evangelhos. Foi encontrando nas palavras de Cristo o consolo que todos aqueles seres aflitos almejavam. Tanto falou que, no final, aos poucos, as pessoas foram se assossegando: as crianças adormeceram nos braços das mães, as mulheres ganharam confiança, as jovens se apaziguaram. Apesar do estrépito descontrolado dos tiros, a voz do padre trazia a tranquilidade, a harmonia, a paz. Como uma revoada de andorinhas, tudo aquilo que os espíritos ansiavam por ouvir brotava da boca do sacerdote para penetrar-lhes na alma.

Por último, abriu com serenidade os braços:

— Tenham fé, meus filhos, não temam. O nosso Pai supremo é quem decide a vida ou a morte de suas criaturas, e a prova é que nem mesmo um cabelo cai de nossas cabeças, nem mesmo uma folha cai das árvores se não for de sua vontade.

Cada gesto do padre era observado por todos e parecia o princípio de um novíssimo testamento, assim como as palavras que lhe saíam, não só da garganta, mas também dos olhos, que faiscavam. Ia se embriagando com as próprias frases, inspirado por uma força maior que lhe soprava aos ouvidos. A faísca da certeza estampava-se em seu rosto como juramento celestial de que o mal não viria acessá-los.

Mãe Benta Moxi olhou para a amiga:

— Esse Eustáquio é um santo.

— E orador, Benta, santo e orador — retrucou Mãe Zefa, passando a mão carinhosamente na carapinha de Miúdo Bengo, que dormia, em seu colo, o sono dos inocentes.

CAPÍTULO 40
A RECLUSÃO

A fuzilaria durou a noite toda até a manhã de domingo, quando começou a dar-se em intervalos maiores. Deitada no chão, olhos esbugalhados, Regina acordou exausta, após três horas de sono maldormido. Passara a noite em claro, a responder chamadas, a atender pessoas, a dividir com Rafael Guimarães a intricada tarefa de ser simultaneamente embaixada e gente, em uma crise que comportava problemas de toda espécie e riscos incalculáveis. O céu e sua cabeça formavam uma sopa de sensações tão revoltas quanto estavam as vibrações de sua mente, naquela manhã de nuvens e cerração espessa.

Apreensão por dentro e por fora. Nada em que derramasse a vista e repousasse a alma. Olhou para Rafael adormecido no chão, ao lado da porta, e teve um momento de carinho. Ninguém mais do que aquele jovem recém-chegado merecia um minuto de descanso. Passara a noite a trabalhar incansavelmente, debaixo de balas, nas medidas de segurança que se impunham na embaixada.

Em um impulso inesperado de imensa ternura, abaixou o rosto, encostou os lábios nos dele e assim ficou por alguns segundos. Foi um beijo puro, sem maldade, que Rafael jamais soube que recebeu.

Depois, Regina levantou-se. Estava inquieta por ver, por andar, por sacudir aquele torpor da noite em claro. O tiroteio que se ouvia ainda lhe recordava que a batalha não estava terminada, como longe estavam os raios do sol capazes de romper o nevoeiro da manhã. Olhou ao redor. Todos dormiam encolhidos em seus cantos. Uma explosão forte estremeceu a casa. Alguns abriram os olhos, murmuraram algo e voltaram a dormir. Regina sorriu. Já se haviam acostumado aos ruídos da guerra.

Tentou andar, ir até a chancelaria, porém notou que não era só impossível, mas também perigoso. Resignada à reclusão, sentou-se novamente. Trazia a alma confusa do espetáculo vivido. Todas as imagens e os feitos do dia e da madrugada lhe impregnavam o pensamento de ansiedade. Espreguiçando os braços para o ar, fê-los cair em um gesto de resignação. O telefone tocou no terceiro andar. Mais um dia estava prestes a começar.

CAPÍTULO 41
A LEGALIDADE

Abrigado debaixo da escadaria da residência, Ronaldo Cavalcante falava ao telefone. Os contatos que mantinha com alguns colegas do corpo diplomático e com as autoridades locais que conseguia encontrar eram utilíssimos para que obtivesse uma avaliação geral da situação e assegurasse meios para maior segurança de todos na sua embaixada.

Quinze minutos foram contados pelo relógio de Rafael, que, ao lado do chefe, acompanhava com atenção os eventos que se produziam sucessivamente, a uma velocidade que se distanciava daquela que se poderia prever. Ronaldo sentia-se tomado de angústia pelo que via ocorrer em Luanda contra um governo democrático saído de uma vitória eleitoral supervisionada pela ONU. Por onde andavam os célebres princípios da legalidade e do espírito da justiça internacional? Não era mais possível para os países aliados de Savimbi acusar o MPLA de antidemocrático e de sovietizado. Os russos e os cubanos há tempos haviam deixado Angola, e as urnas já haviam dado o seu veredito final. Guimarães olhava para o chefe e se admirava com a coragem e a decisão daquele homem que se debatia e se digladiava para manter-se ativo, e, assim, defender as causas que julgava justas. Guimarães prestava-lhe assistência, sentindo-se sintonizado com as percepções que o chefe se punha a dissertar, para mostrar sua visão daquela conjuntura repleta de discrepâncias, armadilhas e dicotomias. Ao cabo de tanto permanecerem agindo ao telefone, procurando um melhor entendimento recíproco e uma parceria madura, nem mais ouviam na rua, a poucos metros, o tiroteio que comia solto.

Com o calor, começou-se a sentir o odor das pessoas. Não é sempre agradável sentir repulsa do cheiro do seu semelhante. Pois naquela trincheira começou a ficar constrangedor para todos procurar disfarçar que não se estava cheirando o fedor do outro. Como as noites truncadas, os funcionários buscavam afazeres no meio da fuzilaria. Guimarães conhecia as práticas e manejava sua experiência para resolver as dificuldades que apareciam a cada momento. Tudo era adverso, nada melhorava a tensão e o receio de poder morrer no próximo instante. Serafião Novaes trabalhava em silêncio, pois trazia Cristo dentro de si.

Uma bazuca voou pela janela, estatelando-se na máquina de xerox. Pedro Guarany berrou, e seu Almeida, rápido como um raio, pegou a arma e jogou-a de volta para o lugar de onde viera. O velho sabia que não era bom ter dentro da embaixada objetos de guerra, cuja posse pudesse ser mal interpretada por um eventual comando invasor. De que adiantava uma bazuca naquela repartição de espíritos desarmados? Por que se matava e morria na África, a não ser para tornar o comércio de armamentos mais lucrativo para os países ricos? No diálogo internacional que se travava em meio àquela guerra sangrenta, o Brasil exibia ao mundo sua postura equilibrada, sustentada em diretrizes da convivência harmônica. Não tinham inimigos, e as relações fraternais do país que representavam com todos os seus vizinhos na América do Sul, na África ou no resto do mundo eram prova de que trabalhavam para um país pacífico, com interesses não hegemônicos e com percepções calcadas em princípios de validade universal. Nas Nações Unidas, fazia ver aos países do Conselho de Segurança que o melhor meio de cooperar para a paz em Angola era justamente respeitar o processo de democratização do país.

A consciência brasileira, enriquecida de todas as influências hereditárias recebidas e misturadas, dizia ao mundo o que ninguém parecia querer ver: era necessário interromper a destruição daquele país irmão. Mesmo que alguns extremistas mercenários e a imensa maioria de retornados portugueses não suportasse ver o Brasil estreitar os laços com o governo legalmente constituído em Angola, cabia a Ronaldo, a Guimarães e a Novaes trabalhar pelo que julgavam correto, pelos ideais da convivência, pelos interesses conjugados em favor da interdependência total de Angola.

A miopia internacional estimulava a Unita a perpetuar seu sonho ultrapassado da vitória pelas armas. A ambição dos aparteístas sul-africanos de estender seu domínio até o paralelo treze no centro de Angola para ter acesso às regiões diamantíferas estava também dificultando a formação de um consenso. Nesse espírito neocolonialista, o angolano servia ainda de alvo e cobaia para os interesses da concorrência internacional pelos suprimentos de armamento bélico. Enquanto russos e cubanos observavam de longe o mundo das empresas tomar conta do mundo ideológico, o Brasil estava lá ao lado de Angola, trabalhando pela sua pacificação e reconstrução. Sentia-se credenciado como interlocutor confiável e parceiro previsível, articulava-se internacionalmente para defender a paz no hemisfério sul.

Rafael desceu as escadas abaixo e estirou-se no chão. Seu Almeida escutava pelo rádio portátil a voz de um locutor oficial que dizia:

> ... *Os confrontos armados entre as forças do governo e da Unita eclodiram na tarde de ontem em Luanda e alastraram-se para os bairros periféricos da cidade. Ao entrar da madrugada, as forças governamentais, apoiadas por voluntários civis, tinham o domínio da maior parte da zona urbanizada. A intensidade dos confrontos, contudo, ainda não parece querer diminuir nas ruas, nos bairros e dentro dos musseques. O comandante providencial declarou à rádio Nacional de Angola que a batalha se iniciou em Luanda quando as tropas da Unita flagelaram uma unidade policial e feriram gravemente um oficial superior na área da cidadela. Naquela avenida, anteriormente chamada de avenida Brasil e depois de avenida dos Massacres, o descontrole resultou em um número elevado de vítimas. Temos de evitar que continuem a ser consumidas mais vidas humanas pelas armas desses interesses que só são democráticos quando não se sentem ameaçados. Os responsáveis pela atual situação de instabilidade estão há muito identificados pelo povo e pelos órgãos nacionais. Algum dia, a paciência do povo angolano e de suas autoridades haverá de chegar ao fim, pois ninguém mais suportará por muito tempo a manutenção desse estado de guerra. Não é mais admissível, no atual contexto em que vivemos, que se cause tanto sofrimento a milhões de pessoas indefesas e inocentes. A nação aguardou pacientemente que*

a Unita reconsiderasse sua postura e renunciasse aos seus objetivos de poder. O poder não pode ser conquistado com o sangue de seus patrícios. A Unita parece não querer entender que, pelo jogo democrático, se hoje o governo é o poder, amanhã a Unita pode ter esse mesmo poder pelo caminho das urnas, democraticamente, instituído dentro da legalidade. Mas para isso é necessário esperar as próximas eleições, e isto é algo que não parece agradar a Jonas Savimbi. Os angolanos já escolheram em setembro último os seus governantes. Cabe à Unita mudar de atitude e respeitar a vontade do povo, em lugar de lhe causar mais dano e sofrimento com o desenvolvimento de ações militares.

Rafael subiu as escadas. Desta vez foi em pé, sem se importar com o rádio ou eventuais balas perdidas. Estava farto dessa sensação de impotência diante daquele vendaval de tiros.

CAPÍTULO 42
AS RAÇAS

A luz do fósforo deu ao rosto de Regina Flores uma expressão de assombro ou de alguma coisa mais aflitiva, que lhe incitou terror: a cara de um homem aparecera por cima do muro da embaixada.

— Ahhh! — gritou, tomada de pavor.

De imediato, sentiu um frio correr-lhe a espinha ao dar-se conta de que havia gente armada tentando entrar na chancelaria. Mas quem?

Contagiada pelo susto, preveniu Rafael Guimarães.

— Quem parecia?

— Não deu para distinguir o uniforme.

— Você acha que entrou?

— Não poderia dizer.

Mantendo o sangue frio, Guimarães chamou Pedro Guarany e seu Almeida, os dois mais experientes funcionários daquela missão.

Quando os dois se aproximaram, esclareceu a situação:

— Pode ter entrado alguém no jardim. É bom fazer uma ronda.

Seu Almeida, sem titubear, chamou para si a responsabilidade.

— Deixe estar, senhor secretário, que eu vou ver isso com os rapazes da copa.

— Muito bem, Almeida. Vá e tome cuidado.

— É mesmo melhor assim, senhor secretário — disse Pedro Guarany. — O Almeida e os copeiros são eficientes. Se tiver alguém aqui dentro, eles vão descobrir.

O homenzarrão saiu absorto, mas satisfeito por estar tendo novamente a oportunidade de ajudar, naquele momento de crise, a embaixada em que trabalhava. Rafael ficou só com Pedro Guarany e começou a andar de um lado para o outro. Sua cabeça doía, a pressão do ruído de morte do lado de fora do prédio começava a comprimir-lhe os miolos mais do que o normal. Parou e agachou-se perto da escada, os olhos fixos nas janelas estilhaçadas. Do outro lado havia o muro e, depois, a rua onde se travava a batalha. Em sua mente crescia o vazio de um coração endurecido, entregue a si próprio e à indiferença com que começava a encarar a violência da luta e o risco de morte que ela representava.

Seu Almeida tardou a voltar. Quando o fez, foi para dizer que possivelmente alguém tentara escalar o muro, mas não conseguira entrar:

— Certamente o gajo levou um tiro pelas costas, senhor secretário.

— Isso nós nunca saberemos — aparteou Pedro Guarany. — Talvez o sujeito esteja escondido em algum canto.

— Pouco provável, seu Pedro. Não há ninguém lá fora. Pode ter certeza de que foi tudo revistado por nós. Dentro desta embaixada não tem nenhum estranho.

— Você tem certeza? — insistiu Guarany.

— Certeza? Quem pode ter certeza de alguma coisa no meio desse pandemônio?

Rafael escutou aquelas palavras, que soavam mais como uma pilhéria. Por uns instantes, chegou a achar graça da situação e, para certificar-se de que estava indiferente a tudo, foi juntar-se aos outros.

Seu Almeida já estava sentado no corredor e insistia com Regina que o rosto que ela vira em cima do muro provavelmente estaria agora esburacado e cheio de formigas. Certamente, na tentativa de pular, fora baleado ou então fugira sem sequer tentar invadir. Não teria sido o primeiro, e talvez não fosse o último. Entre o céu e a terra, naquele instante, a única certeza era o barulho dos tiros e o odor putrefato da morte, o cheiro de decomposição da carne que viria no final. Seu Almeida conhecia essas coisas. Era soldado experiente, já vira muito cadáver ao seu redor. Para acalmar os demais, começou a contar uma curiosa versão angolana sobre a criação das raças:

— Segundo uma lenda africana, foi nos primeiros tempos do mundo, quando ainda só havia um casal; o homem era preto e também era preta a sua mulher. Com os anos nasceram-lhes seis filhos, três homens e três mulheres, que, portanto, também eram pretos. Na terra distante onde viviam havia uma única lagoa. Uma lagoa muito pequena. Tão diminuta que um dia resolveram tomar banho todos, o pai, a mãe e os seis filhos. Todos se despiram e foram para a tal lagoa. Os pais se banharam primeiro e saíram rosados. A seguir, um filho e uma filha entraram na água e saíram brancos. Depois foi a vez do outro casal de filhos, e, como a água já era pouca e estava parda, banharam-se e saíram mulatos. Por último, o menino e a menina menor, como já não houvesse água, esfregaram as palmas das mãos e as plantas dos pés no lado que havia, e essas partes foram as únicas que ficaram brancas. Assim foi no início, segundo uma lenda africana.

CAPÍTULO 43
A FUGA

O general Chipunga não tardou a compreender que sua tentativa de tomar Luanda à força fracassara. Diante dele, o brigadeiro Furacão e Abel Vorgan discutiam formas de escapar com vida daquele tiroteio. Os homens que protegiam a casa de Savimbi, no Miramar, onde se encontravam os três, estavam mortos, mutilados ou haviam descido a encosta em direção ao musseque. Outros poucos, encostados nos muros da frente, não tinham condições de resistir por muito tempo à pressão dos homens de Valente.

Havia pilhas de corpos inertes e de soldados feridos, ainda vivos, gemendo e cobrindo o chão da entrada da residência do líder da Unita. Vários servidores, fugindo do terror, haviam se agrupado nos fundos atrás do jardim e aguardavam a clemência dos vencedores da batalha. À direita e à esquerda havia soldados da Unita escondidos e atirando em tudo que se mexesse.

Por fim, o general Chipunga levantou-se e, sem nenhuma hesitação, caminhou em direção à porta. Abel Vorgan, que amassava nervosamente a pasta que continha o plano de governo que elaborara com tanta dedicação, perguntou aflito:

— Aonde vai, general?

— Vamos partir. Precisamos sair de Luanda antes que seja tarde demais.

— O chefe tem razão — exclamou brigadeiro Furacão, levantando-se de um pulo. — Vamos escapar enquanto é tempo. Se nos apanham, seremos trucidados.

Abel Vorgan tentou argumentar que seria melhor se entregarem como prisioneiros aos soldados do governo, que nada lhes ocorreria, mas os dois militares da Unita não mais o ouviam. Haviam se distanciado e já desciam em disparada pelas escadas.

— Furacão, pegue o carro enquanto vou retirar umas coisas do cofre — ordenou o general.

— Certo, senhor.

Abel Vorgan estava penalizado. Foi só depois de olhar em volta que se conscientizou de que estava só na sala de comando da residência do inimigo número um do governo de Luanda e que possivelmente, muito em breve, aquele lugar seria tomado de assalto. Teve um momento de pânico e gritou:

— General, espere por mim.

Um carro saiu em velocidade pela porta destroçada. Furacão ia ao volante ao lado de Abel Vorgan, enquanto o general Chipunga, abaixado no banco de trás, observava o casarão semidestruído que estavam abandonando. Teve de gritar três vezes para que Furacão lhe obedecesse e pegasse o caminho do hotel Trópico. Tinha ainda esperança de que, em seu quartel, os acontecimentos fossem outros. O perigo apareceu na primeira curva do caminho.

— General, uma barreira.

— Avança, avança!

— Mas vamos morrer...

— Avança, pá. Pisa nesse acelerador.

Furacão pôs o carro a voar e passou a toda velocidade pela barreira, derrubando estacas e atropelando dois policiais.

— Vai, vai, não para.

Os tiros recrudesceram em volta do carro. Abel Vorgan pensou que ia morrer quando sentiu que uma das balas estilhaçara o vidro de sua porta, cravando-se em seu ombro.

— Fui ferido — gritou —, fui ferido!

— Cale-se, pá — ordenou Furacão.

— Estou sangrando...

Furacão tirou o seu cinto da calça do uniforme e entregou ao amigo.

— Calma lá, pá. Amarre isso com força em cima da ferida. Procure estancar o sangue.

— E agora? — perguntou Vorgan.

— Agora vamos dar o fora — disse Furacão, embicando o carro e ligando o rádio que ainda funcionava. Uma voz cândida anunciava o domínio do governo na maior parte da cidade e a diminuição da intensidade dos confrontos.

— Desliga isso — ordenou o general. — Vamos ver como está o Trópico.

O carro abriu caminho por entre os destroços e as barricadas até entrar na rua lateral ao hotel. O general levantou a cabeça e conseguiu enxergar ao longe o que fora o seu quartel-general. Ao aproximar-se mais, pôde avistar o hotel parcialmente destruído. Os populares arrancavam, sob o olhar complacente dos soldados do governo, móveis, objetos e estruturas de madeira do prédio, deixando despidas as paredes. O fogo concentrado contra o hotel havia cessado, e se percebiam policiais amarrando prisioneiros da Unita. Nada restava do luxo sóbrio daquela velha unidade hoteleira. Depredado e saqueado, o imóvel parecia aos olhos do general refletir o estado real do movimento de Savimbi naquele instante em Luanda. Será que a Unita estaria vencida? Era claro que não. Savimbi estava a salvo no Huambo, e o movimento ainda controlava metade do país.

A tentativa de golpe fracassara em Luanda, mas isso não representava o fim do seu caminho e de sua carreira militar. Savimbi saberia compreender que a perda de uma batalha não significava forçosamente a derrota total. Gritos se ouviram do lado esquerdo, pedindo que o carro parasse. O general compôs-se depressa e apontou com o dedo a rua a seguir.

— Vamos embora por ali, rápido.

Furacão abanou a cabeça e soltou um gemido:

— General, fui atingido também.

— Atingido?

— Na barriga, general. Mal posso acelerar.

— Vamos lá, brigadeiro, faça um esforço. Temos de sair da cidade.

Abel Vorgan, ao seu lado, começou também a gemer.

— Estou morrendo...

— Vamos, coragem, homens! Nada de desespero.

Como Furacão quisesse falar também para disfarçar sua dor, disse algumas palavras de incentivo ao amigo e outras que se lhe acudiam, de atropelo, sobre as dificuldades do caminho. A boca de Furacão se encheu de espanto em uma exclamação:

— Tanques. Ali no final da rua.

— Vire à direita — ordenou o general.

— Mas por ali vamos voltar para o Miramar e cair bem em frente à embaixada do Brasil.

— Por isso mesmo, boa ideia. Vamos lá. Talvez possamos assustar os brazucas e obter refúgio.

Em frente à embaixada, na rua lateral, Valente olhava para o corpo estendido de Bazuca, seu velho companheiro de tantas lutas. Duas lágrimas enormes se recusavam a cair-lhe dos olhos, embaçando-lhe a visão. Não choraria pelo amigo. Ele morrera como vivera, matando Unitas na batalha, deixando para trás seu rastro de patriotismo e glória, defendendo sua terra da ingerência odiosa que a Unita trouxera. Mesmo assim, Valente sofria e desejava vingar a morte de seu camarada. Alçou o lança-projéteis do amigo e ficou observando o combate, como se quisesse escolher um alvo digno de representar a contrapartida justa pela vida roubada de Bazuca.

Nisso, os faróis de um carro entraram no fundo da rua e se aproximaram em grande velocidade. Foi o rápido movimento do motorista que obrigou Valente a se proteger atrás de uma árvore.

Em disparada, o carro se aproximou e passou pela esquina, bem debaixo da luz de lampião. Valente reconheceu de imediato o terrível brigadeiro Furacão e, no banco de trás, o chefe do estado-maior da Unita, general Chipunga, responsável por toda aquela matança e inimigo visceral do comandante Zen. Ali, bem diante de seus olhos, passaram fugindo dois dos mais terríveis homens de Savimbi.

Em uma fração de segundo, Valente alçou a arma, fez pontaria, aguardou que o carro se distanciasse ainda um pouco da embaixada brasileira e, quando o tinha inteiro na mira, apertou o gatilho. O clarão enorme de uma explosão se sucedeu, levantando e jogando de lado o automóvel, como se fosse um brinquedo de criança. De dentro dos escombros um vulto se mexeu, como se tentasse escapar das chamas das ferragens. Rapidamente, os rapazes das milícias do bairro cercaram o veículo e ajudaram o homem a sair do interior. Ainda abraçado à sua mala de executivo, o desconhecido esforçou-se para balbuciar.

— É um bom plano este, acreditem, um bom plano...

Depois, com um pedaço de ferragem enfiado nas costas, tombou na frente da embaixada brasileira. Era Abel Vorgan, que sonhou ser um dia o príncipe de Luanda.

CAPÍTULO 44
A EVACUAÇÃO

As explosões e os tiroteios se ouviram ininterruptamente durante toda a noite até a manhã de segunda-feira, quando a fuzilaria começou a se dar em intervalos maiores. Durante todo esse dia, o fogo continuou com menos intensidade até a madrugada de terça-feira, quando as detonações recrudesceram em função da investida das tropas do governo contra a mansão de Savimbi, de onde foram desalojados os remanescentes da Unita para o musseque que se localizava na encosta da falésia, onde se situa o bairro de Miramar.

A terça-feira, 4 de novembro, foi marcada pela continuação de tiroteios intercalados e, sobretudo, por saques em todos os bairros. Várias embaixadas e casas residenciais que haviam sido invadidas por soldados da Unita foram posteriormente tomadas e pilhadas por populares dos musseques, que se apropriavam do que havia sido abandonado pelos proprietários. Graças à ação efetiva de Valente e das milícias do Miramar, e, já à noite, das forças policiais governamentais, a embaixada do Brasil e seus funcionários ficaram protegidos das escaramuças e da delinquência que se sucederam aos combates. Houve tentativas de invasão no terreno contíguo à embaixada do Brasil por elementos estranhos dos musseques, que, armados, custaram a ser rechaçados pelos rapazes do bairro.

A situação prolongou-se até quinta-feira, obrigando os funcionários da embaixada a combater a fadiga no esforço pela preservação do patrimônio daquela missão diplomática. Entrincheirados ainda no andar térreo, os funcionários fizeram o que lhes foi possível para manter a união e a coesão de todos. Ronaldo e Ana Marina se esmeravam para oferecer a alimentação que era possível preparar. Serafião e Rafael acompanhavam os acontecimentos e procuravam prestar a assistência possível à comunidade brasileira.

As dificuldades constantes somavam-se à falta de comunicação entre a embaixada e os demais funcionários, que se encontravam isolados em suas residências espalhadas pela cidade. Também não se achavam muitos dos representantes de empresas brasileiras em Luanda. As tarefas de coordenação da evacuação dos brasileiros e da busca e negociação da libertação dos funcionários da Odebrax aprisionados pela Unita no interior do país ficavam a cargo de Ronaldo, enquanto Serafião e Rafael cuidavam das incontáveis questões consulares e jurídicas que iam se avolumando. Todos queriam ser servidos, e a embaixada, ressentida imensamente das deficiências das comunicações e das limitações de pessoal e orçamentárias, buscava soluções que pudessem satisfazer a grande maioria.

Com os meios de Sandro Lombardi, diretor da Odebrax, a evacuação de muitos brasileiros foi coordenada sem que se tivesse registrado uma só baixa. Foram mais de 1.200 cidadãos retirados de Angola em menos de uma semana, em meio à total insegurança reinante, sem que nenhuma gota de sangue brasileiro fosse derramada em solo africano. A serenidade apregoada por Ronaldo rendeu enormes dividendos, possibilitando uma ação integrada de forma coerente, entre profissionais nacionais públicos e privados, em benefício da comunidade brasileira, e comprovada mais tarde pelos fatos e pelas estatísticas da guerra. Mesmo assim, teve gente nervosa à porta da embaixada a fazer escândalos e a exigir o impossível dos funcionários exauridos por aqueles dias de esforços ininterruptos. O eco dessas solicitações extravagantes e insensatas retumbou por muitos dias nos ouvidos de Serafião e Rafael, que jamais se deixaram abater ou cessaram de prestar seu apoio aos que os procuravam.

CAPÍTULO 45
A LEMBRANÇA

Os dias se passaram, e a tristeza de Miúdo Bengo parecia não ter fim. Morrera-lhe o amigo. Ficaria para sempre traumatizado com a imagem do corpo de Vavô Domingos estirado na lama, espetado por facas e crivado de balas. Bem que Mãe Zefa tentou impedir que o garoto olhasse para o morto. No entanto, a gritaria do pequeno foi tanta que, no final, a velha largou a mão da criança, que correu ao encontro do cadáver. Seu Vevé, padre Eustáquio, a gorda Vanja e Mãe Benta Moxi não cabiam em si de tanta emoção ao verem o menino sacudir o corpo do velho e dizer em um pingo de voz abafada:

— Vamos, seu velho caduco, levanta, vai, vem brincar, por favor...

Buscasse ele tristeza maior naquele momento e não a encontraria nem nos próximos mil anos. O velho Vavô era insubstituível dentro do coração do menino, e, fosse o que fosse, suas mãozinhas continuavam a sacudir o defunto com ingênua insistência. Aquilo durou minutos até que padre Eustáquio veio em seu socorro:

— Meu filho, o Vavô já subiu para o céu em uma linda nuvem prateada. Você não viu? A alma dele está feliz ao lado de Deus agora, mais feliz do que estava nesta terra de miséria. Você deve rezar por ele e ficar contente, pois o Vavô está livre, duplamente livre, da demência e da guerra.

— Ele não volta mais?

— Volta, talvez no corpo de alguma criança que esteja para nascer. Você saberá encontrá-lo quando for maior, pois o Vavô está em todos nós, em todos os homens que sofrem e em todas as partes onde há pessoas abandonadas e miseráveis. E, quando você crescer, não se esqueça de ajudá-los naquilo que lhe for possível, pois, no fundo, cada um deles poderia ser o seu Vavô.

    Um cão tinhoso aproximou-se e começou a lamber o rosto do morto, ganindo e gemendo como se fosse um ser humano. Ele também sentia a morte do velho. Padre Eustáquio esteve a pique de afastá-lo, mas se conteve ao observar a tristeza nos olhos do animal. Ali estavam ambos chorando, um miúdo do musseque e um cão vadio, os últimos legados do ex-comandante Xivucu nesta vida, os únicos que se recordariam para sempre do velho Domingos.

CAPÍTULO 46
O DEPOIS

O que viria depois não tinha a menor importância para Rafael. A continuação da guerra nas principais cidades do interior, a luta pelo petróleo e pelos diamantes, o envolvimento cada vez mais grotesco das reconhecidas potências mundiais e regionais no processo angolano, a escalada militar da Unita em Huambo e nas regiões diamantíferas, a passividade da ONU e a ação dos grandes *lobbies* internacionais já contavam pouco para o diplomata brasileiro. Por mais profissionais que fossem as suas atitudes, trazia o peito embrutecido pelo combate travado naqueles dias em Luanda. No seu espírito haviam ficado registrados momentos inapagáveis.

Vagou sem destino pelas ruas de Luanda vendo o que restara do triste espetáculo da guerra. Viu tristeza nos olhos das mulheres, a dor na expressão dos mais velhos. A morte havia passado por dentro da cidade e deixado o seu rastro de crueldade: homens feridos, outros mutilados, corpos queimados e carbonizados nas ruas, crianças abandonadas, prédios e paredes esburacadas, o cheiro podre da morte. Na cidade demolida, pouca coisa ainda funcionava. De ambos os lados das ruas e avenidas, as caras, os gestos, os olhos das pessoas transmitiam sinais da mais total desesperança. Afinal, sabiam todos que a guerra ainda não acabara. A batalha de Luanda fora mais um dos seus episódios, mas não o último. A guerra continuaria no país que só conhecia a guerra. E, para compreender a natureza dessa guerra, era preciso perceber, como o povo sofrido certamente percebia, que ela jamais teria vencedores ou vencidos. Nenhum dos dois lados armados poderia ser definitivamente ganhador, nem mesmo com o apoio vindo do exterior. O equilíbrio estrutural e estratégico que predominava era inevitável, e formidáveis eram as defesas naturais e humanas de cada lado, em Luanda e na Jamba. Cada um dos territórios dominados pela Unita e pelo MPLA era vasto e possuía as riquezas de que todos necessitavam.

Rafael estacou. Diante dele, uma velha sentada na calçada apertava uma criança contra o peito. As lágrimas nos seus olhos eram tantas que Rafael perguntou:

— A senhora está bem? Precisa de alguma coisa?

A velha levantou os olhos vermelhos e conseguiu articular:

— Preciso sim, senhor. Preciso que devolvam a minha casa incendiada, o meu marido assassinado, o meu filho morto em combate e o meu netinho perfurado ontem por duas balas perdidas.

Naquela noite, Rafael não conseguiu pegar no sono.

CAPÍTULO 47
A DESPEDIDA

Rafael continuou em Luanda por mais três meses, até o dia em que chegaram as instruções para o seu retorno à Brasília. Após esses meses de trabalho, sentiu-se aliviado, embora não recuperado da incômoda sensação de ver o mal que se fazia a uma nação e o pouco que se podia fazer em seu benefício.

No dia da partida, cuidou de ser atencioso com todos ao despedir-se. Deu alguns telefonemas para as autoridades locais com quem havia se relacionado e abraçou comovidamente Ronaldo e Ana Marina, Serafião Novaes, Regina Flores, Pedro Guarany, o Almeida e tantos outros. No início da tarde, foi levado ao aeroporto, carregando consigo o sentimento de ter escapado da morte naquela guerra desnecessária. O que lhe doía mais era saber que, em poucos dias, talvez conseguisse esquecer-se de tudo aquilo. O que se passara em Angola seria uma lembrança. A plenitude de outra vida em Brasília, carregada de solicitações de outro gênero, acabaria por aprisioná-lo na rotina das entrequadras e dos ministérios.

Afundado no banco de trás, Rafael olhava pela janela do carro a baía de Luanda e, mais ao longe, a ilha, sabendo que estava inevitavelmente condenado a esquecer tudo aquilo. Nunca poderia garantir que levaria sempre consigo a traumática experiência; apenas poderia refletir agora sobre o que vira a experimentar em Luanda. Acreditava firmemente que o papel do Brasil no continente africano tinha tudo para ultrapassar, em muito, as simples feições de tradição que assumia hoje e da qual o país não mais poderia recuar. Ele já prestara sua contribuição junto a Lídio Cellos, Ronaldo Cavalcante, Serafião Novaes e outros. A ação que empreendera com eles havia sido movida por um genuíno sentimento de solidariedade. Se o país irmão necessitava da cooperação, o Brasil jamais se omitira.

— Senhor, já chegamos — disse o Almeida, parando o carro em frente ao estacionamento da sala VIP do aeroporto de Luanda, aquele mesmo aeroporto que sofrera tantos ataques por terra.

— Ah... Seu Almeida. Leve-me até o salão, e nada de despedidas e discurseiras.

O bom angolano trancou o carro e acompanhou o diplomata ao salão das autoridades. Com muito jogo de cintura, o motorista foi abrindo caminho por entre os balcões, policiais e funcionários das companhias. Ao cabo de poucos instantes, Rafael admirava, da janela da sala VIP, o enorme DC-10 da Varig estacionado na pista de pouso.

— É um bichão, hein, Almeida?

— Sem dúvida, senhor conselheiro.

— Parece mentira que em poucos instantes estarei longe...

— É a vida, senhor. O senhor vai, e nós ficamos.

Rafael engoliu em seco, fez um gesto afirmativo e preparou-se para dizer algo, mas não saiu nada. Por um momento, o brasileiro e o angolano olharam-se sem saber exatamente o que fazer. Depois se abraçaram, como já o haviam feito em pensamento desde o início de tudo.

— Sabe, Almeida, há várias semanas eu propus o seu nome ao ministério para receber a Medalha de Ordem do Rio Branco por serviços relevantes prestados ao governo brasileiro.

— Não era preciso, conselheiro. De toda a forma, muito agradeço ao senhor.

— Não tem de quê, meu bom amigo. Um leal soldado deve ser recompensado.

— Obrigado, senhor. Mas essa medalha são os senhores brasileiros que merecem, pela ajuda que nos prestaram.

Rafael Guimarães embarcou com um enorme nó na garganta. Despedia-se daquela terra africana com velhos versos na cabeça:

"Lutei muito. Pensei poder vencer...
Preferi morte com bravura
A uma vida sem combate."

Uma vida não bastava. A explicação que buscava para justificar os motivos dessa guerra civil era ampla demais. Atrás das respostas, vinham anos de tiroteios e assombros. Mais uma vez, Rafael ia embora do continente africano sem aproveitar o seu sol, o seu mar, as suas tardes mornas e vadias.

CAPÍTULO 48
A DECEPÇÃO

Nelson Barreto havia voltado para casa após um dia movimentado na embaixada, em função, inclusive, da partida de Rafael Guimarães, o qual havia sensibilizado a maioria dos funcionários com as palavras que utilizara para agradecer a colaboração recebida. Até ele, Barreto, rendera-se ao jeito humano e educado do ex-companheiro de alojamento. Não negava, em contrapartida, que, sem o diplomata, teria mais liberdade para voltar a encontrar-se com mais frequência com dona Mbanza. Não podia abandonar a velha do sexto andar sozinha com as baratas e a sujeira que infestavam aquele prédio esburacado e com cheiro de urina. A velhota prometera aparecer mais tarde para preparar-lhe um bom peixe, arrumar a cozinha e meter-se na cama com ele. Enquanto não chegasse, o funcionário aproveitaria o fim de tarde para beber uma cachaça, tomar coragem e descer até o quarto andar. Precisava verificar, mais uma vez, se a belezura da Marisbela da Kalunga não aceitaria ir jantar amanhã com ele no Afrodisíaco.

Desceu bufando. Havia estabelecido uma forma de emagrecer fazendo justamente um esforço calculado: subir e descer muitas vezes aquelas escadarias sem-fim. Ao chegar ao quarto, espiou de modo sorrateiro o ambiente: aquele andar não era lugar onde homem direito pudesse perambular por muito tempo. Apertou a campainha e encolheu a barriga, para causar boa impressão. Asseado, barbeado, os poucos fios de cabelo cuidadosamente penteados com exageradas porções de gel, Barreto esperou vários minutos e ninguém abriu. Tornou a tocar, inutilmente. Não havia ninguém em casa. Blasfemou em voz alta. Queria a Kalunga nessa hora em que estava cheiroso e engomado, com a sua melhor aparência para agradar aquela angolana fugidia.

E, no entanto, ali estava, de mãos abanando, sem reação, como o grande trouxa que sempre fora com as mulheres, o rei do porre solitário, o patriarca das punhetas inumeráveis, o embaixador dos abandonados daquele prédio fedorento e odiado.

— Droga de vida! — reclamou.

Nesse instante, um vizinho da porta da frente saiu para o corredor, olhou-o e disse:

— Inútil bater, camarada, a Kalunga partiu com uma mala gigantesca, mala de quem não pensa em voltar tão cedo.

Barreto estremeceu, porém permaneceu impassível. Apenas seus olhos fuzilaram o desconhecido enquanto seu rosto se tornava pálido. O vizinho ampliou seu sorriso irônico e comentou:

— Na certa, foi encontrar-se com o gigolô dela, o Victor Cruz, que nunca mais deu as caras por aqui. Mulher pervertida era aquela, pá. Quanto mais apanhava, mais se apaixonava pelo gajo.

Barreto nem escutou a continuação do monólogo do homem intrometido. Partiu na surdina, sem dirigir-lhe a palavra. Sabia, todavia, que o desconhecido tinha razão: Marisbela era mesmo uma meretriz safada, entretanto gostava dela, do seu rosto, do seu jeito de provocá-lo ao subir ou descer aquelas nefastas escadarias. Olhou o chão para não pisar em falso. Também não queria aprofundar uma conversa que já sabia. A Kalunga era mesmo amarrada em alguém, razão por que nunca aceitou suas propostas tão sinceras e puras. E o que mais doía no peito de Nelson era a perspectiva de jamais voltar a ver o lindo rosto de Marisbela, o seu sorriso irradiante, o seu cheiro de mulher jovem e saudável. No lugar da Kalunga, teria para jantar a coroa do sexto andar, com seu cheiro de velha e sua pele enrugada.

— Droga de vida! — repetiu enquanto ia escada acima, bufando e suando, por entre as baratas.

CAPÍTULO 49

A CERTEZA

No ônibus apinhado de passageiros, Medonho teimava em fazer caretas para as crianças sentadas com suas mães à sua frente. Valente, com o corpo moído e a cabeça infestada de pensamentos sombrios, aparentava tristeza, que não conseguia esconder, pela morte dos companheiros na batalha do Miramar. Ao longo do caminho, Valente já sorria com as expressões do amigo, que assustava as mães e divertia as crianças, obrigando-as a trocar de banco ou a tapar com as mãos os olhos dos filhos.

— Para com isso, pá! Já não te disse que não tem graça assustar os outros assim?

— Ó pá, se eu não brincar, eu fico a pensar no Das Balas e no Bazuca.

— Eu sei — disse Valente, consternado. — A guerra é mesmo assim: uns sobrevivem, outros vão parar no céu ou no inferno.

— E os nossos, pá?

— Provavelmente já estarão lá em cima, engajados na mais competente legião de anjos, a proteger os nossos camaradas, pá, a nossa causa.

— Foi tudo isso necessário?

— Sempre...

— Por quê?

Valente não soube responder. Fechou-se dentro de si durante o resto do percurso, indagando se valeria mesmo a pena viver assim, como soldado, pronto para matar ou morrer, vasculhando o mato, lutando constantemente pela pátria ameaçada por inimigos externos.

Perguntou-se também quando o matariam. Como guerreiro, bem sabia que dependia de si, de sua habilidade, atenção. Deveria permanecer sempre alerta, com Matilde ao alcance das mãos e os olhos abertos para não cair em emboscada. Poderia também ser preso, posto em uma solitária, interrogado, torturado, envenenado. Era perfeitamente possível que o futuro lhe reservasse todo tipo de surpresas. A única verdade que sabia incontestável era que a morte jamais ocorreria no momento esperado por ele ou por seus companheiros de armas. Um soldado não envelhece para morrer no momento recomendável, cercado por familiares e amigos. Um cão de guerra morre de bala, sem aviso-prévio, no meio do combate.

Fechou os olhos. Era, contudo, difícil para Valente esquecer a luta e viver uma vida confortável enquanto o país estava em guerra. Preferia pegar em armas e morrer defendendo a sua pátria a viver à sombra da covardia. Por isso era o Valente, aquele que há tanto tempo guerreava e que mal saberia levar uma vida com horários para o expediente e dias de lazer com a família. Havia sulcos profundos suficientes nas suas faces para lembrar-lhe de que não era mais um garoto. Aprendera a combater desde adolescente, o que fazia com exímia perfeição. Onde encontraria outra atividade que pudesse desempenhar com tamanha competência ou igual dignidade? Um soldado da libertação de Angola, eis o que era, e, como tal, morreria quando chegasse a sua vez.

Levantou-se e ficou na frente de Medonho:

— Tu queres saber se foi tudo necessário, pá?

— Sim.

— Pois foi necessário sim, pá. A vitória se constrói com sacrifícios. Assim os xibungos e os gringos vão entender de uma vez que, pela força, eles não derrubam o nosso governo, não.

— Assim é, pá.

— Olha cá, Medonho, eu já cansei de matar Unitas, mas, se tiver de fazê-lo novamente, ainda uma vez, e muitas vezes mais no futuro, até morrer, pelo Zen, por você, pelo MPLA, pelo povo e por mim mesmo, eu o farei sem remorsos, porque a razão está do nosso lado.

— Pois está, pá.

— Enquanto tiver forças para lutar pelo povo angolano, lutarei, porque é assim que concebo existir, com orgulho dentro de mim, sem receio das consequências, até a vitória definitiva. E ela virá, não se iluda. Ela virá, pois ela é certa.

Medonho levantou-se. Tinha lágrimas nos olhos. Em vez de fazer um novo trejeito com os beiços e bochechas para assustar os outros, alçou a cabeça, empinou o peito, pôs a mão no ombro do amigo e repetiu em tom solene a velha chamada de ordem dos heróis angolanos durante os combates pela independência:

— A luta continua...

— A vitória é certa — respondeu Valente.

O ônibus continuou pela estrada, desaparecendo atrás das colinas de mata queimada. Quando o dia raiou, Valente e Medonho penetraram no acampamento e se apresentaram a Zen. Não houve jeito de fazer Valente descansar. Partiu na primeira patrulha mato adentro.

CAPÍTULO 50
A PICADA

Sentado na varanda do seu *trailer*, no conjunto residencial da representação especial americana em Luanda, Bill Shanon escutava calado as notícias do rádio. Cabeça encostada na poltrona, o agente da CIA ria-se da derrota ridícula daqueles que se julgaram os reis imbatíveis de Luanda. Mais uma vez, como na época da Revolução Cubana, os analistas e observadores de seu país haviam teimado em oferecer apoio político e financeiro ao lado errado. Primeiro fora em Cuba, com Batista, agora era em Angola, com Savimbi. Tanto eles quanto ele, por erro de interpretação, deram as costas aos apelos de cooperação dos verdadeiros vencedores e insistiram em beneficiar o lado infrator. Por que seu governo teimava em ajudar o bandido, e não o mocinho? Qual a razão dessa miopia analítica tão intensa? No passado, seria possível culpar o ordenamento ideológico, mas, hoje, por que insistir?

Bill Shanon serviu-se de um uísque duplo para afastar a inquietação que lhe causava aquele silêncio de derrota e desconforto. Seu país perdia espaço no processo interno angolano, e ele pouco podia fazer. Também esperava pouco da mobilização diplomática americana na ONU. Aqueles engomadinhos em Nova York não conheciam a África o suficiente para nortear o rumo das manobras desajeitadas de Washington em terras africanas.

Era uma pena. Seu país era tão rico e avançado que poderia fazer excelentes negócios, desde que entrosado com o lado vencedor. O argumento da legalidade do governo e da democracia, tão empregado pelos brasileiros, não tinha a menor importância para ele. Pensou que o ideal teria sido ver Savimbi tomar o poder na cidade, acabar de vez com a raça dos socialistas do MPLA e começar a negociar um número maior de contratos novos de exploração de petróleo, diamantes e minérios com os vencedores. A estratégia da ação era clara; faltou escolher o parceiro correto.

Bill levantou-se, foi para a rua e pôs-se a olhar a extensão da enseada ensolarada. Sentou-se em um banco e ficou observando os prédios altos espalhados pelo centro de Luanda. Os sacanas dos portugueses deviam ter vivido muito bem, antigamente, nesta terra de tantas belezas e um clima bom, refletiu — dias ensolarados para usufruir naquela bela baía com amplas casas em frente ao mar...

Voltou-se e olhou as praias da ilha. A areia estendia-se ao infinito, rodeando aquele istmo de terra que avançava para o mar como se quisesse penetrar o mundo e dizer: "Não venham mais nos provocar em Luanda, senão enrabaremos vocês novamente". Sorriu da impressão que lhe dera a península da ilha de Luanda, com a ponta da Barracuda a penetrar oceano afora. Depois pensou na política. Concebeu que a única esperança para Savimbi seria dividir o país e estabelecer um governo no Huambo.

Levantou-se do banco, recostando-se em um tronco de árvore perfurado por tiros, e fumou um cigarro. Não precisava olhar o relógio para saber que estava entardecendo e que seria bom entrar para fugir dos mosquitos. Precisava também trabalhar por novas alternativas para o seu relatório. Naquele instante, como por encanto, uma abelha africana nervosa, que voava pelo chão, subiu, zuniu durante uns instantes e aplicou-lhe uma picada bem no meio do rosto. O gringo levou um susto gigantesco:

— Oh, *shit*! *Fuck you*! — berrou enquanto passava a mão no calombo que inchava.

Partiu apressadamente de volta para casa com o rosto vermelho, um ódio incontido contra tudo e contra todos fazendo-o vociferar a plenos pulmões:

— *Fuck you, fuck you all, fuck them all.*

CAPÍTULO 51
A PALAVRA

Padre Dionísio e Avolê seguiam, descendo ocasionalmente, mas sempre subindo por entre a rica vegetação do rio Kwanza. O padre ia sentado na canoa, observando os longínquos morros escuros que marcavam o ponto máximo daquela região de afluentes e lagos. Mal conseguia vê-los, distantes e desmaiados do calor que cobria a planície tropical. Aproveitou para mexer com os dedos na água e depois refrescou-se, afundando as duas mãos no rio para molhar o rosto.

Equilibrando-se na frente da canoa com a mochila nas costas, Avolê soltou umas exclamações incompreensíveis para o rio e, com o remo, patinhou na correnteza até chegar às águas rasas da margem. Com o braço forte, atracou a embarcação e disse:

— Vou pescar um peixe para o nhô padre. É hora de descansar.

Após ajudar o velho missionário a descer, Avolê amarrou a barcaça, colocou a isca no anzol e foi entrando vagarosamente pela plataforma perto da borda, curvando-se vegetação adentro, o sol quente nas costas, até atingir, por entre troncos e bétulas, o leito mais fundo do rio. Curvou-se mais para enxergar melhor os seixos e rochas espalhados entre as raízes de árvores e as touceiras de alga verde que balançavam na correnteza. Avançou mais um pouco e parou. Pronto! Era ali que esperaria um peixe pesado e suculento. Estendeu o caniço para trás e, com um movimento de braços e corpo, lançou a minhoca em um dos canais profundos entre as algas, estirando em seguida a linha o suficiente para não ceder ao refluxo da corrente.

Padre Dionísio sorriu quando viu Avolê puxar das águas um enorme peixe prata.

— Peixe prata nestas águas, Avolê?

— Eles ficam pelas embocaduras do rio, mas volta e meia entram pela água doce, subindo a correnteza.

O velho canoeiro não perdia uma, pensou o sacerdote, enquanto olhava Avolê rapidamente tirar com o facão umas lascas de ramos e troncos e preparar uma fogueira. Em seguida, armou a antiga grelha sobre o fogo e colocou o peixe ao lado da frigideira.

— Venha, nhô padre, é sua vez.

O missionário já se acostumara àquela divisão do trabalho, inclusive porque apreciava cozinhar. O pessoal da Unicef costumava repetir que o religioso brasileiro era um refinado cozinheiro, dono de um paladar capacitado a preparar notáveis iguarias com a escassa disponibilidade de produtos encontrados pelo interior do país. Em alguns minutos, padre Dionísio preparou o peixe, colocou-o com delicadeza no óleo que já fervia na frigideira e começou a mexer tudo com mão de profissional. Depois, misturou ervas e sal até que a comida começou a ferver, fazendo pequenas bolhas que subiam à superfície. Deu uma cheirada. Hum! Parecia delicioso. Avolê apanhou na mochila um vidro de pimenta e passou-o ao padre.

— Põe bastante.

— Só um pouco, Avolê, para não queimar demais. Está muito calor.

— Põe bastante — sorria o canoeiro —, assim que é bom.

Padre Dionísio e Avolê encontraram finalmente Marcos e Márcia, o casal de missionários, em uma cidadezinha do alto Kwanza. Com eles, desenvolveram uma série de atividades: cursos bíblicos noturnos, formação de grupos de teatro para o evangelismo, distribuição de sopas nutritivas para dezenas de crianças e de roupas e medicamentos em aldeias distantes. O trabalho dos obreiros brasileiros foi tão eficiente que a Unicef os responsabilizou pela implementação de um programa curioso que os três inventaram, de trocas com as populações. O objetivo do negócio era assegurar para o ano seguinte um número mínimo de sementes a fim de viabilizar o plantio e, assim, impedir o alastramento da fome. O plano consistia em trocar com a população vários *kits* com cobertores, panelas, talheres, baldes e artigos de limpeza por sementes de milho, feijão ou sorgo. A ideia dos brasileiros era ótima e pegou logo. As sementes eram guardadas durante meses pela Unicef e depois eram distribuídas a essas mesmas populações na safra seguinte. Foi um projeto preventivo muito sábio, pois, se as sementes ficassem com o povo, seriam devoradas e não sobrariam para o próximo plantio.

Além dessas atividades, os obreiros brasileiros enviaram para a Unicef um documento, elaborado em conjunto com outras organizações, pedindo socorro imediato para os flagelados da guerra, em forma de alimentos e remédios, pois a situação era crítica, e as pessoas que morriam de fome e doença todos os dias eram cada vez mais numerosas. Quando soube que a embaixada do Brasil em Luanda havia coordenado a vinda de um avião militar brasileiro de ajuda humanitária trazendo para Angola grãos, comida e medicamentos, padre Dionísio não fez por menos: esperou a realização de uma assembleia de missionários evangélicos brasileiros em Lubango para pronunciar no púlpito, do alto dos seus muitos anos de apostolado, as seguintes reflexões:

— Algumas vezes chegamos perto da morte por causa da insensatez humana. Mas sempre estamos chegando perto da miséria e da fome, os olhos postos no Senhor, pois a Sua palavra sempre foi de fé, misericórdia e esperança. Não temam, pois, as guerras não vos impedirão de servir ao Senhor. Nem os deixeis intimidar pelas baionetas e pelos canhões, pois o coração de Deus protege os puros de espírito. A conspiração dos homens sem coração é constante. Lembrem-se dos salmos. Os homens sempre se esqueceram dos prodígios e das maravilhas que o Pai lhes mostrou ao longo da história. Dividiu o mar e fê-los seguir para a liberdade, guiou-os de dia com uma nuvem e durante a noite com o clarão do fogo. No deserto, fendeu rochas e lhes deu a beber abundantemente. Da pedra fez brotar torrentes e fez chover maná do céu. Mas, mesmo assim, prosseguiram a duvidar e a pecar contra Ele.

"Em outras épocas o povo de Deus foi obrigado a comer pão de lágrimas e a beber copioso pranto. Mas o servo do senhor não clamará, nem gritará, nem fará ouvir a sua voz na praça. Não desanimará nem falará em segredo. A mão de Deus virá sempre em seu auxílio. Lembrai-vos das palavras de Cristo: quem quiser preservar a vida, perdê-la-á, e quem perdê-la pelo amor a mim, salvá-la-á. Assim, continuem sempre indo de aldeia em aldeia, levando auxílio e a palavra de Cristo. Pois, se foi Ele que ofereceu o Seu corpo e o Seu sangue em nosso favor, por que haveríamos de temer a fome ou a necessidade? Os caminhos do Pai são misteriosos. Quando as portas parecem fechadas, o empurrão de Deus não se faz esperar para quem tem fé. Ontem mesmo chegou a Luanda um avião brasileiro repleto de grãos e medicamentos. Nós todos, servidores de Deus, agradecemos essa doação generosa proveniente de um país que também enfrenta sérios problemas sociais. Em todas as nossas orações, pregaremos pelo bem-estar do sofrido povo brasileiro, irmão do povo angolano, que também é necessitado, mas que vem em nosso socorro com os meios de que dispõe. Saberemos utilizar essa ajuda em benefício não dos políticos ou dos poderosos, mas dos débeis, carentes, doentes e esfomeados, que são o rebanho necessitado de Deus."

CAPÍTULO 52
O RETORNO

A chuva parou quando Isabel Vorgan abriu os olhos e avistou ao longe o caminho que surgia no alto da colina e que a levaria à aldeia de Jamba. Talvez lá encontrasse ainda a velha casa de seu pai, a varanda nua, o pomar, a fumaça saindo de uma churrasqueira improvisada. No fundo ficavam o galinheiro e o tanque redondo que tantas vezes utilizara como piscina. As grandes árvores curvavam-se ao vento, e, para além do curral, as verdes matas cobriam o promontório da lagoa.

Metida em um ônibus da Cruz Vermelha, a angolana interrogava-se sobre o que lhe reservaria o futuro. Teriam as forças da Unita, agrupadas em Caxito, a poucos quilômetros de Luanda, investido novamente contra a capital? Estaria Savimbi em Huambo, em Jamba ou no Marrocos? E por onde andaria seu irmão Abel? A dúvida quanto ao bem-estar do irmão deixava-a angustiada.

As listas dos prisioneiros da Unita que tentaram o golpe haviam sido amplamente divulgadas pela imprensa e pela televisão. Os oficiais da Unita, encarcerados, tiveram liberdade de dar entrevistas e mandar recados para seus familiares. Como, então, ela não tivera notícias do seu irmão? Por onde teria se metido aquele imprevisível teimoso, tão dedicado ao futuro de sua organização como partido político, e não como organização militar? E o general Chipunga? Tivera tempo de escapar para o Zaire, conforme dissera que faria um dia se as coisas revertessem contra ele?

No fundo, Isabel achava que Savimbi se encontrava em algum esconderijo na região do Huambo. Era por ali que a guerra continuaria. O domínio absoluto daquela cidade estratégica no centro do país seria a próxima meta, tanto da Unita quanto do governo. E ela, Isabel, estaria por perto do grande líder, em Jamba ou onde fosse, para prestar solidariedade ao velho amigo de seu pai, mesmo que isso implicasse sua morte ou nunca mais sair do país, ou voltar ao Brasil, ou até rever aquele brasileiro que não lhe saía da cabeça. Acabara a sua lua de mel com o embriagamento alegre e espontâneo das coisas do Brasil. Agora Isabel voltaria às suas origens de mulher engajada na luta armada pelo poder em seu país, uma luta terrível e sem fim.

Virou os olhos para um lado e para o outro da estrada, observando a população sofrida e miserável de seu país a vagar pelas beiras do caminho em busca de segurança, distanciando-se dos tiroteios e dos soldados. Subitamente, o seu rosto se contorceu, e ela chorou. No fundo, sentiu uma ponta de culpa pelo prosseguimento daquela guerra interminável e devastadora.

O sol entrou pela janela do ônibus e brilhou sobre as lágrimas da angolana. Mais além, um caminho cercado por altas árvores avançava sobre um vasto campo verde. Isabel soergueu-se e recompôs-se. Estava chegando em Jamba.

CAPÍTULO 53
OS DEMAIS

Ronaldo Cavalcante e Ana Marina continuaram por muito tempo prestando bons serviços ao Brasil em Angola e, com o passar do tempo, tornaram-se personalidades respeitadas e admiradas não apenas pelas autoridades governamentais, mas pelos variados segmentos da sociedade local. Regina Flores foi ao Brasil de férias e voltou depois para casar-se com seu técnico em informática, sem jamais ter realizado o sonho de espairecer por uns dias em um motel da Barra da Tijuca. Pedro Guarany, após uns meses de serviço no protocolo do escritório do ministério no Rio de Janeiro, onde fora colocado para prestar apoio no aeroporto internacional, voltou para Angola com o objetivo de ganhar uns trocados e concluir as obras de sua mansão em Caxias. Seu Almeida esperou em vão a Medalha da Ordem do Rio Branco, proposta ao cerimonial do ministério por Rafael Guimarães. Os serviços de bravura comprovada que prestou na defesa da integridade física das instalações da embaixada brasileira não bastaram, e as condecorações foram parar em outros peitos.

Padre Eustáquio tornou-se bispo. O musseque de Bela Vista correu inteiro para assistir à sua primeira missa na catedral da cidade. Mãe Benta Moxi ajudou a gorda Vanja a transportar seu tabuleiro cheio de delícias para depois da celebração. Mãe Zefa arrastou Miúdo Bengo pela mão o caminho inteiro. Aquele peste não queria desgrudar mais do vira-lata malcheiroso que o seguia o tempo todo. Seu Vevé levou um monte de peixes para oferecer ao novo bispo. Agora que ampliara o armazém, podia prestar essa homenagem generosa em reconhecimento aos longos anos de dedicação do sacerdote ao povo de Bela Vista.

Miúdo Bengo passou a missa inteira a brincar do lado de fora, perseguindo seu cão tinhoso com um pedaço de pau.

CAPÍTULO 54

O ACONCHEGO

Rafael Guimarães ocupou seu lugar no avião e chamou a comissária de bordo. Após tantos meses de luta, merecia um agrado especial da companhia. A aeromoça não tardou em se aproximar:

— Quando decolar, faça-me o imenso favor de trazer-me um copo de guaraná gelado e um jornal brasileiro qualquer.

— Pois não, senhor.

Refestelou-se à vontade, braços e pernas esticados, a cabeça recostada para trás. Precisava relaxar, esquecer por uns minutos a pressão das recordações. Uma expressão de alívio brotou-lhe no rosto: estava vivo, sim, senhor. Vivo! Acabara-se a atmosfera tensa da guerra longa e sem fim. Terminara o pesadelo de recear a própria morte a cada instante. Nada mais de escadarias sujas e exaustivas, de baratas pelos cantos e de banhos frios de cuia. Não mais seria obrigado a escrever à luz de velas ou a passar noites sozinho a olhar pela janela a rua esburacada e perigosa, povoada de milícias armadas e soldados mal-encarados.

Durante muito tempo, suportou as naturais aflições de falta de saneamento básico, das dificuldades de abastecimento, dos poucos e inexpressivos momentos de lazer. Viveu lado a lado com a miséria, a desesperança e a morte. Aprendeu a sentir na própria pele e a compreender o que sente um ser humano esfomeado, desses milhões de miseráveis que perambulam por Angola e — por que ocultar? — pelo Brasil também. E as coisas todas que viu e tudo por que passou, embora estivessem registrados a ferro e fogo no coração, contribuíram para o sentimento novo de abnegação e altruísmo que o tomou, deixando-o assim como estava, fatigado e dolorido, com os pensamentos alvoroçados.

— Aqui estão o jornal e o guaraná — disse a comissária.

— Muito obrigado.

Rafael aproximou o copo dos lábios e deu um gole longo e demorado, como se quisesse saborear cada gota daquela bebida deliciosa fabricada no Brasil, e, por meio dela, todas as delícias de que se vira privado por tanto tempo. Coisas simples, como um copinho descartável de guaraná, a que ninguém que não sofreu daria valor, e que, no entanto, estava sendo para ele mais precioso do que todas as joias do mundo.

Fechou os olhos e abandonou-se novamente. O sabor do guaraná lhe transmitia um astral positivo, envolvente. Ficariam todos os brasileiros que se ausentavam por algum tempo nesse estado de felicidade ao beberem guaraná no avião? Pouco importava. Guimarães saboreou tudo até o final e adotou a posição dos célebres três macaquinhos do artesanato africano — um tapando os olhos, o outro tapando os ouvidos, e o terceiro tapando a boca —, e assim permaneceu, de olhos, ouvidos e boca fechados, isolado do presente e do passado, até adormecer. No sono, sonhou com corvos, abutres e morcegos que partiam em voo rasante enquanto no céu, em grupo, pombas, canários e rouxinóis chegavam para tomar seus lugares em um campo florido e ensolarado que se estendia para além do horizonte. Acordou com a voz suave da comissária de bordo:

— Senhor, seu jantar.

Guimarães não pensou duas vezes. Ao ver aquela comida toda, lançou-se ao ataque sofregamente. A cada garfada que dava, mais rapidamente procurava mastigar, como se temesse que o bife lhe escapasse do prato. Quando dava umas pausas, era para encharcar-se de vinho e, com a boca cheia, organizar com a faca e o garfo uma nova investida. Que maravilha. Estava extasiado. Há meses não comia daquela forma. Tanta coisa gostosa e variada. Precisava repetir, mas sentia-se encabulado em pedir mais. Será que a simpática comissária de bordo entenderia que, em alguns míseros instantes, havia devorado uma salada holandesa com peito de frango, um prato de filé *mignon* com arroz e lentilhas, uma garrafa de vinho tinto e um pudim de leite? Ela era certamente treinada para entender esses casos. Se não restava muito espaço no estômago, havia no coração. Pediu e recebeu, não sem antes ouvir um comentário:

— Assim dá gosto de ver. O senhor é que é feliz por não engordar.

— Eu explico, senhorita, foram meses de arroz com ou sem peixe e escadarias sem fim.

A moça retirou-se sem entender muita coisa, e Rafael também não se preocupou em explicar. Era hora de espreguiçar-se, ler o jornal e aproveitar a vida. Em algumas horas, estaria desembarcando em sua terra boa e generosa, onde todas as raças eram recebidas de braços abertos pelo Cristo Redentor, no alto do Corcovado. Aproveitaria para descansar e visitar parentes: era o repouso dos justos, cercado pelos amigos, protegido das adversidades, de bem consigo mesmo. A cidade maravilhosa de encantos indiscutíveis neutralizaria a violência até tornar-se um mar de rosas só para ele, as pessoas lhe abririam o seu melhor sorriso, e a água de coco no calçadão da praia seria para o retornado de guerra a mais geladinha que pudesse encontrar. O que havia de agradável entre o céu e a terra lhe seria oferecido com amor e carinho pelos seus conterrâneos até o momento em que se sentisse absolutamente recompensado e feliz. E certamente seria feliz, pois era brasileiro e pertencia ao melhor país do mundo.

CAPÍTULO 55
O SOLDADO

Passada a euforia xenófoba, Rafael Guimarães abriu o jornal e começou a ler. Aos poucos, o noticiário colocou-o novamente em sintonia com as questões básicas de seu tempo: a miséria, a fome, o aumento incontrolável da degradação do ambiente, o crescimento insensato do poder destrutivo dos armamentos, o crescimento irreversível da influência exercida pelos cartéis multinacionais sobre os governos, as dissidências e os movimentos separatistas, a exploração e a opressão, a guerra. Sim, não haveria de se esquecer da guerra...

Sem que sequer percebesse, seu pensamento começou a vagar sobre os fundamentos relacionados à natureza da guerra. Ela sempre existiu e nasceu há milhões de anos, quando o primeiro organismo vivo tentou devorar outro para sobreviver. Desde então, a luta sempre marcou todas as formas de vida, até chegar ao homem. Da primeira pedra lascada à bomba de hidrogênio foi um pulo que durou poucos anos no tempo. Mas o homem continuou o mesmo, um organismo vivo com necessidades vitais e instinto para preservá-las. Apesar dos variados conjuntos de regras de conduta que elaborou para viver em sociedade, jamais se dissociou da famigerada vocação de neutralizar para possuir.

Com as guerras mais recentes, inclusive as duas guerras mundiais, o problema evoluiu da esfera regional para a global, envolvendo um maior número de países, sob a cobertura maciça de meios de comunicação cada vez mais eficientes. Isso representou um enorme avanço em favor da paz. O progresso científico e técnico, aliado a uma cultura mais moderna e menos preconceituosa, permitiu o surgimento de um nível superior de consciência sobre os estados de sofrimento, indigência, penúria, miséria e até mesmo infelicidade em que se encontram certas populações da Terra.

No entanto, a história dos conflitos entre os povos era ambígua demais para quem, como Rafael, se punha o problema de atribuir-lhe um sentido no estado de fadiga mental e física em que se encontrava. Mas essa fadiga, ele sabia, era fruto de seus esforços em superar a consciência da morte, que lhe gerou tanta tensão. Encontrando-se em um mundo hostil, tanto em face das realidades do cotidiano quanto em relação aos seus semelhantes, Rafael buscou reagir a essa dupla hostilidade inventando técnicas de sobrevivência com relação à primeira e de defesa com relação à segunda. No início, atuou por instinto. Ao longo das provações, concebeu um conjunto de regras de conduta que lhe permitiu assumir iniciativas eficazes em favor de si e dos outros.

E, olhando para o futuro, embora sentindo-se exaurido naquele instante, já conseguia vislumbrar a extensão positiva daqueles meses a pão e água, no meio de tiroteios e baratas, em uma guerra antiga e sem previsão para acabar. Prepararia certamente documentos, redigiria indigeríveis relatórios, teria em mente um discurso mais efetivo que mantivesse viva a distinção entre a teoria e a prática. Uma coisa eram os efeitos puramente conceituais do debate entre eruditos, filósofos, sociólogos e juristas em favor da paz. Outra era trazer dentro de si a determinação de que, por ser diplomata, seria a partir daquele instante e para sempre, como Valente, um soldado da paz que dedicaria o resto de sua vida a combater os inimigos do diálogo e da conciliação. Dentro do coração, sentia-se convicto de que lutaria a cada dia de sua carreira pelo aperfeiçoamento dos mecanismos de persuasão pacíficos. O importante era acabar para sempre com os genocídios.

No futuro indefinido de um mundo em mutação, a tarefa primordial da humanidade será a construção de uma ossatura jurídica e legal resistente o suficiente para manter a paz, sobreviver às ambições e às hipocrisias e permitir o ordenamento econômico, social e científico da humanidade. Guimarães encheu os pulmões de ar. A consciência dessa constatação parecia enorme em seu peito. Não custou a imaginar-se proclamando pelo mundo afora o atestado de óbito de um tempo antigo marcado pelas guerras e pela instabilidade institucional e o início de outro sustentado na legalidade, na democracia e na ética. A história nada provara, salvo os erros e os preconceitos dos quais os homens deviam liberar-se. Além disso, havia adquirido em Angola o conhecimento de algo que nem todas as pessoas poderiam compreender: na guerra, o único vencedor é a morte, e o único perdedor é o povo. Só agora Guimarães compreendia o significado todo da luta e estava disposto a impedir o advento das guerras e dos conflitos, como um soldado obstinado, com as armas da persuasão de que dispunha e do respeito à pessoa alheia, pela unidade e bem-estar do gênero humano.

CAPÍTULO 56
MEU BRASIL ANGOLANO

Pensativo, Rafael olhou a escuridão através da janela do avião. O sono parecia não chegar. No burburinho de seus sonhos, uma melodia soava ao longe, dentro de seu espírito, lembrando-o das noites dormidas no oitavo andar de um prédio sujo e sem elevador, cujas paredes haviam sido perfuradas por tiros de balas de metralhadora e bazuca. Um som que lhe trazia a sensação de ter passado os dias e as noites mais tensos de sua vida, entrincheirado nos escritórios de uma embaixada durante os combates que ocorreram diante de seus olhos nas ruas de Luanda em fins de outubro de 1992. A experiência fora tão intensa que o impeliu a reconstruir na memória esse canto que pairava em seu coração, recordando-o dos momentos de medo da morte vividos nas avenidas escuras da capital angolana.

Ele se perguntava em que pé andava, até quando duraria e como poderia acabar, de vez, o sofrimento daquela população, cujas afinidades com o povo brasileiro eram imensas. Ele imaginava o que as pessoas mais humildes de Luanda experimentaram no instante dos tiroteiros. Onde teriam se escondido as crianças dos musseques, tão miseráveis quanto aquelas das favelas brasileiras, nas horas febris dos tiroteios? Como reagiram as donas de casa, os trabalhadores, os religiosos, os estudantes diante da violência que os afetou? O que sentiram os soldados na hora da verdade, no momento de matar ou morrer?

A ação situava-se dentro dele numa espécie de fronteira entre a realidade e a ficção, para dar mais intensidade ao drama que ele havia testemunhado. Com pano de fundo do desastroso antagonismo político que alimenta até hoje essa guerra fratricida, ele misturava em sua cabeça a música e os personagens que ele encontrou em Luanda.

Os momentos vividos foram para ele dramáticos, de violência e de motivações, que levaram cidadãos de uma mesma nacionalidade a se massacrar no limiar do século XXI.

Inserida em sua memória, a velha melodia que ressoava em sua mente redesenhava seu sacrifício pessoal e o modo positivo de sua ação para ajudar muitas vidas humanas, em pânico, com os fatos. Ele também ficara assustado com o clamor da longa e terrível batalha que acabara de testemunhar. Aos poucos, a canção *Monangambé*, que escutara com Isabel Vorgan, voltava como um triste e assombrado violino, tomando a forma suave e nostálgica de um hino lânguido sobre a exploração do homem pelo homem. A cada nota, o sofrimento impingido pelo colonizador no colonizado, a cada verso, a dor do trabalhador da terra que vê seu chefe prosperar enquanto ele se vê espancado caso reclame. As palavras da canção vieram a ele como uma aluvião irresistível:

Naquela roça grande
não tem chuva
é o suor do meu rosto
que rega as plantações;
Naquela roça grande
tem café maduro
e aquele vermelho-cereja
são gotas do meu sangue
feitas seiva.
O café vai ser torrado
pisado,
torturado,
vai ficar negro,
negro da cor do contratado.
Negro da cor do contratado!
Perguntem às aves que cantam,
aos regatos de alegre serpentear
e ao vento forte do sertão:
Quem se levanta cedo?

Quem vai à tonga?
Quem traz pela estrada longa
a tipoia ou o cacho de dendém?
Quem capina
e em paga recebe desdém
fuba podre,
peixe podre,
panos ruins,
cinquenta angolares
"porrada se refilares"?
Quem?
Quem faz o milho crescer
e os laranjais florescer?
— Quem?
Quem dá dinheiro para o patrão comprar
máquinas,
carros,
senhoras
e cabeças de pretos para os motores?
Quem faz o branco prosperar,
ter barriga grande
— ter dinheiro?
— Quem?
E as aves que cantam,
os regatos de alegre serpentear
e o vento forte do sertão
responderão:
— "Monangambééé..."
Ah! Deixem-me ao menos
subir às palmeiras
Deixem-me beber maruvo
e esquecer
diluído nas minhas bebedeiras.

Rafael pegou no sono pensando que, depois dessa batalha em Luanda, o contratado angolano se teria libertado um pouco mais do controle dos colonizadores. Mais tarde, ele despertou de sua escapada ao som da voz da comissária:

— Senhor, aperte o cinto. Estamos aterrissando.

Olhou pela janela: lá estava o Cristo Redentor de braços abertos sobre a Guanabara, abençoando aquela cidade de beleza sem fim, ampla de emoção, generosa de alma, mestiça e tropical, orgulhosa de seu patrimônio topográfico e humano. Quando foi permitido, levantou-se e arrumou a sacola. Guardou também o *laptop* repleto de textos e de filosofia a respeito de suas andanças e observações. Ia avançar na fila em direção à saída quando uma mão suave pousou em seu ombro:

— Então, pá, que surpresa! Lembras-te de mim?

Guimarães voltou-se e viu diante de si uma exuberante mulher, de ombros largos e traços delicados. Fez força para reconhecê-la, mas seu esforço não lhe rendeu muito:

— A senhorita me conhece?

— Então, pá, não estás a lembrar da porta do edifício, tu estavas a chegar com uma mala gigantesca?

— Ah, claro — iluminou-se a memória de Rafael. — Você era a moça por quem o Barreto tanto sofria, a Ma... Mari... Maris...

— Marisbela da Kalunga, da cabeça aos pés.

— Claro, da Kalunga. Mas que surpresa agradável! A mulher mais bonita de Luanda.

— Ora, pá, deixa de bulir comigo. Estou feliz em vê-lo. Depois de tanta aflição.

— É verdade, também passei por maus momentos. Você está a passeio?

— Depende, pá. Em Luanda, meu homem morreu, a guerra levou tudo. Ganhei uns cobres e cá estou. Um amigo português que dirige uma boate em Copacabana ofereceu-me trabalho e moradia por uns tempos, até eu arranjar meu próprio cantinho para começar vida nova. Acho que vai ser giro, pá. Tenho paixão pela aventura e pelo desafio. Não conheço ninguém, estás a perceber, mas creio que vou superar isso tudo, inclusive a nostalgia pela minha Angola tão sofrida e destruída.

A moça contou muita coisa mais e, para surpresa de Rafael, durante o trânsito pelo aeroporto, conversaram longamente sobre uma série de assuntos: a batalha de Luanda, a esperança, a vontade de progredir e de encontrar o caminho das novas oportunidades. Como todo jovem, ela desejava ser feliz e realizar-se o quanto antes possível. Perguntou pelo Brasil, e Rafael esmerou-se em fazer um relato sintético e objetivo sobre a atualidade brasileira e as naturais dificuldades que se poderia enfrentar em uma cidade desconhecida. De tudo, prevaleceram, contudo, o otimismo, o cheiro de maresia, as similitudes do seu Rio de Janeiro com a Luanda que sempre quisera conhecer e não conseguiu. Ela iria adorar. Rafael tinha absoluta certeza.

— Vai ser giro, pá, eu sei que vai ser muito giro — a moça exclamou.

Como a moça ia para Copacabana, Rafael ofereceu-lhe carona, e pegaram juntos um táxi. O percurso que fizeram pela orla marítima não poderia ter sido mais bem escolhido. Nada de túneis ou engarrafamentos, apenas o trânsito costumeiro e fluido das praias do Flamengo e do Botafogo e o visual incomparável do Pão de Açúcar e do Corcovado. Quando o carro parou na avenida Atlântica, em Copacabana, o ruído do movimento entrou múltiplo e alegre por dentro do carro, a brisa do mar veio beijar-lhes as faces, a claridade estendeu-se sobre eles, intensa e festiva, o cheirinho de maresia penetrou-lhes pelo coração. Ao saltar, Rafael respirou fundo:

— Felizmente, ah! Um felizmente ainda bem sonoro para reiterar esta felicidade.

Marisbela sorriu; estava também feliz.

— É mesmo lindo, pá, vocês têm sorte de viver num lugar assim.

— É, temos mesmo, mas temos os nossos problemas, no entanto.

— Ó pá, problemas? Deixa-me rir.

— A zona sul do Rio não é todo o Brasil.

— E daí, pá, tem guerra no Brasil?

— Uma luta diferente, luta de classes, muita desigualdade.

Marisbela olhou para os lados. O sol brilhava sobre a cidade e sobre a praia, o sol do Rio, em seu derrame de ouro, atingindo em cheio o calçadão e os carros. Trouxera consigo um vento do oceano que refrescava a bela angolana e levantava as pipas da molecada que brincava na areia do outro lado da rua. O som dos batuques andava pelos bares e restaurantes da avenida, vozes de homens que cantavam enquanto outros ensaiavam passos de capoeira para os turistas. Marisbela olhou para Guimarães e insistiu:

— Sim, mas você ainda não respondeu: tem guerra aqui?

— Graças a Deus, não esse tipo de guerra que nós conhecemos.

Uma expressão suave iluminou o rosto dela. Ali parados, com malas e sacolas, na orla povoada por banhistas e vendedores ambulantes, eram os únicos em toda a praia, ou talvez em todo o país, a partilhar aquela percepção exclusiva de que a vida podia ser infinitamente mais desgostosa e triste, como na canção *Monangambé*.

Os dois andaram até a esquina para despedir-se. O caminho pareceu longo. Tinham tanto para se dizer, e, no entanto, o tempo era curto e a cidade estava ali, fervilhando e atraente, para dissuadi-los e separá-los. Marisbela ainda exigiu que o diplomata não se esquecesse de procurá-la na primeira oportunidade. Abraçaram-se com carinho, e, depois, a meretriz foi se afastando.

— Marisbela da Kalunga, quem diria, em pleno Rio de Janeiro... — pensou Rafael enquanto observava o andar majestoso das ancas robustas que moviam o porte soberano daquela africana que se distanciava para mergulhar de corpo e alma na desconhecida capital carioca. — Rica Marisbela — meditou o diplomata —, certamente te desejo toda a felicidade deste mundo embaralhado.

E lá se foi indo em direção ao seu destino a bela da Kalunga, esbelta e sofrida como sua própria Luanda... Uma nuvem embaçou os olhos de Rafael: ali ia, com a guerra e o sofrimento, uma parte de sua vida, o lado obscuro de sua existência, o pedaço angolano de seu todo brasileiro. E, assim como ia Marisbela levando consigo uma Angola brasileira cheia de esperança dentro do coração, deixava para trás, na alma de Rafael Guimarães, um Brasil angolano cheio de recordações, como um ponto de confluência do triste e do alegre, do sonoro e do silencioso, das trevas e da luz, assentado para sempre no seu peito.

Agosto de 1994.

**INFORMAÇÕES SOBRE NOSSAS PUBLICAÇÕES
E ÚLTIMOS LANÇAMENTOS**

- editorapandorga.com.br
- /editorapandorga
- pandorgaeditora
- editorapandorga

Pandorga